Sandro Veronesi · Sein anderes Leben

Sandro Veronesi

Sein anderes Leben

Roman

Aus dem Italienischen
von Bruno Genzler

Ihr persönliches Leseexemplar

Gebunden ca. DM 38,00
Erstverkaufstag 20. August 2001
Wir bitten Sie, Rezensionen nicht vor
dem Erstverkaufstag zu veröffentlichen.

C. Bertelsmann

Die Originalausgabe erschien 2000 unter dem Titel »La forza del passato« bei Romanzo Bompiani in der Verlagsgruppe RCS Libri S.p.A., Milano

Der Abdruck der Gedichtzeilen von Pier Paolo Pasolini
erfolgt mit freundlicher Genehmigung
der Piper Verlag GmbH, München 1990

Umwelthinweis:
Dieses Buch und sein Schutzumschlag wurden auf
chlorfrei gebleichtem Papier gedruckt.
Die vor Verschmutzung schützende Einschrumpffolie
ist aus umweltschonender und
recyclingfähiger PE-Folie.

1. Auflage

Satz: Uhl + Massopust, Aalen
Druck und Bindung: GGP Media, Pößneck
ISBN 3-570-00505-4
Printed in Germany

Für meine Mutter

Ich kann nicht weitermachen.
Ich werde weitermachen.

(Samuel Beckett)

1

Sind Sie ...« – Pause – »... ein trauriger Mann?«

So hat mich die Journalistin gefragt. Es ist ihre letzte Frage. Danach wird mir der einige Tage zuvor aus dem Amt gewählte Bürgermeister die Hand schütteln und den Umschlag mit den fünfzehn Millionen Lire überreichen, die Prämie für den Giamburrasca-Jugendliteraturpreis. Fünfzehn Millionen Lire. Die wiegen die Bürde dieses Abends allemal auf, einer festlichen Veranstaltung mit zunächst einem vielgängigen Essen im Restaurant in Gesellschaft der örtlichen Honoratioren; dann die Preisverleihung im frisch eingeweihten Ratssaal (es riecht noch nach Farbe) mit den Reden des noch amtierenden Bürgermeisters, seines Nachfolgers sowie der Juryvorsitzenden und dem abschließenden Interview des Preisträgers durch eine Journalistin, die Augen hat wie ein gekochter Fisch. Für fünfzehn Millionen Lire kann man sich auch die schwachsinnigen Fragen gefallen lassen, die mir diese Dame gestellt hat (»Bis zu welchem Alter haben Sie an den Weihnachtsmann geglaubt?« »Welche Jahreszeit mögen Sie am liebsten?« »Mir ist aufgefallen, dass Sie kein Dessert gegessen haben. Warum eigentlich nicht?«) und die ich alle mit heldenhaftem Langmut beantwortet habe – bis ganz plötzlich die Stimmung umgeschlagen ist. Eine Frau kam nach vorn, bemächtigte sich des Mikrofons und rief die Versammlung dazu auf, sie in ihrem Kampf für das Leben ihres neunjährigen Sohnes Matteo (ein treuer Leser von mir, wie sie mir versicherte) zu unterstützen, der nach einem schweren Autounfall ins Koma gefallen und für klinisch tot erklärt worden sei, woran sich dann offenbar in der Stadt eine lebhafte Debatte über die Frage entzündete, ob es vertretbar sei, dass der Junge auf unbestimmte Zeit eines der beiden Beatmungsgeräte auf der Intensivstation des Krankenhauses besetzt halte. »Helfen Sie mir«, bat sie mit fester Stimme, »man will die Apparate abschalten, die meinen Sohn am Leben halten. Auch wenn er schläft, er lebt doch sein Leben, so wie die Tulpen oder die Lorbeerhecken, und er hat ein Recht darauf, dieses Leben so lange weiterzuleben, bis sein Herz zu schlagen aufhört. Aber man will die Apparate abschalten, man will seine Organe haben. Tun Sie etwas dagegen, ich bitte Sie. Man will ihn umbringen!« Der designierte Bürgermeister versicherte ihr, kein Mensch denke daran, die Apparate abzuschalten, die ihren Sohn am Leben erhielten, und der abgewählte, dass der Beschluss zum Kauf zweier weiterer Beatmungsgeräte schon in der nächsten Woche, noch vor der Amtsübernahme des neuen Stadtrats, verabschiedet werde. Daraufhin kehrte die Frau, zu meiner maßlosen Überraschung, brav auf ihren Platz zurück, um dem Ende der Feier beizuwohnen, und die Journalistin setzte das Interview fort, als wenn nichts geschehen wäre, und stellte mir diese letzte Frage: Sind Sie – Pause – ein trauriger Mann – Fragezeichen.

Ich habe Luft geholt, aber geschwiegen, drei, vier, fünf, sechs Sekunden, lange genug, um eine Antwort unerhört schwierig zu machen. Denn wenn man sofort »Nein« oder meinetwegen auch »Ja« sagt, ist alles in Ordnung, niemand kommt auf den Gedanken nachzuhaken, und alles läuft normal weiter. Denkt man aber nach einer solchen Frage zu lange nach, gerät man unweigerlich in Verlegenheit, denn dann muss die Antwort unbedingt ehrlich ausfallen. *Bin ich ein trauriger Mann?* Hundert fremde Leute starren mich wartend an, verblüfft durch diese Frage und durch mein Schweigen, und durch einige andere Dinge wahrscheinlich auch (zum Beispiel durch die Tatsache, dass eine Stadt, die über nur zwei Beatmungsgeräte verfügt, fünfzehn Millionen Lire für einen Kinderbuchpreis übrig hat). Und ich stecke fest, bin Opfer meines eigenen Zögerns. Auch die Journalistin starrt mich an, mit dem immer gleichen Gesichtsausdruck, ein versteinertes Lächeln, das auf unbestimmte Weise die Frage wiederholt. Ich schweige und denke nach. Bin ich ein trauriger Mann? Ich bin mit der Frau verheiratet, die ich liebe wie keine zuvor, und wir haben einen Sohn, der gesund ist und intelligent und dessen

Überleben nicht vom Funktionieren irgendeines Apparates abhängt. Mein Vater ist vor zwei Wochen nach kurzer, schwerer Krankheit gestorben, und ich, der ich mich ständig mit ihm gestritten habe, fühle mich jetzt schuldig. Ich übe den Beruf aus, von dem ich immer geträumt habe, und bekomme einen Preis, weil ich ihn offenbar gut mache. Einen Vertrag über ein drittes Buch habe ich schon abgeschlossen und bereits die Hälfte des Vorschusses von meinem Verleger kassiert, aber nach *Die Abenteuer von Pizzano Pizza* und dem jetzt prämierten *Die neuen Abenteuer von Pizzano Pizza* ist der Strom der Phantasie versiegt, und ich weiß nicht mehr, was ich schreiben soll. Bin ich ein trauriger Mann?

Ich denke nach und erinnere mich. Mir fällt ein, wie Dominique Sanda, als sie wohl ungefähr in meinem Alter war, in einem Interview auf die Frage, für welchen Typ Frau sie sich halte, geantwortet hat: »Ich bin keine Frau, ich bin ein Mädchen.« Und mir fällt ein, wie mich meine Eltern, als ich neun war, von einem Maler porträtieren ließen. Das Bild geriet entsetzlich düster, wegen all der Traurigkeit, die der Künstler, wie er erklärte, in mir wahrgenommen habe – aber ich möchte das Kind sehen, das ganze Nachmittage lang still und reglos auf einem Stuhl sitzen muss und dabei nicht auf trübe Gedanken kommt. Ich denke an den alten Marti, meinen unsichtbaren Freund, den ich als kleiner Junge erfunden hatte, um nicht immer alleine spielen zu müssen, meine unvollständige Sammlung von Klebebildchen, die endlos langen Jahre im Militärinternat, meine vernichtenden Niederlagen beim Schach, als ich kurz davor stand, Meister zu werden. Ich denke an das Mädchen, mit dem ich als Achtzehnjähriger zusammen war und das mir einmal vorwarf, es deprimiert zu haben, weil ich es in Werner Herzogs *Stroszek* mitgeschleppt hatte, und dann erneut an meinen sterbenden Vater, die Beerdigung im Regen, meine Mutter und meine Schwester links und rechts an meinem Arm, aber auch an die außerordentliche, mich immer wieder betörende Schönheit meiner Frau und an das silberhelle Lachen meines Sohnes, das gerade heute Morgen wieder ertönte, als wir »Fernsehzeitung« spielten – an sein sakrosanktes Recht, von mir glücklich gemacht zu werden. An all das denke ich, an all das erinnere ich mich, während ich jetzt einen mich tief bewegenden Blick mit der Mutter des im Koma liegenden Kindes wechsle, die mich ebenso wie alle anderen anstarrt, über meine Befangenheit lächelt, aber voller Hoffnung, dass ich sie überwinden werde, und sogar neugierig, wie mir scheint, neugierig auf meine Antwort, so, als interessiere sie sich tatsächlich dafür. So, als habe diese etwas mit ihrer Lorbeerhecke zu tun.

Ich weiß nicht, wie lange dieses Schweigen schon andauert. Mir scheint es unendlich lang, aber ich habe das Gefühl für die Zeit verloren. Ich weiß nur, dass mir irgendwann, ohne mein Zutun, eine Antwort über die Lippen huscht, winzig und flink wie ein Mäuschen.

»Jetzt nicht mehr«, höre ich mich sagen.

2

Es ist schon nach Mitternacht, als ich in Rom aus dem Zug steige. Also keine U-Bahn mehr und natürlich auch kein Taxi, denn vor dem Bahnhof wartet schon eine endlos lange Schlange wohl situierter Reisender, die gerade einem tristen Nacht-Pendolino entstiegen ist. Doch mich beschäftigt etwas anderes. Mich beschäftigt der Gedanke: kein Geld vom Giamburrasca-Literaturpreis.

Denn in einem Anfall von Großmut habe ich den Scheck tatsächlich der Mutter mit dem im Koma liegenden Kind überreicht. Eine großartige Geste – alle Anwesenden waren gerührt –, auch wenn sie vielleicht fehl am Platz war, denn die Frau schien alles andere als arm zu sein, und dieses Geld wird ihr nicht im Geringsten bei der Lösung ihres Problems helfen können. Oder doch? Jedenfalls habe ich die ganze Rückfahrt über an das Geld und sein flüchtiges Auftauchen in meinen Händen gedacht. Und ich habe ihm nachgetrauert, als hätte es mir tatsächlich einmal gehört. Aber wem gehörte es eigentlich? Wem gehörten die fünfzehn Millionen Lire des Giamburrasca-Jugendliteraturpreises? Und, weitergrübelnd – von dort ist es kein weiter Schritt –, wem gehört Geld im Allgemeinen? Ist es überhaupt sinnvoll von Eigentum an Geld zu sprechen, da es so spielerisch leicht den Besitzer wechseln kann? Was hat es damit für eine Bewandtnis? Manchmal hat man nicht einmal tausend Lire für einen Bettler übrig, weil man keine Lust hat, fünf Sekunden stehen zu bleiben, um den Schein aus dem Portemonnaie zu holen – und dann schenkt man plötzlich, einfach so, einer wildfremden Frau fünfzehn Millionen Lire. Aber was ist, wenn das alles nur eine abgekartete Sache war? Wenn sich der Rat des Städtchens mit der Frau abgesprochen und das Ganze inszeniert hat, damit der dem Preisträger überreichte

Zaster gleich wieder in den Stadtsäckel zurückwandert. Das würde zu dem zugegebenermaßen gewagten Schluss führen, dass es das Geld nie gegeben hat. Aber nein, für eine Inszenierung scheint die Sache zu unprofessionell: Wäre die Frau obdachlos gewesen, arbeitslos, drogenabhängig, HIV-positiv und allein erziehend... dann ja. Aber eine Frau aus dem wohlhabenden Bürgertum, deren Kind im Koma liegt, ist noch keine Garantie dafür, dass der Preisträger widerstandslos seine Prämie herschenkt. Nein, das wirkt zu konstruiert. Wäre da nicht die eigenartige Reaktion angesichts meiner großzügigen Solidaritätsbekundung, sowohl von Seiten der Beschenkten als auch von Seiten der gesamten Festgesellschaft: keinerlei Überraschung, keinerlei Verlegenheit, kein Sichzieren, nur ein bewegtes Dankeschön und ein langer warmer Applaus. Ein Spinner wirft mal eben fünfzehn Millionen Lire zum Fenster raus, und in dieser Stadt gibt es keinen einzigen verfluchten Menschen, der sich darüber wundert.

Wie im Flug ist die einstündige Fahrt vergangen, während ich solchen Gedanken nachhing und mich in Träumereien darüber verlor, was wir uns mit dem Geld alles hätten leisten können. Zum Beispiel einen Urlaub in Disneyland für die ganze Familie oder einen Strandkatamaran für mich, am besten einen alten Hobie Cat 17, um im August ein paar Ründchen damit zu drehen; in erster Linie aber natürlich die leidige Zwischendecke in Francescos Kinderzimmer, um den Raum vom Gerümpel und mich von den Gewissensbissen zu befreien, die mich beständig quälen, weil ich jenes größere Zimmer, das ursprünglich seins hatte werden sollen, zu meinem Büro gemacht habe.

Ohne zu irgendeinem Ergebnis gekommen zu sein, bin ich ausgestiegen und habe mich schließlich doch am Taxistand angestellt. Sicher weiß ich nur eins: Die fünfzehn Millionen Lire bin ich los, ja, eigentlich habe ich sie nie besessen oder höchstens ungefähr dreißig Sekunden lang, von dem Augenblick an, in dem mir der abgewählte Bürgermeister den Umschlag mit dem Scheck in die Hand drückte, bis zu jenem, in dem ich ihn an die noch in der ersten Reihe sitzende Frau weitergab. Hat diese halbe Minute genügt, um das Geld zu meinem zu machen? Darf ich zumindest sagen, dass ich es *gespendet* habe?

Der schmierige Typ, der plötzlich vor mir steht, mit Locken und Goldkettchen an jeder freien Stelle, reißt mich aus meinen Gedanken. »Taxi?«, zischt er mit einer Kippe im Mundwinkel; dabei sieht er sich verstohlen um, was wirklich lächerlich ist, denn hier um den Hauptbahnhof herum sind ganz andere Formen von Kriminalität zu Hause. Ich kenne diese Schwarztaxifahrer ganz genau. Sie tun so, als liefen sie ständig Gefahr, im Knast zu landen, und seien deswegen zu ihren horrenden Fahrpreisen gezwungen. Und da ich sie durchschaue, kann ich bei ihnen tun, womit ich bei anderen Dienstleistenden so meine Schwierigkeiten habe: feilschen.

»Pyramide«, zische ich und stelle mich damit auf sein verstohlenes Getue ein.

»Dreißigtausend«, antwortet er, ohne einen Moment nachzudenken, so als habe er die Zahl schon im Kopf gehabt, noch bevor er wusste, wohin ich wollte.

»Ich meine die in Testaccio«, erwidere ich, weiterhin flüsternd, »nicht die in Ägypten.«

Der Mann blickt mich verwundert an – offenbar geht bei ihm nicht alles so schnell –, dann versteht er, und ich habe den Eindruck, als prüfe er die Option, mir mit dem Kopf einen Stoß aufs Nasenbein zu verpassen. Doch seine Professionalität behält die Oberhand.

»Fünfundzwanzig.«

Er stößt das in einem einzigen Atemzug hervor und dreht dabei den Kopf zur Seite, mit einer Miene, als mache er mir ein unglaubliches Zugeständnis.

»Fünfzehntausend kostet die Fahrt«, sage ich. »Ich weiß das. Ich fahre die Strecke häufig.«

Der Mann lächelt, hebt den Kopf und deutet mit dem Kinn auf die entmutigend lange Schlange der Leute vor mir, die vergeblich auf reguläre Taxis warten.

»Sieh dir das mal an, und dann überleg dir, wie viel du locker machen willst…«

»Ich habe Zeit.«

Was auch stimmt. Ich habe keine Eile, und müde bin ich auch nicht. Mir gefällt der Gedanke, eine halbe Stunde in der erfrischenden Kühle der Nacht zu warten, und mich schreckt auch die Vorstellung nicht, einen ausgiebigen Spaziergang nach Hause zu machen, wenn mir die Zeit doch zu lang werden sollte, und dabei zu überlegen, wie ich Anna meine hirnverbrannte Spende erklären könnte.

»Zwanzigtausend.«

Sein letztes Angebot, das weiß ich. Unter den Schwarztaxifahrern herrscht das eherne Gesetz, niemals mit dem Preis bis zum üblichen Tarif runterzugehen. Ich werfe einen Blick auf die Schlange vor mir. Fünfzehn, vielleicht zwanzig Leute werden es sein, die schon ungeduldig wartend dastehen, eingehüllt in ein kollektives Murren, während andere Schwarztaxifahrer, überhöhte Preise zischend, an verschiedenen Punkten damit beginnen, die Ausdauer der Wartenden zu testen. Obendrein hat sich nun auch noch ein Zigeunerpärchen daran gemacht, die Schlange vom anderen Ende aus abzuklappern. *Bitte, mein Herr, Bosnien, kein Haus, Krieg, viel Not, nichts essen, mein Herr, Bosnien, Hunger und Not.*

»Tut mir Leid, mein Freund«, erkläre ich, den Kopf schüttelnd, an den falschen Taxifahrer gewandt, »aber es ist mein Ernst, ich habe Zeit, und ich stehe gut hier.«

Ich hole mein Portemonnaie hervor und gebe den Zigeunern, als sie bei mir angelangt sind, zweitausend Lire. *Vielen Dank, mein Herr, gute Nacht, alles Gute.* Der Schwarztaxifahrer sieht mich an, von oben bis unten, mit einem langen, verständnislosen Blick voller Empörung, durch den er mich seine ganze Verachtung für die beiden Zigeuner spüren lässt, denen er selbst was ganz anderes verabreichen würde. Wortlos lässt er mich stehen.

Nun, wo war ich gerade? Ach ja, bei dem verlorenen Geld. Im Grunde könnte man sogar behaupten, dass ich …

»Ich mach's für fünfzehntausend.«

Ein anderer Schwarztaxifahrer hat die Verhandlungen wieder aufgenommen. Er ist älter, kleiner, breiter, mit einer Nase, die wohl schon einiges abbekommen hat, und einer stattlichen Wampe, die sich unter seinem Hemd wölbt. Auf seinem hässlichen grauen Jackett glitzert eine Schicht frischer Schuppen. Er lächelt.

»Zur Pyramide, für fünfzehntausend«, wiederholt er, als er mein Zögern bemerkt. Ja, ich zögere, und zwar nachhaltig. Seine Erscheinung gibt mir allen Anlass dazu. Ein Detail unter vielen: Er hat die Ärmel seines Jacketts bis zu den Ellbogen hochgekrempelt, und darunter schauen seine nackten, behaarten Unterarme hervor. Ich weiß, das mag sich ziemlich nebensächlich anhören, aber für mich ist dieses Detail sehr bedeutsam, weil eine Geschichte dahinter steckt. Und die will ich jetzt erzählen.

Wie ich bereits erwähnte, haben sich mein Vater und ich nicht besonders gut verstanden, und nachdem er nun vor kurzem gestorben ist, plagen mich Schuldgefühle, und es geht mir ziemlich schlecht. Jeder Anlass kommt mir gelegen, um an ihn zu denken, aber leider haben meine Erinnerungen immer einen bitteren Beigeschmack, der sogar meine Trauer um ihn verdirbt. Das Detail mit den entblößten Unterarmen jedoch zählt zu einem jener raren Momente in unserer Beziehung, an die ich mich ohne Beklemmung erinnern kann. Es war in den Siebzigerjahren, und wir saßen vor dem Fernseher und sahen ein Politmagazin vor irgendeiner Wahl. Auch wenn politische Differenzen natürlich nicht der eigentliche Grund unserer Auseinandersetzungen waren, lieferten sie uns doch hervorragende Anlässe zu streiten, und an jenem Abend schien sich ein denkwürdiger Schlagabtausch anzubahnen. Denn man übertrug eine Pressekonferenz mit dem Neofaschisten Almirante, und ich war damals überzeugt davon, dass mein Vater ihn diesmal wählen und sich dadurch endlich als der Faschist zu erkennen geben würde, der er in meinen Augen war. Meine Mutter war in der Küche und buk einen Kuchen, meine Schwester befand sich auf einer Kanadareise, und so waren wir allein im Zimmer, nur er und ich, eine ideale Ausgangssituation, um unseren Gefühlen freien Lauf zu lassen. Almirante redete, und ich schwieg, um meinem Vater den ersten Zug zu überlassen und dann treffsicher zu kontern. Doch anstatt wie üblich irgendeine eröffnende Provokation zu zischen (»Da hat er gar nicht so Unrecht« oder etwas in der Art), schwieg eigenartigerweise auch mein Vater. Almirante hatte mittlerweile schon die vierte Frage beantwortet, und noch hatte keiner von uns beiden den Mund aufgemacht; endlich brach mein Vater das Schweigen: »Trau keinem mit einem kurzärmligen Hemd unter dem Jackett«, sagte er. Tatsächlich hätte Almirante, stocksteif und braun gebrannt, so seriös wie der Präsident des Roten Kreuzes gewirkt, wären nicht unter den Ärmeln seines untadeligen blauen Jacketts die nackten Unterarme zu sehen gewesen, ein Detail, das, wenn es einem auffiel, seiner ganzen Erscheinung etwas Vulgäres gab. Das verriet eine Nachlässigkeit, die auch ich ihm niemals zugetraut hätte, war ich doch überzeugt davon, dass es eben seine Eleganz war, mit der Almirante die Leute köderte. Doch diese Beobachtung (nicht meine, sondern *seine*, zum Teufel) stellte ihn vollkommen bloß, und nun war es fast, als würde er in Unterhosen dasitzen und sich die Fußnägel schneiden, während er zu den Leuten redete. Er war entlarvt: ein armes Schwein, ein unzuverlässiges armes Schwein. Fassungslos wartete ich darauf, dass mein Vater noch etwas hinzufügte, dass er wieder gegen die Gewerkschaften wettern würde oder gegen Pajetta, seinen Lieblingsfeind, kurzum, dass alles wieder so sein würde wie sonst. Aber mehr sagte er nicht. Und zum ersten Mal endete dieses Politmagazin, ohne auch nur den kleinsten Dissens zwischen uns entfacht zu haben. Aber das war noch nicht alles. Nach dieser trockenen Bemerkung über Almirante musste ich einsehen, dass mein Vater kein Faschist war, sondern ein echter Christdemokrat, wobei es mir allerdings weiterhin schleierhaft blieb, wieso sich jemand ehrlichen Herzens zu den Christdemokraten bekennen konnte. Doch wie auch immer, fest steht jedenfalls, dass man nicht etwas derart Erbarmungsloses über einen Mann sagen kann, für den man heimlich Sympathien hegt.

Wie gut ich mich noch an jenen Abend erinnere. Ich ging nicht mehr aus, sondern blieb zu Hause, bei ihm und meiner Mutter, um *Die Rückkehr des Schattenmanns* zu sehen. Vor dem Fernseher sitzend, aßen wir den noch herrlich warmen Pinienkernkuchen, und ich weiß sogar noch, dass plötzlich das Telefon klingelte, dann aber niemand dran war, und dass mein Vater auf dem Sofa einschlief und meine Mutter ihm eine Decke überlegte. Als ich schließlich zu Bett ging, konnte ich immer noch nicht fassen, was da vorgefallen war. Das Verhältnis zu meinem Vater war damals wirklich sehr angespannt. Es war unsere schlimmste Zeit, auch wenn es später nicht um so vieles besser wurde. Aber jener Abend ist mir für immer im Gedächtnis haften geblieben, weil er zeigte, wie es zwischen uns hätte funktionieren können, aber nie funktioniert hat. Es war wie das plötzliche Aufscheinen eines anderen, nicht realisierten Lebens innerhalb unseres tatsächlichen Lebens, eine Art Wunder, das sich leider nie mehr wiederholte, und deswegen ist diese Lebensweisheit wohl auch die einzige von meinem Vater, an die ich mich so genau erinnern kann. *Trau keinem mit einem kurzärmligen Hemd unter dem Jackett.* Und eben darum ist jenes Detail so wichtig.

»Nun, was jetzt?«, bedrängt mich der Mann mit dem kurzärmligen Hemd unter dem Jackett angesichts der Tatsache, dass ich ihn einfach nur wortlos anstarre. Mit ausgebreiteten Armen steht er da und wartet auf meine Antwort, ein Mann mit über den Daumen gepeilt mehr als sechzig Jahren auf dem Buckel, aber ohne eine Spur von der Gesetztheit oder Müdigkeit, die solch eine lange Zeit bei einem Menschen hinterlassen müsste. In seinem Gesicht ist nicht der leiseste Hauch jener Spuren erkennbar, die normalerweise die Blicke einer Ehefrau oder der Kinder hinterlassen oder eines Chefs oder Kollegen. Stattdessen hat sich dort eine Art ungezügelte Lausbubenfrechheit gehalten, gezeichnet von den Jahren, aber doch rein und glühend wie zu jener Zeit, als er wohl im Waisenhaus, im himmelblauen Kittel mit der gestickten Tomate auf der Brust, seine Kameraden und Lehrer mit genau diesem Gesichtsausdruck angeschaut haben muss wie mich jetzt. Dem Gesichtsausdruck eines Menschen, der absolut nichts zu verlieren hat.

»Fünfzehntausend. In Ordnung?«

Und er ist auch kein Schwarztaxifahrer. Wie gesagt, ein Schwarztaxifahrer würde mit dem Preis niemals bis zum Tarif der regulären Taxis runtergehen. Wenn doch, bekommt er Ärger, verständlicherweise, denn er verdirbt allen das Geschäft. Und wenn es so schlecht um ihn bestellt ist, dass er dennoch dazu gezwungen ist, müsste er mir sein Angebot natürlich flüsternd unterbreiten, damit die anderen nichts davon mitbekommen. Der hier aber tut genau das Gegenteil. Alle können ihn hören, einschließlich des echten Schwarztaxifahrers, der vorhin für dieselbe Fahrt nicht unter zwanzigtausend gegangen ist. Er fürchtet keine Vergeltungsmaßnahmen. Es kümmert ihn nicht.

So einem Mann kann man einfach nicht trauen.

3

In Ordnung«, antworte ich. Und zur Frage »Warum?« einigen wir uns einfach darauf: weil ich ein Idiot bin.

Der Mann nimmt meine Tasche und setzt sich mit staksigen Schritten in Bewegung. Ich hinter ihm her, mehr als verwundert über das, was ich da tue: Okay, ich habe gerade fünfzehn Millionen verschenkt, aber muss man sich deswegen gleich in die Hände eines mutmaßlichen Verbrechers begeben, um ganze fünftausend Lire zu sparen? Oder beruht meine Meinung bezüglich seiner Absichten, die sich immer mehr festigt, doch nur auf einer Art Verfolgungswahn.

Bevor ich vom Gehweg auf die Straße trete, blicke ich mich nach dem anderen Schwarztaxifahrer um, dem echten also, vielleicht in der Hoffnung, er werde mir mit einer Grimasse meine dunklen Ahnungen bestätigen, oder, noch besser, er werde eingreifen, um gegen die illegale Konkurrenz zu protestieren. Aber er ist schon damit beschäftigt, ein älteres Ehepaar zu bearbeiten, und beachtet mich überhaupt nicht.

Mein Mann steht mit seinem Wagen in zweiter Reihe vor dem Seiteneingang des Bahnhofs und versperrt einer hysterisch bimmelnden Nachtstraßenbahn den Weg. Es handelt sich um einen Geländewagen, ein weiteres Detail, das nun überhaupt nicht zum Anspruch des Mannes, als Schwarztaxifahrer durchzugehen, passen will: Daihatsu Feroza lese ich – noch nie gehört. Die Scheinwerfer sind eingeschaltet, ebenso die Warnblinkanlage, *und der Motor läuft schon.* Mit einer knappen Geste beruhigt der Mann den Straßenbahnfahrer, steigt ein, stellt meine Tasche auf dem Rücksitz ab und öffnet mir die Beifahrertür. Da dieser Daihatsu Feroza nur zwei Türen hat, und der Mann mich hinten Platz nehmen lassen will, fängt er an, tastend nach dem Hebel zu suchen, um die Lehne für mich nach vorn zu kippen. Es wirkt, als kenne er den Wagen überhaupt nicht. Währenddessen habe ich alle Zeit der Welt, die losen Kabel zu bemerken, die unter dem Lenkrad herumbaumeln und die nur das bedeuten können, was sie wohl tatsächlich bedeuten.

Die Straßenbahn bimmelt aufgeregt weiter, der Mann wünscht sie mit einer groben Geste zum Teufel, und ich hoffe mittlerweile, der Fahrer möge aussteigen und eine Schlägerei anfangen, damit er die Messerstiche abbekommt, die aller Wahrscheinlichkeit nach für mich bestimmt sind, während ich dann in dem Durcheinander nach meiner Tasche greifen und verschwinden könnte. Aber stattdessen bereinige ich selbst noch die Situation, indem ich kurzerhand vorn Platz nehme. Immerhin steht mir so ein Fluchtweg offen, denke ich, die Möglichkeit, mich bei der erstbesten Gelegenheit aus dem Wagen zu stürzen. Auf der Rückbank eingeklemmt hätte ich keine Chance. Es ist schwer zu erklären, aber mittlerweile handle und denke ich schon so, als wenn die Bedrohung bereits Wirklichkeit wäre. Wer hindert mich denn daran, einfach meiner Wege zu gehen? Aber nein, aus irgendeinem guten Grund verhalte ich mich so, als stecke ich bereits bis über beide Ohren in den Schwierigkeiten, in die ich mich aber tatsächlich erst immer noch weiter hineinreite, so, als bliebe mir keine andere Wahl mehr, als könne ich nur noch nach einem Weg suchen, dort wieder herauszukommen. Oder bin ich vielleicht schon in wilder Panik, ohne es überhaupt bemerkt zu haben? Vielleicht gebe ich mich meinen schlimmsten Vorahnungen hin, weil man nun mal eigenartigerweise in höchster Gefahr die absurdesten Dinge zu tun pflegt. Weil unser Gehirn, wenn uns das Entsetzen überkommt, das Problem für uns löst, indem es uns das höchst intensive, aber natürlich vollkommen trügerische Gefühl vermittelt, *beschützt* zu werden durch eben die Gefahr, die uns droht, unangreifbar zu sein, in Sicherheit, sodass wir plötzlich das genaue Gegenteil von dem tun, was eigentlich getan werden müsste (von einem Waldbrand verschreckte Fasane fliehen nicht vor dem Feuer, sondern laufen geradewegs hinein; der von einem Mörder verfolgte Stan Laurel stülpt sich einen Eimer über den

Kopf, weil er nicht weiß, wo er sich verstecken soll); oder auch gar nichts tun, erstarren und auf das Eintreffen des Nichtwiedergutzumachenden warten, in der absurden Hoffnung, dass es dann, wenn es tatsächlich eintrifft, *doch noch* wieder gutzumachen wäre.

Ich setze mich also auf den Beifahrersitz, und der Mann fährt mit einem Hopser los, wie es – nüchtern betrachtet – vorkommen kann, wenn man einen Wagen zum ersten Mal fährt und die Kupplung noch nicht kennt. Er scheint ihn wirklich eben erst geklaut zu haben. Und während er sich in die Abbiegespur zur Via Cavour einfädelt, nehme ich all meinen verbliebenen Verstand zusammen und lege mir einen Plan zurecht. Erstens, ich suche tastend nach dem Türgriff, auch so etwas, was man in fremden Autos nie findet (wie der Hebel, um die Lehne umzuklappen), und als ich endlich fündig geworden bin, lasse ich die Hand darauf ruhen. Zweitens, ich gehe im Geiste die Strecke bis zu meiner Wohnung durch und lege den Punkt fest, über den hinaus ich mich aus keinem Grund der Welt weiter in diesem Wagen aufhalten sollte. Das Kolosseum. Ich muss noch vor dem Kolosseum aus diesem Geländewagen springen. Drittens, ich werde mir über mein weiteres Vorgehen klar. Bei der ersten roten Ampel werde ich zu ihm sagen: »So, vielen Dank, ich bin da«, werde ihm fünfzehntausend Lire auf das Armaturenbrett legen (nur für den Fall – wie ich mir dann doch noch überlege –, dass ich tatsächlich an Verfolgungswahn leide, vielleicht als Nachwirkung des Schocks wegen der verlorenen fünfzehn Millionen, und der Mann neben mir, allem Anschein zum Trotz, wirklich nur ein einfacher Familienvater ist, den schwere finanzielle Rückschläge gezwungen haben, die Bande der Schwarztaxifahrer herauszufordern, um seine armen Kinder zu ernähren) und so ruhig wie möglich aussteigen. Viertens, ich lege mir das Geld schon zurecht, indem ich es mit meiner freien Hand, der linken, aus dem Portemonnaie hole, während ich die rechte auf der Türklinke ruhen lasse. Fünftens, ich muss unbedingt an meine Tasche auf dem Rücksitz denken. O Gott, die hätte ich fast vergessen. Die ist wichtig. Da ist immerhin mein Notebook drin.

Unterdessen sind wir bei der Ampel vor der Piazza S. Maria Maggiore angelangt. Sie ist rot. Ich habe nicht mehr zu dem Mann rübergesehen, aber der Wagen kommt zum Stehen, und während ich mit einer gewissen Erleichterung ein Polizeifahrzeug bemerke, das rechts von uns geparkt hat und den vertrauten Anblick der gelassen am Kotflügel lehnenden Beamten bietet, spüre ich plötzlich, dass er mich beobachtet, und zwar sehr genau. Unwillkürlich schaue auch ich ihn an. Ja, der Mann beobachtet mich und lächelt dabei, wie vorhin, als er die bimmelnde Straßenbahn zum Teufel wünschte, oder davor noch, als er am Taxistand plötzlich vor mir auftaucht – ja wie immer eigentlich, denn tatsächlich habe ich ihn bis jetzt nur lächelnd gesehen. Und obwohl diese Jugendlichkeit in seinem alten Gesicht irgendwie unheimlich wirkt, wäre es falsch zu behaupten, dass es sich um ein drohendes Lächeln handle. Er lächelt ganz einfach. Allerdings sieht man, während er so am Steuer sitzt, den Griff einer Pistole aus seinem Hosenbund ragen. Ja, kein Zweifel, das ist eine Pistole. Und dann sagt er auch noch das, was am allerwenigsten aus seinem Mund zu erwarten war.

»Na also«, sagt er, »jetzt hat Franceschino ja endlich doch noch Fahrrad fahren gelernt …«

Grün.

Ich merke gar nicht, wie ich aus dem Wagen springe, und kann es daher auch nicht beschreiben. Aber ich kann sagen, wie ich mich fühle: wie vor den Kopf geschlagen. Um ein Haar hätte mich eine Vespa überfahren, aber mit zwei, drei Sprüngen gelange ich unbeschadet zum Gehsteig. Der Geländewagen, der gerade angefahren war, bremst mitten auf der Kreuzung ab, und während ein wütendes Hupkonzert ertönt, wird mir bewusst, dass ich bete, ja bete, dass mich der Mann nicht abknallt, bevor ich mit den Polizisten geredet habe. Danach vielleicht, aber vorher bitte nicht. Und ich habe Glück, er erschießt mich nicht, sondern lässt den Motor aufheulen und startet mit quietschenden Reifen durch.

So wie ich gar nicht gemerkt habe, dass ich aus dem Wagen sprang, so höre ich jetzt nicht, wie ich mit den Polizisten rede. Ich nehme an, dass ich ihnen ziemlich aufgeregt vorkommen muss, und das, was ich erzähle, teilweise wohl unverständlich, aber es lässt sich nun mal nicht so einfach in Worte fassen, und ich habe keine Zeit, mich gemütlich zu ihnen zu stellen und alles in Ruhe zu erklären. Glücklicherweise nehmen mich die Beamten, zwei junge Männer und eine Frau, jedoch ernst, und sobald sie etwas verstanden haben, glauben sie mir auch schon, was mich in Anbetracht der Umstände ziemlich überrascht. In ihre Sprache übersetzt, glauben sie, dass mich ein mit einer Pistole bewaffneter Unbekannter, der sich als nicht angemeldeter Taxifahrer ausgab, in ein vermutlich gestohlenes Fahrzeug lockte, wo er dann Drohungen gegen meine Familie aussprach, insbesondere gegen meinen Sohn, über dessen persönliche Verhältnisse er sich sehr genau informiert zeigte, um dann, in dem Moment als ich ausgestiegen war, den Vorfall zur Anzeige zu bringen, mit meiner Tasche – in der sich ein tragbarer Computer und andere persönliche Gegenstände befanden – die Flucht zu ergreifen.

Freundlicherweise lässt mich die Polizistin mit ihrem Privathandy zu Hause anrufen, und als sie hört, wie ich auf meine Frau einrede, um Himmels willen niemandem, aus keinem Grund der Welt, die Tür zu öffnen, bis ich wieder zu Hause bin, lässt sie sich den Apparat reichen und bemüht sich, meine Frau wieder zu beruhigen, stellt sich als Polizistin vor und bittet sie, sich keine Sorgen zu machen, sie selbst und ihre Kollegen würden mich jetzt gleich persönlich nach Hause bringen.

Die ganze Fahrt über denke ich an Anna, die ich mitten in der Nacht mit diesem seltsamen Anruf aus dem Schlaf gerissen habe. Was denkt sie jetzt, in diesen gut zehn Minuten, die bis zu unserem Eintreffen zu Hause vergehen? Was tut sie? Wie groß ist ihre Angst? Und wovor hat sie Angst, denn schließlich haben weder ich noch die Polizistin erwähnt, woher die Gefahr droht. Tatsache ist aber, dass auch sie mich, genau wie die Beamten zuvor, ernst genommen hat. Das ist in gewisser Weise tröstlich, da sich bei mir selbst, in irgendeiner unzugänglichen Region meines Gehirns, zähe Zweifel halten. Und während ich, kaum in der Wohnung, ohne ein Wort über die Gründe zu verlieren, zu Anna sage, dass wir fort müssen, uns ins Sicherheit bringen, jetzt gleich, noch in derselben Nacht, nagt die Frage an mir, ob meine ganze Aufregung nicht vielleicht doch vom sanften Flügelschlag der Mythomanie hervorgerufen wurde. Unbestreitbar ist die Szene fast identisch mit jener in *Die Unbestechlichen*, als die Tochter von Kevin Costner bedroht wird. Beim Kofferpacken denke ich: Was, wenn ich dabei bin, den Verstand zu verlieren? Genauso könnte es ablaufen, wenn man plötzlich abdriftet und dem Wahnsinn verfällt. Wann würde man das merken? Und was müsste man in einem solchen Fall tun? Wenn es auch einerseits schön ist festzustellen, dass man sich nicht umsonst bemüht hat, einen zuverlässigen, verantwortungsbewussten Menschen aus sich zu machen, so kann es doch andererseits furchtbar belastend sein, weil man ständig damit beschäftigt ist, sich vor sich selbst zu rechtfertigen. Vielleicht liegt es an meinem Vater, der prinzipiell alles, was ich sagte, in Zweifel zog, dass ich mir selbst offenbar mit einem solchen Misstrauen begegne. Und jetzt zu entdecken, dass mich, falls ich tatsächlich verrückt werde, niemand vor mir selbst schützen wird, einfach weil mir jeder glaubt, auch wenn ich mich äußerst eigenartig verhalte, steigert, wenn überhaupt möglich, meine Befürchtungen noch. Aber im Moment ist keine Zeit darüber nachzudenken. Wir müssen sehen, dass wir wegkommen, und zwar schnell …

Erst später, als ich mit kühlerem Kopf über alles rede, auf der Via Aurelia, auf dem Weg zu meinen Schwiegereltern in Viareggio, gewinne ich etwas Klarheit. Mich so plötzlich dem Unbekannten gegenüber zu sehen, hat mich ganz einfach für einen Moment aus der Bahn geworfen. Ganz ruhig erzähle ich Anna von Anfang an, was sich alles zugetragen hat. Dabei widerstehe ich der Versuchung, den genauen Wortlaut jenes Satzes zu verfälschen, den der Mann gesagt hat. Ja, die Versuchung bestand. Denn da ich von Drohungen gegen unseren Sohn gesprochen habe, fürchte ich einen Augenblick lang, dass die genaue Wiedergabe jener Worte meine Reaktion nicht voll und ganz rechtfertigen könnte, und so bin ich versucht, sie etwas unmissverständlicher zu formulieren, etwa in der Art: »Tja, nun da Franceschino endlich Fahrrad fahren gelernt hat, wäre es doch schade, wenn er sich dabei wehtun würde!« Ich weiß, dass es da keinen Unterschied gibt, fürchte aber, dass Anna einen sehen könnte. Zum Glück sage ich ihr jedoch die Wahrheit und stelle fest, dass es gar keinen Grund gab, etwas zu erfinden, denn auch sie ist zutiefst betroffen von diesem Satz. So sehr, dass meine Sorge, für paranoid gehalten zu werden, sogleich in die Befürchtung umschlägt, sie könne in Panik geraten, weshalb ich versuche, die Bedeutung meines Abenteuers herunterzuspielen.

Gut möglich, sage ich, dass ich übertreibe, vielleicht ist es gar nicht nötig, dass wir hier wie Flüchtlinge im Bombenhagel das Weite suchen, vielleicht ist das alles ja auch nur ein Missverständnis, ein verrückter Zufall, bei dem nur scheinbar alles zusammenpasst. Aber woher zum Teufel soll ich das wissen? Soll ich's denn einfach drauf ankommen lassen? Nein, ich bin kein Held, sondern ein ganz normaler Mensch, sage ich, ein friedliebender Kinderbuchautor, der sich schon seit seiner Schulzeit mit niemandem mehr geprügelt hat, ein Mensch, der sich selbstverständlich allen auftauchenden Problemen gestellt hat, so schwierig sie auch sein mochten, nur hatten sie bisher nichts mit im Hosenbund steckenden Pistolen zu tun und auch nicht mit nach Mafia schmeckenden Bemerkungen bezüglich des Lebens meines Sohnes. Wir *müssen* abhauen, oder, Anna?

Anna, das muss ich wirklich sagen, verhält sich noch besser, als ich das hätte erhoffen können. Ich weiß nicht, wie ihr das gelingt, aber sie versteht mich. Und unter allen ihr möglichen Reaktionen entschließt sie sich dazu, mich zu unterstützen, wodurch alles sehr viel einfacher wird. Besorgt, das schon, aber nicht in panischem Schrecken, versucht sie mit mir zusammen eine logische Erklärung für diese Angelegenheit zu finden, die einzige, die uns beiden weiterhelfen wird, und während wir in dieser mondhellen Juninacht die tyrrhenische Küste entlangfahren, macht sie sich mit mir in einem ruhigen Gespräch auf die Suche nach dem dunklen Punkt unseres Lebens. Wo liegt er?, fragen wir uns. Es gibt keinen nahe liegenden Grund, uns zu bedrohen. Und doch tut man es. Also muss es irgendwo eine dunkle Stelle geben. Und unsere Aufgabe ist es herauszufinden, wo.

Wir fangen bei mir an. Bin ich wirklich sicher, dass ich diesen Mann nicht kenne, ihn noch nie gesehen habe? Ja, hundertprozentig. Bin ich wirklich sicher, dass in seinem Gürtel eine Pistole steckte? Ja, Anna, das war eine Pistole. Habe ich vielleicht irgendetwas getan oder geschrieben, das jemanden so sehr verletzt hat, dass er sich dafür rächen will? Nein. Politische Hintergründe? Nein. Im Lauf der Jahre hat mein politisches Engagement ständig abgenommen und beschränkt sich heute auf die Mitarbeit in einem Kinderschutzbund, dessen Versammlungen hin und wieder in unserer Wohnung stattfinden. Wirklich keine weltbewegende Sache, eher sehr spezifisch. Wir nehmen bei diesen Versammlungen Fernsehprogramme unter die Lupe, Comichefte, Werbung und Ähnliches, verfassen den ein oder anderen kritischen Leserbrief oder Artikel für die Zeitung, organisieren einmal im Jahr eine größere Tagung. Gewiss, manchmal berührt unsere Arbeit die Interessen anderer Gruppen, aber, offen gesagt, erscheint es mir unmöglich, dass man mir wegen dieses Tuns schaden will. Außerdem haben wir uns vor zwei Monaten zum letzten Mal getroffen.

Schließlich kommen wir zu ihr, zu Anna. Allerdings ist ihr Leben so transparent, dass man nur mit größter Mühe ein Fragezeichen findet. Sie arbeitet als Übersetzerin und kümmert sich um Francesco und den Haushalt. Das ist es auch schon. Möglicherweise hat auch sie ihre kleinen Geheimnisse, ich will das nicht von der Hand weisen, aber keine ihrer persönlichen Angelegenheiten kann derart eskaliert sein, dass sie zu dem Auftritt des dubiosen Alten, der mich in seinen Geländewagen gelockt hat, führte. »Vorgestern habe ich einen Vertreter die Tür vor der Nase zugeknallt. Er war wirklich unheimlich aufdringlich, und wir brauchen einfach keinen neuen Staubsauger«, erzählt sie lachend.

Und dennoch stelle ich ihr diese idiotische Frage, jene Frage, die *sie* mir vorhin nicht gestellt hat: Anna, hast du ein Verhältnis? Ich nicht, setze ich rasch hinzu, ich habe keine andere und habe auch nie eine gehabt. Und wie ist es bei dir? Sei bitte ehrlich, sage ich, es ist wichtig. Man macht so viele Fehler im Leben, da kann es schon mal passieren, dass man mit irgendeinem Hurensohn ins Bett geht, der dann beim ersten Streit, wenn ihm klar wird, dass er dir völlig egal ist, plötzlich durchdreht und dir einen Killer auf den Hals hetzt. Hast du oder hattest du etwas mit einem anderen Mann, Anna – und während ich sie das frage, denke ich: Und was ist, wenn deine liebe Anna jetzt »Ja« sagt? Möglicherweise hat es mit dieser Geschichte hier überhaupt nichts zu tun, denke ich weiter, möglicherweise handelt es sich um einen höchst anständigen Mann, der in jeder Beziehung mehr wert ist als du selbst, ja, stell dir mal vor, hier und jetzt eröffnet sie dir, dass sie einen anderen hat. Stell niemals eine solche Frage. Niemals.

Sie antwortet ohne zu zögern und ohne sich darüber zu empören, dass ich diese Möglichkeit in Betracht gezogen habe. Nein, sagt sie – zum Glück. Also, was kann sonst dahinter stecken? Wer kann uns schaden wollen, und warum? Seltsam, aber je weniger wir begreifen, was da tatsächlich geschehen ist, desto erleichterter sind wir. Sicher, die Bedrohung ist da, aber andererseits wissen wir jetzt wieder, dass unser Leben grundsätzlich in Ordnung ist, dass wir offen miteinander umgehen, ehrlich und vertrauensvoll. Wir kennen uns schon so lange und lieben uns noch immer. Wir haben einen Sohn, der friedlich auf dem Rücksitz schnarcht, verloren in die einfachen Träume seiner acht Jahre, und kein Geländewagen folgt uns. Wer sollte uns schaden wollen, ausgerechnet uns, und aus welchem Grund? Diese Frage stellen wir uns während dieser Fahrt so ausgiebig, dass sie fast so etwas wie ein tibetanisches Mantra für uns wird, beruhigend, glückbringend, dazu in der Lage, das Böse, wenn auch nicht aus unserem Leben, so doch aus unseren Köpfen zu vertreiben. Wer? Warum? Wer? Warum?

Der Morgen dämmert bereits, als wir in Viareggio ankommen. Zu dieser frühen Stunde können wir nicht einfach so bei meinen Schwiegereltern hereinschneien. Darum fahren wir in ein Hotel. Ins Excelsior, allen Gangstern dieser Welt zum Trotz. Ein großes

Zimmer mit Meerblick und sowohl einem riesigen Doppelbett als auch einem einzelnen hinter einer Stellwand, das jetzt aber nicht gebraucht wird, denn heute wollen wir, Anna und ich, mit Franceschino im Arm einschlafen. Doch unser Sohn hat schon die ganze Fahrt über geschlafen, und als er jetzt aufwacht und sich zwischen fremdem Stuck und Marmor wieder findet, ist er verständlicherweise im Nu hellwach und verlangt eine ganze Flut von Erklärungen, die uns in einen kunterbunten Dschungel aus Lügen und Märchen führen, in eine wunderbare Welt aus vollkommen verständlichen und logisch nachvollziehbaren Ursachen und Wirkungen, eine Welt, in der keiner droht und niemand bedroht wird und mitten in der Nacht aus den eigenen vier Wänden fliehen muss. Es ist jene Welt, in der wir bis vor fünf Stunden noch gelebt haben und die jetzt nur noch ein schönes Märchen ist, das man Kindern erzählt.

Während wir noch erzählen und erklären, überkommt Francesco wieder der Schlaf. Blitzartig, wie immer. Eine Sekunde zuvor lag er noch mit offenen Augen da und fragte und fragte, und jetzt schläft er tief und fest. Nach den vielen Worten macht sich eine sanfte, friedliche Stille breit, während das Morgenlicht, das durch die Vorhänge sickert, die Einzelheiten dieses Luxuszimmers enthüllt, ein Zimmer, in dem ich mich niemals wieder zu finden geglaubt hätte, mit einem Toilettentisch, einem gerahmten Druck an der Wand und einem mächtigen Schrank mit stoffverkleideten Türen. Anna schläft ebenfalls ein, und auch ich bin todmüde, denn es war wirklich ein langer, anstrengender, unglaublicher Tag, aber ich liege noch eine ganze Zeit lang wach. Ich betrachte meinen Sohn, seine friedlichen, sanften Gesichtszüge, und ich frage mich, ob ich stark genug sein werde, um ihn in jeder Situation zu beschützen. Es wird schwierig werden, denn die Auseinandersetzung, die auf uns wartet, wird auf mir nicht vertrautem Terrain ausgetragen. Aber ich muss es schaffen. Schließlich hat auch er zu guter Letzt seinen großen Kampf gewonnen. Nach Jahren immer wiederkehrender Fehlschläge – mit anschließender Identitätskrise, Verlust des Selbstvertrauens, psychologischer Blockade und so fort –, unerklärlich für einen flinken, aufgeweckten Jungen wie ihn, dem zuvor immer alles auf Anhieb gelungen war, hat auch er es geschafft, ganz allein (*endlich* – wie auch der Mann mit dem kurzärmligen Hemd unter dem Jackett gemeint hat) ohne Stützräder Fahrrad zu fahren. Am Tag, als mein Vater ins Krankenhaus eingeliefert wurde, hat er es uns stolz verkündet, vor drei Wochen also, und es dann auch gleich vorgemacht auf dem kleinen Platz vor unserem Haus. Er kurvte herum, dass es eine Freude war. Und wir haben es nur meinem sterbenden Vater erzählt, der alles daran gesetzt hatte, diese psychologische Blockade zu lösen, der wieder und wieder mit ihm geübt hat, methodisch – wie er meinte – und zwanghaft – wie ich meine –, wodurch alles nur noch schwieriger wurde. Aber lassen wir das. Da er nun gestorben ist, wissen nur Anna und ich, dass Francesco die Hürde übersprungen hat, und sein kleiner Freund aus dem Erdgeschoss…, ja, richtig, Luca, mit dem er jetzt jeden Nachmittag im Hof um die Wette fährt. Sonst haben wir es, verflucht noch mal, noch niemandem gesagt, denn Francesco will sie in diesem Sommer alle überraschen.

4

In Viareggio haben wir einige schöne, aber eigenartige Tage verlebt. Wie Francesco haben auch Annas Eltern unsere Erklärung akzeptiert, dass wir ganz einfach Lust hatten, ein wenig Zeit mit ihnen zu verbringen. Sie haben die Konsequenzen genossen – unsere Gesellschaft, ausgedehnte gemeinsame Mahlzeiten, das Zusammensein mit dem Enkelkind – und sich über die absurden Umstände unseres Besuches gar keine Gedanken gemacht: Ein Schulkind, dessen Ferien noch nicht begonnen haben, und seine normalerweise rund um die Uhr eingespannten Eltern lassen eines schönen Mittwochs zu Hause alles stehen und liegen und fahren ans Meer. Oder vielleicht haben sie sich, was wahrscheinlicher ist, schon ihre Gedanken gemacht, aber nicht nachgefragt, weil sie diskret sind und weil ihnen die Situation gelegen kam. Jedenfalls haben wir trotz der Umstände unbeschwerte Tage verbracht: am Strand, im Tretboot auf dem Wasser, im Pinienwäldchen, der so genannten Pineta, auf Spaziergängen an der Uferpromenade, in der Spielhalle. Wahrscheinlich haben wir alle Theater gespielt. Meine Schwiegereltern taten so, als fänden sie unseren Besuch ganz normal, Francesco tat so, als hätte er immer noch nicht richtig Fahrrad fahren gelernt (er will mit der Ankündigung auf meinen Vater warten, er ist nämlich überzeugt davon, dass er zurückkommen wird), und Anna und ich taten so, als gebe es keine Bedrohung. Und vielleicht ging es uns gerade deswegen allen gut.

Gewiss, meine Augen waren um einiges wachsamer als gewöhnlich, darauf eingestellt, noch die kleinste Ungereimtheit sogleich zu entdecken (*Finden Sie den Fehler,* wie bei einem dieser Rätselbilder). Aber sie haben nichts Beunruhigendes ausgemacht, abgesehen von einem Daihatsu Feroza, der vor uns die Strandpromenade entlangdonnerte, als wir die Straße gerade überqueren wollten. Er hatte eine andere Farbe und ein Nummernschild aus Lucca, aber ich bin dennoch zusammengezuckt.

Den Zeitpunkt, sich dem Problem zu stellen, haben Anna und ich immer wieder hinausgeschoben. Und im Grunde war es, während wir diese Komödie spielten, nicht schwer, sich für ein paar Tage vom Augenschein täuschen zu lassen, sich vorzustellen, wir wären eine jener glücklichen alternativen Kleinfamilien, die ihre Selbstgenügsamkeit zur Schau stellen und sich der Massengesellschaft widersetzen, indem sie zwar nicht deren Grundlagen anzweifeln, aber doch zumindest deren äußere Erscheinungsformen. Die also keinen Fernsehapparat besitzen, sich nichts zu Weihnachten schenken und Fußball ebenso verachten wie Pizza auf die Hand oder Jogginganzüge. In der Tat haben diese Familien etwas Heldenhaftes an sich, das mich immer fasziniert hat. Wie sie an Werten hängen, die so unanfechtbar wie unwichtig sind (alternative Heilmethoden, Ferien in der Nebensaison, Skilanglauf, Biogemüse) und derentwegen sie ihre Ferien verschieben, aufwändige Pläne machen, sparen, Geld ausgeben und mit kritischem Bewusstsein ausgestattet ganz Europa bereisen, in einer ermüdenden Verschwendung ihrer geistigen Fähigkeiten. Und dabei eine barbarische und planlose Konsumhaltung durch eine menschenfreundlichere und durchdachtere Variante ersetzen, die deswegen aber nicht weniger gefräßig ist. So sind wir nicht – zu anstrengend –, aber so könnten wir sein. Vor allem jetzt, in jenen ersten Junitagen, da wir die Strandpromenade von Viareggio entlangspazierten, ich mit Francesco auf den Schultern, Anna mit den leichtfüßigen Schritten der früheren Ballerina, in der Luft die typischen Acht-Uhr-Abend-Gerüche, um uns herum die wie wild hin und her schießenden Schwalben und ein Dschungel aus ausnahmsweise blühenden Agaven (die Pflanzen blühen nur alle fünfzehn Jahre und sterben dann ab) und vielen weiteren Schönheiten, die im Moment noch verschont sind von dem Touristenansturm, der in wenigen Wochen alles niedermachen wird. Ja, so könnten wir *wirken*, wie eine dieser aus dem Rahmen fallenden Familien, eine von jener Sorte, die man bei Meinungsumfragen ausklammert, weil sie die Stichprobe verfälschen würde.

Davon abgesehen *ist* Viareggio im Juni tatsächlich anders, aristokratisch und melancholisch, ja sogar exotisch, so wie das Seebad während seiner Glanzzeiten vor dem Krieg gewesen sein muss, als Edda Ciano, Mussolinis Tochter, dort ihre turbulenten Sommerfrischen verbrachte und schweinsgesichtige Parteibonzen, die Haare voller Pomade, zwischen Bett und Bädern dem Vergnügen frönten, während die Helden der Anarchie davon träumten, die ganze Bande in die Luft zu jagen, mit jener legendären Bombe, die auf einen Schlag alle befreien würde und die in Italien nie gezündet wurde. Zugegeben, ich weiß nichts über Viareggio zu jener Zeit. Doch manchmal stelle ich mir den Ort vor, die Farben und Gerüche von damals, und dann kommt es mir so vor, ich weiß auch nicht wieso, als könne ich mich tatsächlich an sie *erinnern*. Und wenn ich im Juni dort bin, in der paradoxen Atmosphäre jener leeren, verdünnten Tage, besonders frühmorgens am Strand, mit den vereinzelten Sonnenschirmen hier und dort, habe ich immer das Gefühl, jene Zeit unter den Trümmern der Gegenwart noch einmal aufblühen zu sehen. Ähnlich wie wenn wir einer alten Frau begegnen: Wir kennen sie nicht und erkennen doch an ihrem Lächeln oder der Art, wie sie nach einer Begrüßung die Hand sinken lässt, wie schön sie einmal vor einem halben Jahrhundert gewesen sein muss.

Kurzum, es waren schöne Tage, vier eigentlich nur, aber mir schienen es viel mehr zu sein. Erst gestern Abend, nachdem ich Francesco zu Bett gebracht hatte (meine Schwiegereltern waren wie immer samstags bei irgendeiner Tanzveranstaltung für ältere Leute), sind Anna und ich wieder auf unser Problem zu sprechen gekommen. Es war nicht leicht, ihr die Zustimmung zu dem abzuringen, was ich mittlerweile beschlossen hatte: Ich würde nach Rom zurückfahren. Allein. Um sie zu überzeugen, griff ich auf das bekannte, unhaltbare Erklärungsmuster zurück, dessen erster Teil dem zweiten widerspricht. Denn als ich ihr sagte, dass ich nach Rom zurückfahren würde, musste ich zwangsläufig betonen, wie ungefährlich das sei. Und indem ich sie anschließend aufforderte, mit unserem Sohn am Meer zu bleiben, gab ich implizit das genaue Gegenteil zu. Anna, ein in hohem Maß vernunftbegabter Mensch, hat mir an diesem Punkt mächtig zugesetzt und dialektisch zweifellos auf der ganzen Linie gesiegt. Und doch ließ sie mich am Ende fahren, denn ihr war bewusst, dass meine Vorgehensweise weder die brillanteste noch die logischste, aber die einzig mögliche war. Und es war wunderbar mitzuerleben, wie spontan sie ihre Meinung änderte und die Sache akzeptierte: mit einer ihrer vorbildlichen, das heißt perfekt ausgeführten Gesten, bei denen es ihr wie keinem anderen Menschen, den ich kenne, gelingt, Form und Bedeutung in Einklang zu bringen.

Wir waren mitten in unserer Debatte, sie hatte gerade Luft geholt, um eine meiner Behauptungen zurückzuweisen, da brach sie plötzlich ab, drehte das Gesicht zur Seite und schlug die Augen nieder, so als suche sie etwas auf dem Fußboden. Ihre Füße in der vierten Ballettposition, verharrte sie so einige Sekunden, zwei oder drei, ich weiß es nicht – ich weiß nur, dass es genau der *richtige* Zeitraum war: kürzer hätte lächerlich gewirkt, länger wie Unsicherheit ausgesehen. Dann hat sie mich wieder angeschaut und gesagt: »Einverstanden.« Ende der Diskussion.

So bin ich jetzt also auf dem Weg zurück nach Rom, an einem strahlend schönen Sonntagmorgen, allein im Auto, und fahre in Gegenrichtung zu fast allen anderen Italienern, also vom Meer Richtung Stadt. Wenn ich schon zurückfahren muss, so habe ich mir überlegt, kann ich es auch sofort tun und den freien Nachmittag ausnutzen, um allein in Ruhe nachzudenken und Ordnung in meine Gedanken zu bringen. Denn das Missgeschick – nennen wir es einfach mal so – mit jenem zwielichtigen Kerl vor vier Tagen am Bahnhof ist mir zu einem, aus mehreren Gründen, recht heiklen Zeitpunkt widerfahren. Mein Vater ist gestorben, das ist ein Grund. Ein weiterer Grund: Bis zum 31. Dezember habe ich ein Buch mit neuen Abenteuern meines Helden Pizzano Pizza abzuliefern. Ich habe noch nicht einmal damit angefangen und weiß auch nicht, wie ich anfangen soll. Aber es gibt noch einen dritten Grund, der vergleichsweise weniger objektiv ist und damit weniger wichtig erscheinen könnte. Es handelt sich darum, dass in letzter Zeit das Bild, das ich von mir selbst habe, zunehmend verschwimmt und ins Wanken gerät. Mit anderen Worten:

Ich weiß nicht mehr, ob ich noch der bin, der ich zu sein glaubte. Und das verunsichert mich erheblich, speziell in Situationen, wo klare und rasche Entscheidungen getroffen werden müssten. Nehmen wir als Beispiel ruhig jene unangenehme abendliche Begegnung vor ein paar Tagen. Ich bin mir nicht sicher, ob ich mich in meinen damaligen Reaktionen *wieder erkenne*, und zwar weder in den spontanen noch in den wohl überlegten: in den Geländewagen einzusteigen, obwohl ich spürte, dass ich es besser nicht tun sollte; dann an der Ampel aus dem Wagen zu springen, trotz der Gefahr, überfahren zu werden; oder mich so blind der Polizei anzuvertrauen – zu der ich traditionell kein ausgesprochen gutes Verhältnis habe; und dann zu Hause diese absolute Gewissheit, fliehen zu müssen, und gleichzeitig dieser tiefe, echte Zweifel, ob ich nicht vielleicht doch übertreibe; die Fähigkeit, vier Tage lang das Problem vor mir herzuschieben und unbeschwerte Ferientage zu genießen; schließlich diese Entscheidung, allein nach Rom zurückzukehren, um den Kampf gegen wer weiß was und wen und mit wer weiß welchen Waffen aufzunehmen. Je mehr ich darüber nachdenke, desto weniger weiß ich, wo das alles herrührt. Jedenfalls hätte ich nie geglaubt, dass ich in einer solchen Situation einmal auf diese Weise reagieren würde. Aber das ist nicht die einzige Quelle meiner Selbstzweifel. Ja, man kann sagen, dass ich seit einiger Zeit nichts anderes mehr tue, als an mir selbst zu zweifeln.

Angefangen hat das alles mit einer Art traumatischem Erlebnis. Dabei will ich nicht abstreiten, dass es sich eigentlich um eine längere Entwicklung mit komplizierteren und sehr viel tiefer liegenden Ursachen handeln muss, die irgendwann vor längerer Zeit, ohne dass es mir bewusst war, begonnen hat. Tatsache ist aber, dass mir die Sache vor einigen Monaten auf ziemlich brutale Weise klar wurde, und zwar durch einen eigenartigen Vorfall mit der Sprechanlage in unserem Haus. Wir hatten Gäste zum Abendessen da, meinen Agenten mit seiner Verlobten und ein befreundetes Ehepaar, er Kunstkritiker, sie Logopädin, die Anna und ich häufig sehen, weil sie einen Sohn in Francescos Alter haben. Wir hatten gut gegessen und einen guten Wein getrunken, den mein Agent, ein Weinkenner, mitgebracht hatte, und uns in gelöster Stimmung bis gegen elf Uhr unterhalten. Dann mussten unsere Freunde gehen, weil die Babysitterin wartete; mein Agent und seine Freundin blieben noch. Ich begleitete die Aufbrechenden zur Wohnungstür, und kurz nachdem ich sie hinter ihnen geschlossen hatte, kreuzte sich mein Blick mit dem meines Agenten, der mit in den Flur gekommen war. Er war boshaft, dieser Blick, ausgesprochen boshaft.

»Ich höre mir immer an, was Leute, die mein Haus verlassen, so miteinander reden«, flüsterte er und deutete mit einem Blick auf die Sprechanlage an der Wand. Ich fand die Idee abscheulich, geradezu pervers, und dennoch, Gott weiß, warum, habe ich es getan. Während er diesen boshaften Blick auf mir ruhen ließ, nahm ich den Hörer ab und lauschte – und das versetzt mich in die Lage, nun aus eigener Erfahrung einen guten Rat zu erteilen. Man unterlasse es! Man unterlasse es unter allen Umständen zu belauschen, was Besucher, die wieder gehen, zu bereden haben.

Der Weg von unserer Wohnung auf die Straße führt vier Stockwerke hinab, durch die Haustür und einen kleinen Hof bis zu einem Tor, vor dem die Klingeln angebracht sind. Eine Zeit lang hörte ich nur undefinierbare Geräusche, Mopedgeknatter, Rauschen. Dann ging die Haustür auf, und von diesem Moment an wurden die Stimmen meiner Freunde immer deutlicher. Nun, es stimmte gar nicht, dass die Babysitterin wartete. Sie waren es ganz einfach leid, mit uns zusammen zu sein. Er lobte sie, weil sie einen passenden Vorwand gefunden hatte, und als sie sich wohl direkt vor den Klingeln befanden – seine Stimme war jetzt sehr laut –, hörte ich, wie er sich über mich lustig machte, weil ich eine Anekdote aus meiner Zeit im Militärinternat nun schon zum tausendsten Mal erzählt hätte. Auch mein Agent bekam seinen Teil ab und wurde als »Parasit« bezeichnet, seine Verlobte als nichtssagend und einfältig. Die Stimmen entfernten sich, während beide in vollkommenem Einverständnis Anna und mich als geizig brandmarkten, weil wir mit dem Vermögen, das ich dank Pizzano Pizza verdient haben müsse, immer noch in dieser Bruchbude wohnten, mit Linoleumfußboden, bunt zusammengewürfelten Stühlen und ohne Fahrstuhl. Nur Franceschino wurde verschont, aber vielleicht kam er auch erst an die Reihe, als sie schon zu weit weg waren, um noch von mir verstanden zu werden.

Ich bringe es kaum über mich, davon zu erzählen. Es ist so peinlich, aber auch wichtig. Diese beiden waren unsere Freunde, und wie sie über mich redeten, über Anna, unsere Wohnung, unsere Gäste, hat mich ganz schön mitgenommen. Andererseits muss ich zugeben, dass sie abgesehen von der Sache mit dem Geld (ich habe mit dem Buch keineswegs ein Vermögen verdient) nicht ganz Unrecht hatten. Ich erzähle häufig Geschichten, die nicht ganz neu sind, mein Agent lebt von den Prozenten, die er von den Honoraren anderer Leute abzweigt, seine Verlobte sieht zwar atemberaubend gut aus, glänzt aber nicht gerade mit ihren Redebeiträgen, und unserer Wohnung würde eine neue Einrichtung durchaus gut zu Gesicht stehen. Dennoch hätte ich nie geglaubt, dass sich die beiden über so etwas Gedanken machen könnten, nach den vielen Jahren, die wir schon miteinander befreundet sind. Und vor allem, dass sie sich in einem solch feindseligen Ton darüber unterhalten würden, während sie unter einem Vorwand vor mir und meinen Gästen flohen, die sie nicht mehr ertragen konnten.

Das sind Erfahrungen, die einem zu denken geben.

Als ich wieder auflegte, kicherte mein Agent, und einen Augenblick lang hoffte ich, er habe sich mit den anderen abgesprochen, um mir einen Streich zu spielen. Aber dem war nicht so. Die beiden hatten alles ernst gemeint, und er hatte keine Ahnung, welches Unheil er mit seinem Vorschlag angerichtet hatte.

»Nichts«, habe ich zu ihm gesagt. »Sie haben gar nichts geredet.«

Auch Anna habe ich kein Wort gesagt, weil ich mich zu sehr schämte, doch es war jenes Erlebnis, das mich dazu brachte, an mir zu zweifeln. Obwohl die Versuchung groß war, wäre es dumm gewesen, die Sache mit der Einsicht abzuhaken, manche Leute, die man für Freunde gehalten habe, seien eben in Wahrheit große Arschlöcher – das habe ich zwar in Bezug auf die beiden sehr wohl gefolgert, habe damit allerdings das Problem nicht als gelöst betrachtet. Nein, die beiden hatten über mich gesprochen, über mein Leben, und sie waren sich in ihrem Urteil vollkommen einig gewesen. Arschlöcher hin oder her, immerhin haben sie dieses Bild von mir: geizig, unerträglich, lächerlich. Das ist ein Problem, und zwar für mich, nicht für sie.

Ich habe mir viele Gedanken über diesen Vorfall gemacht und bin darüber, fatalerweise, auf folgende Frage gekommen: Was, wenn ich völlig umdenken muss? Was, wenn man sich selbst mit zunehmendem Alter keineswegs immer besser kennt, sondern die Ausbeute der Lebenserfahrung nur darin besteht, ein schönes »nicht« in das Bekenntnis »Ich weiß, wer ich bin« einfügen zu können? Plötzlich kam mir alles erschreckend plausibel vor. So läuft es ab: Mit zwanzig weiß man praktisch noch gar nichts über sich selbst, weil man sich bis dahin mit noch nichts wirklich Wichtigem auseinander zu setzen hatte; man glaubt, die eigene Verwirrung sei auf diesen Umstand zurückzuführen. Dann beginnt man, Erfahrungen zu sammeln, und aus jeder einzelnen gewinnt man Erkenntnisse über sich selbst, die einem zuvor fehlten. Anfangs ist das Porträt, das so entsteht, noch ziemlich verschwommen, wird aber Schritt für Schritt klarer und überzeugender, bis man eines Tages glaubt, genug Informationen gesammelt zu haben, um ein fertiges Bild betrachten zu können. Man schaut es sich an. Und auch wenn es einem nicht restlos gefällt, so muss man es doch akzeptieren und sich mit allen Fehlern und Schwächen abfinden, auf die es einen festlegt. Und indem man sich damit einrichtet, findet man zum ersten Mal so etwas wie Frieden, dem man, da man ihn als Ergebnis eines langen Prozesses der Bewusstwerdung betrachtet, auch zu vertrauen beginnt. Da man aber nun nicht stehen bleibt, sondern immer weiter neue Erfahrungen sammelt, kommt früher oder später eine daher, durch die man in eine Krise gestürzt wird. (Man kann den Hörer der Sprechanlage auch hängen lassen, es ändert nichts, denn kurz darauf stirbt vielleicht der Vater oder eine mysteriöse Begegnung versetzt einen in Panik.) Jedenfalls kommen die vielfältigen Informationen über einen selbst plötzlich nicht mehr recht miteinander aus. Sie fangen an, sich heftig zu bekämpfen, und vernichten in kurzer Zeit all das, was man bis dahin mit so viel naiver Geduld aufgebaut hat. Die beruhigende, hart erarbeitete Illusion, man wisse, was man vom Leben zu erwarten hat, wird im Nu hinweggefegt. Und an ihrer Stelle regt sich die bange Vermutung, dass man von nun an sich selbst fremd bleiben wird, dass man sich damit abzufinden hat, aus jeder einzelnen Situation heraus, immer wieder neu zu erfahren, ob die Freunde einen noch ertragen können oder nicht, ob sie einen geizig finden, öde oder lächerlich. Dabei weiß man, wie streng die Menschen um einen herum in ihrem Urteil sein können. Und es überkommt einen die Befürchtung, dass das von nun an immer so bleiben wird, dass das restliche Leben in Wirklichkeit nichts anderes mehr sein wird als diese tägliche Urteilsverkündung – eine lange, tastende Rückkehr zu der Verwirrung, von der man einst aufgebrochen war.

Das ist der Grund, warum ich mich seit einiger Zeit frage, was zum Teufel ich überhaupt für ein Mensch bin. Das ist der Grund, warum ich es wirklich überhaupt nicht weiß. Und mir kommt wieder die Frage dieser Journalistin während der Preisverleihung in den Sinn: »Sind Sie« – Pause – »ein trauriger Mann?« Die richtige Antwort wäre gewesen. »Ich weiß es nicht.«

Mittlerweile bin ich fast zu Hause. Rom ist heiß und leer, es sind alle ausgeflogen. Ich fahre die Via Ostiense entlang. So ohne Verkehr, richtig still, beschattet von den Platanenreihen in der Mitte, deren Blätter sanft im Wind schaukeln, wirkt die Straße wie eine kubanische Avenida. Eigenartig, aber nachdem ich nun über drei Stunden von Viareggio aus die Küste entlanggefahren bin, habe ich erst hier das Gefühl, das Meer zu spüren, als liege vor mir nicht der englische Friedhof, sondern eine Mole. Allerdings geht es mir auf der Terrasse unserer Wohnung ganz genauso, dort oben, von wo der Blick weit über den südwestlichen Teil der Stadt fällt, offen und klar, aber wenig römisch, weil ganz auf das weiße Dreieck der Cestiuspyramide konzentriert. Man hat das Gefühl, in einer herrlichen, fremden Stadt am Meer zu sein, vielleicht in Saloniki, Smyrna oder Alexandria, als verberge sich hinter diesem Antennenmeer auf den Dächern der Ausblick auf einen sinnlich brodelnden levantinischen Hafen mit all seinen zwielichtigen Aktivitäten.

Ich halte an einer roten Ampel, obwohl an der Kreuzung weit und breit kein Auto zu sehen ist. Ich lasse das Seitenfenster herunter, und ein Schwall heißer, seltsamerweise gut duftender Luft umfängt mich. Es könnte ein schöner Moment sein, alles ist zur Ruhe gekommen, und wenn die Ampel auf Grün springt, könnte ich sogar stehen bleiben, ohne dass hinter mir ein Hupkonzert ertönt. Ich könnte wirklich im Frieden mit mir selbst sein. Doch dieser Friede ist weit entfernt, und mit dem inneren Aufruhr, der mich erfasst hat wie einen Teenager vor dem ersten Mal, werde ich gleich vor dem Haus parken und schon mit dem Schlüssel in der Hand auf das Tor zugehen, wachsam, zum ersten Mal in meinem Leben darauf vorbereitet, mich hinter einem Auto zu Boden zu werfen, falls jemand auftauchen und auf mich schießen sollte.

5

Ein jeder tue das, was er tun muss. Damit das Leben wie gewohnt weitergeht.« So lauteten die klugen Worte, die der japanische Kaiser 1904 beim Ausbruch des Krieges gegen Russland an sein Volk richtete. Ich habe sie vor längerer Zeit in meinen Kalender geschrieben, in Erwartung des Moments, da sie mir einmal nützlich sein würden. Nun sieht es so aus, als sei dieser Moment gekommen. Allerdings hatte ich, als ich die Worte aufschrieb, geglaubt, einen literarischen Gebrauch davon zu machen, sie einer Figur in meinem nächsten Pizzano-Pizza-Abenteuer in den Mund zu legen. Jetzt muss ich sie selbst beherzigen. Und da bei mir zu Hause alles ruhig war, als ich in der Hitze des frühen Nachmittags nach Rom zurückgekommen bin, da mich niemand überfallen oder während unserer Abwesenheit die Wohnung durchwühlt hat, beschränkt sich im Moment mein *Tun, was ich tun muss*, darauf, die Dinge zu ordnen, die sich in den Tagen unserer Abwesenheit angesammelt haben. Korrespondenz erledigen, nicht zugestellte Päckchen abholen, Rechnungen bezahlen, siebzehn Nachrichten auf dem Anrufbeantworter abhören und löschen. Hinzu kommt die Liste, die ich von Viareggio mitgebracht habe. Darauf hat Anna alles aufgeführt, was ich erledigen muss, wenn ich sie und Francesco von Rom fern halten will. Und dann noch die Angelegenheiten, mit denen ich wegen des Chaos in Verzug bin, das durch den Tod meines Vaters entstanden ist. Das heißt, ich werde mit allem vier, fünf Tage zu tun haben.

Es ist schon beeindruckend, wie viel Zeit in einem normalen Leben die Erledigung der praktischen Dinge verschlingt. Man merkt es gar nicht, bis man sie, weil sie vernachlässigt wurden, plötzlich in großer Zahl vor sich aufgereiht sieht. Und es scheint fast unanständig, dass sie sich, auch wenn der Vater stirbt oder man die Familie in Sicherheit bringen muss, ungerührt weiter anhäufen. Es scheint unanständig, ist es aber nicht. Es ist einfach normal, ja sogar richtig. Auch Menschen wie ich müssen nun mal anerkennen, dass ihre Existenz auf diesem alltäglichen Stoffwechsel praktischer Dinge beruht, auch wenn man bestimmte Situationen, wie den Verlust des Vaters oder eine Bedrohung, besonders intensiv erlebt. Und wenn, wie ich glaube, in solch einer Existenz eine eigene Kraft steckt, dann verdankt sie sich *auch* der Fähigkeit, diesen Stoffwechsel im Griff zu haben, ohne dabei die Übersicht zu verlieren. Ich habe viele Jahre lang Schach gespielt und dabei herbe Lektionen von russischen Meistern einstecken müssen, die ihren Zenit eigentlich schon längst überschritten hatten und während der Turniere unter der Hand Ikonen aus Schaumgold verkauften, *Berkut*-Ferngläser oder geschmuggelte Fotoapparate. Und dabei habe ich zumindest zwei Dinge begriffen. Erstens: bei der Verteidigung, aber ebenso beim Angriff, auch den nicht beteiligten Figuren größte Aufmerksamkeit zu schenken, sie zu schützen und zu pflegen, so als seien sie keineswegs ohne Einfluss auf das Geschehen; die Gesamtheit der Dinge im Auge zu behalten und zu bedenken. Zweitens: Auf der Welt wird es, von einem bestimmten Niveau an, immer einige Dutzend Menschen geben, die das besser können als ich – was Grund genug für mich war, das Schachspielen aufzugeben.

Daher hat nun, es mag absurd erscheinen, mein erster Zug bei der Verteidigung meiner Familie darin bestanden, eine Liste aller Dinge zusammenzustellen, ihrer Bedeutung nach geordnet, die in den nächsten Tagen zu erledigen sind, umso rasch wie möglich das Knäuel zu entwirren, zu dem sie sich verknotet haben. Ich war sehr gewissenhaft und habe auch der Versuchung widerstanden, es mir einfach im Liegestuhl auf der Terrasse gemütlich zu machen und mich in der Nachmittagssonne meinen Sorgen hinzugeben. Mit Elan habe ich alles erledigt, ohne auch nur einen Augenblick zum Grübeln innezuhalten, aber auch wenn ich gewollt hätte, hätte ich inmitten dieses Festes der Banalitäten, das ich feierte, das Hauptproblem nicht aus den Augen verlieren können. Zwei Nachrichten auf dem Anrufbeantworter waren nämlich von einer gewissen Inspektorin Olivieri vom Polizeirevier Esquilino. Die Beamtin bittet mich, so bald wie möglich vorbeizukommen, um meine Anzeige zu vervollständigen. Allerdings habe ich diese beiden Nachrichten gleichrangig neben den anderen fünfzehn auf einem Blatt notiert, ohne ihnen eine Vorzugsbehandlung angedeihen zu lassen, denn ihre objektive Bedeutung sollen sie sich in fairem Wettstreit mit all den anderen zu erledigenden Dingen erkämpfen. »Damit das Leben wie gewohnt weitergeht.« Richtig. Japan hat den Krieg damals mit Pauken und Trompeten gewonnen.

Selbstverständlich habe ich auch mit Anna telefoniert, um ihr zu sagen, dass so weit alles in Ordnung ist. Und erst danach habe ich es mir – mit einem starken Gin Tonic ausgerüstet, den ich auf leeren Magen trinken will – im Liegestuhl auf der Terrasse bequem gemacht und erlaube mir jetzt den Luxus, in Ruhe über alles nachzudenken.

Mit aufreizender Langsamkeit, wie es in diesen Breiten nur im Juni möglich ist, geht der Nachmittag in den Abend über. Über der grünen Kuppe des Gianicolo, die durchbohrt wird von der Spitze des Wolkenkratzers (so wird das Gebäude hochtrabend genannt) auf der Piazza Rosolino Pilo, zieht ein Flugzeug vorbei, in einer Höhe, die erschreckend niedrig erscheint. Eine optische Täuschung, wie ich mittlerweile weiß. Am Himmel kreisen die Schwalben, und der Verkehrslärm unten – Hupen, aufdrehende Motorräder, Krankenwagensirenen – dringt nur gedämpft zu mir, wie eine natürliche, beruhigend leise Musik im Hintergrund. Ich trinke den Gin Tonic aus und rufe mir all die Dinge in Erinnerung, die ich die letzten Tage über von mir fern zu halten versucht habe: Ein bewaffneter Unbekannter hat mich aus einer Schlange wartender Menschen vor der Stazione Termini herausgepickt, hat mich, sagen wir, dazu überredet, in seinen Wagen zu steigen, und mir dann, lächelnd, bewiesen, dass er etwas über meinen Sohn weiß, was niemand wissen kann. Das war vor vier Tagen. Ein zweifellos gravierender Vorfall, aber die Zeit, die ich seither habe verstreichen lassen, hat die Einzelheiten bereits so weit verschwimmen lassen, dass es sich jetzt schon weniger um eine Erinnerung als um eine Art *Nachricht* handelt. Wie sah der Mann aus? Größe? Augenfarbe? Haarfarbe? Wenn ich morgen diese Inspektorin Olivieri aufsuchen will, um meine Anzeige zu unterschreiben (als solche hat die Polizei meine Bitte um Schutz offensichtlich aufgefasst), muss ich ihr schon einige konkretere Angaben machen. Dabei kann ich mich, es mag seltsam erscheinen, an den Mann gar nicht mehr erinnern. Ich weiß noch, dass er lächelte, aber nicht, wie genau sein Lächeln beschaffen war. Ich weiß noch, dass er unter dem Jackett ein kurzärmliges Hemd trug, erinnere mich aber weder an die Farbe des Hemdes noch an die des Jacketts. Wie sollen sie da irgendetwas ermitteln, wenn selbst ich nicht in der Lage bin, nützliche Hinweise zu geben?

Ich beschließe, noch einen Gin Tonic zu trinken. Als ich ins Wohnzimmer gehe, um ihn mir einzuschenken und dann mit dem Glas auf die Terrasse zurückzukehren, merke ich, dass ich nicht mehr ganz sicher auf den Beinen bin. Das gefällt mir. Ich strecke mich wieder auf dem Liegestuhl aus, trinke, atme tief durch, mir dreht sich der Kopf – sehr gut. Wenn ich schon Alkohol trinke, was ich selten tue, möchte ich auch so schnell wie möglich die Wirkung spüren. Deshalb trinke ich auch am liebsten auf nüchternen Magen, und unter »Wirkung« verstehe ich ebenjene Leichtigkeit, die mich jetzt erfasst hat. Keine Trunkenheit, sondern eine leichte Vernebelung des Gehirns, nur so viel, dass sich dort der Kalk der Rationalität lösen und auch Unvernünftiges hindurchströmen kann. Ja, ich fühle mich wohl: die langsam heraufziehende Abenddämmerung, die Dächer Roms, die Wärme, die Schwalben, die leicht benebelten Sinne, und das Gehirn dazu bereit, sich auch mit den unwahrscheinlichsten Lösungen für mein Problem zufrieden zu geben. Zum Beispiel mit der Annahme eines vollkommen unlogischen Universums – warum nicht? –, in dem sich die Ereignisse, ähnlich wie in Zeichentrickfilmen, ohne Ursache, ohne Verkettung aneinander reihen. Jetzt, in diesem Moment, wäre ich bereit, daran zu glauben. Keine natürliche Ordnung der Dinge, bloß eine sinnlose Mixtur großer und kleiner, individueller und kollektiver Geschehnisse, die nur örtlich begrenzt und rein zufällig hin und wieder von den Magiern der Vernunft miteinander in Zusammenhang gebracht werden können. Ein Universum nach dem Vorbild der Randomtaste am CD-Player. Kein Gott, kein Urknall, höchstens ein dickes Buch, wie es sich Melville zu Anfang von *Moby Dick* vorstellt, in dem die Dinge verzeichnet sind, die sich ereignen werden, aber ohne die Unterschrift der drei Parzen oder irgendeines anderen Schöpfers, ohne Erklärung. Irgendjemand liest es und führt die Vorgaben so gut es geht aus. Und damit ist der Mann am Bahnhof plötzlich kein Problem mehr, weil er ganz einfach seine Pflicht getan hat. Er ist zufällig vorbeigekommen, hat in dem dicken Buch gelesen »*jemand stehle ein Auto, stecke sich eine Pistole in den Gürtel und sage zu einem gewissen Gianni Orzan, dass dessen Sohn endlich Fahrrad fahren kann*«, und er hat diese Anweisungen ausgeführt. Aber gegen mich persönlich hat er nichts, er weiß noch nicht mal, wer ich bin, und ich werde ihn nie wieder sehen. Eine sinnlose Welt, das wär's. Ja, es wäre phantastisch, wenn ich entdecken würde, dass es so ist und so läuft und dass ich mein ganzes Leben lang falsch gelegen habe.

Wie zur Bestätigung dieser Theorie beginnt plötzlich direkt unter meiner Terrasse jemand laut zu fluchen. Es ist eine junge Stimme, gebrochen, so als schreie jemand nicht nur aus vollem Hals, sondern heule dazu auch noch. Und sie flucht und flucht. Von meiner Liege aus höre ich ihr eine Weile zu, und als das Gefluche nicht aufhört, stehe ich auf und trete an die Brüstung, die ich, als Francesco vor ungefähr sieben Jahren laufen lernte, mit einem grünen Maschendrahtzaun von gut einem Meter Höhe gesichert habe. Er behindert die Aussicht, aber ohne ihn wären Anna und ich in ständiger Alarmbereitschaft.

Die Stimme flucht immer weiter, drei verschiedene Flüche, wie ich feststelle, immer in derselben Reihenfolge – zunächst auf die Madonna, dann auf Gott, dann wieder auf die Madonna. Eine abgrundtiefe Verzweiflung liegt darin, eine Mischung aus Wut, Schmerz, Hass, Enttäuschung, die in diesem eintönigen Solo, ohne Crescendo oder Variationen, ein eigenartiges Gleichgewicht gefunden zu haben scheinen. Erster Fluch. Zweiter Fluch. Dritter Fluch. Pause. Erster Fluch. Zweiter Fluch. Dritter Fluch. Pause. Und so weiter, regelmäßig wie eine Sirene.

Natürlich ist der Fluchende unsichtbar, ich glaube aber, die Wohnung ausmachen zu können, von der er sein Leid in die Welt hinausposaunt. Sie liegt im ersten Stock des Nachbarhauses, an dem überall der graue Putz abblättert, eine, wie ich vermute, sehr bescheidene Wohnung, deren Fenster offen stehen, mit einem kleinen Balkon, über dessen Nutzung ein blühender, sich an die Wand klammernder Jasmin mit Schrubbern und Wäscheständern im Streit liegt. Entweder eine Abstellkammer im Freien oder ein luftiges, duftendes Eckchen, wo sich an Abenden wie diesem gut eine Zigarette rauchen lässt, am Geländer stehend und einen Fetzen Himmel zwischen den umliegenden Mietshäusern betrachtend, darüber nachsinnend, wie das Leben hätte sein können und warum es nicht so ist. Aber eigentlich bin ich gar nicht so sicher, dass dies die Wohnung ist. Stutzig macht mich, dass sich keine andere Stimme über die des Fluchenden legt, etwa die einer Frau, die ihn anfleht, endlich aufzuhören, oder die eines Mannes, der mit Schlägen droht. Nichts. Der Mann muss allein in der Wohnung sein. Und eigenartig ist auch das Fehlen jedweden Begleitgeräusches, wodurch das Bild eines sich allein mithilfe seiner Stimme abreagierenden jüngeren Mannes entsteht, der lauthals Flüche ausstößt, ohne in der Wohnung auf und ab zu wandern, ohne irgendwas kaputtzuschlagen, ohne – so mein Verdacht – sich überhaupt bewegen zu können.

Ein junger Mann, ans Bett gefesselt, allein gelassen in einer schlimmen Existenzkrise. Dieses Bild geht mir nicht mehr aus dem Kopf.

Mittlerweile hat das Gebrüll schon eine Reihe von Leuten an die Fenster ringsumher gelockt. Die ersten deftigen Kommentare werden laut. Grund genug für mich, den Rückzug anzutreten. Vielleicht könnte ich herausbekommen, wer da flucht und warum, aber obwohl mich das interessieren würde, ist mir nicht danach, jemanden als Tratschpartner von Fensterbank zu Fensterbank glücklich zu machen.

Da brechen die Flüche plötzlich ab, ohne jegliche Vorankündigung, so wie sie losgingen, und das ist eigentlich noch viel rätselhafter als ihre Ursache. Warum hat er aufgehört? Was zum Teufel ist geschehen? Ich lausche noch eine Weile, vielleicht handelt es sich bloß um eine etwas längere Pause, aber die Vorstellung scheint definitiv beendet, und alles, was ich jetzt noch höre, ist ein Läuten an meiner Tür. Als ich reingehe, meldet sich auch noch das Telefon. Mein Kopf dreht sich nicht mehr, die Flüche haben wie ein Eimer kaltes Wasser gewirkt, doch diese neuen Störungen, die mich von zwei Fronten bedrängen, und die sich daraus ergebenden Fragen (Wer kann das sein? Welchem Läuten soll ich zuerst nachgeben? Wie spät ist es eigentlich?) verwirren mich ein wenig. Einen Moment bleibe ich mitten im Zimmer stehen, gebe dann, ohne es eigentlich so beschlossen zu haben, der Klingel den Vorzug und gehe zur Tür. Es war, wenn ich mich nicht getäuscht habe, die Klingel hier auf dem Treppenabsatz, was etwas anders klingt, als wenn man unten am Tor läutet. Als ich die Wohnungstür öffne, erwarte ich daher einen Nachbarn vor mir zu sehen, mit irgendeinem banalen häuslichen Anliegen oder vielleicht auch, um sich, vordergründig, mit mir über den eigenartigen Flucher auszutauschen, tatsächlich aber, weil er, überwältigt von der Einsamkeit dieses ersten echten Sommersonntagabends, auf den Gedanken verfiel, dass …

Aber ich habe mich getäuscht. Vor mir steht – man höre und staune – der Mann mit dem kurzärmligen Hemd unter dem Jackett.

Sogleich erkenne ich sein Gesicht wieder, das alte Lausbubengesicht, das ich eben noch vergessen zu haben glaubte. Natürlich lächelt er, und mein Herz hämmert bis zum Hals, während ich wie gelähmt dastehe und ihn anstarre. Inzwischen hat das Telefon noch einige Male geklingelt, bis zum Einschalten des Anrufbeantworters, der jetzt die Wohnung mit einer Frauenstimme beschallt (nicht der von Anna): »… noch nicht zu Hause«, sagt sie, »… oder aus essen.«

»Die Tasche«, sagt der Mann, »ich bringe dir deine Tasche.«

Ich bin immer noch gelähmt. Ein eigenartiges Gefühl, ich sehe alles, nehme alles wahr (mehr noch, mir ist, als seien in diesem

Zustand die Sinne ganz besonders geschärft), aber ich kann mich keinen Millimeter bewegen und keinen Ton von mir geben, jeder Impuls, den ich aussende, verpufft, und ich fühle mich entsetzlich. Ich kann nicht sagen, dass mir dieser Zustand fremd wäre, er ist dem ähnlich, den man in Albträumen durchlebt, aber im Wachzustand ist er noch mal um einiges schrecklicher. Ich schaffe es kaum, meinen Blick auf die Hände des Mannes zu richten, die tatsächlich meine braunlederne Reisetasche halten. Ja, das ist meine Tasche mit dem Computer drin, die ich in dem Geländewagen zurückgelassen habe.

»Hier«, sagt er und reicht sie mir.

Der Anrufbeantworter zeichnet nicht mehr auf und gibt jetzt das Tut-Tut, Ende der Nachrichten, von sich. Der Mann lächelt, hält die Tasche hoch, bringt sie mir fast in Opferhaltung dar.

»Ich habe deinen Wagen vor der Tür gesehen und…«

Auf einmal bin ich nicht mehr gelähmt. Ich merke es daran, dass ich plötzlich das tue, was ich nicht getan habe, als es hätte getan werden müssen (gleich, als ich den Mann sah, hätte es geschehen müssen), als es noch sehr viel sinnvoller gewesen wäre, während es jetzt eher wie das Ableiten eines Impulses von der Warteliste wirkt, fast komisch also, denn bekanntermaßen ist ja Komik eine Frage des richtigen Zeitpunkts, und hier ist so viel Zeit vergangen zwischen dem Moment, als ich es hätte tun sollen, und jenem, als ich es tatsächlich tat, dass währenddessen all die Dinge, die man mit solch einer Geste gerade verhindern will, hätten geschehen können, zum Beispiel ein Schuss aus einer Pistole oder ein Schlag auf den Kopf oder ins Gesicht oder auch nur ein Stoß dieses bewaffneten Fettwanstes, der dann in deine Wohnung eindringt, um wer weiß was mit dir anzustellen. Allerdings ist noch nichts von all dem eingetreten, bis jetzt haben wir beide reglos in der Tür gestanden, ich gelähmt, er lächelnd und mit meiner Tasche in der Hand, sodass nun, Komik hin oder her, meine Reaktion unter den gegebenen Umständen die einzig Sinnvolle ist: Ich schlage ihm die Tür vor der Nase zu und schiebe den Riegel vor.

6

Meine Wohnungstür. Ich diesseits, er jenseits.

Draußen, außerhalb dieser Wände aus Kalk und Hohlsteinen, mit denen das Haus nach dem Krieg in Windeseile hochgezogen wurde, in meinem namenlosen kleinen Viertel und darüber hinaus in ganz Rom, ganz Italien, ganz Europa, bereitet man jetzt das Abendessen zu, sprengt Rasen, spielt mit den Kindern, kehrt von Ausflügen heim, schaut sich im Fernsehen die Nachrichten an oder, wie jetzt wohl mein Sohn Franceschino in Viareggio, alte japanische Zeichentrickfilme auf obskuren Lokalsendern mit unentzifferbarem Logo. Während mich hier wer weiß was erwartet…

»Gianni.« Seine Stimme, so warm und sanft, dass sie kaum durch das Holz der Wohnungstür dringt, steht in derart heftigem Gegensatz zu seinem Aussehen, dass man glauben könnte, er habe sie erst später hinzubekommen, um etwas wieder gutzumachen.

»Entschuldige, ich wollte dich nicht erschrecken!«

Ich bin zwar nicht mehr gelähmt, aber ich stecke fest. Was soll ich tun? Ich könnte die 113 anrufen, die jetzt nicht mehr die 113 ist, sondern eine andere Notrufnummer, an die ich mich im Moment nicht erinnere. Verflucht noch mal, was fällt denen bloß ein, die Nummer zu ändern. Was war den mit der 113 nicht in Ordnung?

»Gianni!«

Ich recke mich bis zur Konsole im Flur vor, auf der das Telefon steht, und greife nach dem Telefonbuch – hingehen kommt nicht in Frage, der ist im Stande und erschießt mich durch die geschlossene Tür. Ich gehe die ersten Seiten durch und stelle fest, dass die 113 gar nicht geändert wurde, sie steht immer noch da, an erster Stelle unter allen Notrufnummern, zu wählen »nur im

Fall akuter Gefahr für Leib und Leben von Personen«, wie in der Zeile darunter erläutert wird. Wie komme ich nur darauf, man habe die Nummer geändert?

»Gianni!« Er klingelt wieder an der Tür, dreimal kurz hintereinander. »Ich bin ein Freund deines Vaters! Komm schon, mach auf...«

Das ist wirklich ein dicker Hund. Ich weiß, ich sollte gar nicht antworten, ohne die Polizei gerufen zu haben. Genauso gut könnte ich ihm auch gleich die Tür aufmachen und mich in mein Schicksal ergeben. Aber das hier ist wirklich ein dicker Hund.

»Ein Freund von wem?«, rufe ich, wahrscheinlich viel zu laut, aber ich habe ja keine Ahnung, in welcher Lautstärke man durch eine geschlossene Tür zu sprechen hat.

»Von deinem Vater.«

Das ist so unverschämt, dass es fast schon beruhigend ist. Oder jedenfalls nicht eben bedrohlich, und das bedeutet in diesem Moment schon eine ganze Menge.

»Das ist doch völlig absurd«, antworte ich, immer noch zu laut.

»Nein, es ist die Wahrheit, Gianni.«

Damit wären es viermal: Er legt wirklich großen Wert darauf, mich mit dem Vornamen anzusprechen.

»Und wie heißen Sie?«

»Gianni, ich heiße auch Gianni«, antwortet er, »Gianni Bogliasco. Der Name wird dir nichts sagen, aber...«

»Da haben Sie Recht, der Name sagt mir nichts. Also sind Sie auch kein Freund meines Vaters.«

»Doch, doch. Glaub mir.«

»Lassen Sie mich in Frieden, oder ich hole die Polizei.«

»Ich kann dir beweisen, dass ich die Wahrheit sage!«

»Gut, ich rufe jetzt die Polizei.«

»Nun stell dich nicht so an. Schließlich habe ich dir die Tasche gebracht.«

»Danke schön. Lassen Sie die vor der Tür stehen.«

»Hör mal, ich kann mir denken, dass du bei unserer ersten Begegnung einen falschen Eindruck von mir gewonnen hast. Aber ich bin wirklich ein Freund deines Vaters. Der *beste* Freund deines Vaters, glaub mir. Wir waren zusammen in Gefangenschaft, in Russland, das halbe Leben haben wir zusammen verbracht, und sein Tod war für mich ein entsetzlicher Schlag. Wie soll ich's dir nur beweisen? Frag mich einfach etwas über ihn.«

Schweigen.

»Welche große Leidenschaft hatte mein Vater?«

Was tue ich denn da? Eben noch hat mich allein der Anblick dieses Mannes vor Angst erstarren lassen (übrigens eine enorme Enttäuschung, wie hilflos ich in der Situation war, wie unfähig zu reagieren – und das, obwohl ich die Tage zuvor praktisch an nichts anderes als an diesen Moment unseres Wiedersehens gedacht habe, wie ich mich dann verhalten, wie ich mich mit ihm auseinander setzen würde), und jetzt veranstalte ich mit ihm ein Quiz durch die Wohnungstür. He, dieser Kerl läuft bewaffnet durch die Gegend. Und mein Vater hat kein einziges Mal in seinem Leben diesen Namen erwähnt, Bogliasco...

»Übersetzen, aus dem Russischen«, antwortet er.

Die Antwort ist richtig. Das wissen nur wenige; mein Vater übersetzte aus dem Russischen, hat aber nie darüber gesprochen, und vor allem hatte er nicht den geringsten Ehrgeiz, etwas davon zu veröffentlichen. Er tat es für sich, wie er sagte, aus Liebe, Liebe zur russischen Sprache, die er in der Gefangenschaft gelernt hatte.

»Er hat den gesamten Scholochow übersetzt«, erklärt der Mann weiter. »Ich spreche selbst Russisch, und deswegen kann ich beurteilen, dass seine Übersetzungen hervorragend sind, ganz im Gegensatz zu dem Schund, der hier in Italien veröffentlicht wurde. Aber du hast seine Übersetzung von *Der stille Don* gar nicht gelesen, stimmt's?«

»Nein, hab ich nicht«, antworte ich, jetzt so leise, dass er mich jenseits der Tür vielleicht gar nicht verstanden hat.

»Tja, ich weiß... Und das hat deinen Vater sehr enttäuscht. Er gab etwas auf dein Urteil. Du solltest seine Übersetzung mal lesen und dann mit der vergleichen, die 1941 bei Bompiani erschienen ist. Du als Schriftsteller kannst es ja beurteilen, ein himmelweiter Unterschied.«

Wie absurd! Jetzt stehe ich hier und unterhalte mich über Übersetzungen, durch die Wohnungstür, mit dem Mann, der mein Leben in den letzten Tagen vollkommen durcheinander gebracht hat. Meine Angst hat sich mittlerweile gelegt, verständlicherweise, aber anders, als man es aus amerikanischen Filmen gewohnt ist. Da hätte dieser letzte Teil des Dialogs den Schrecken nur noch gesteigert, denn die intellektuellen Killer sind dort die Allerschlimmsten. Aber dies hier ist die Realität, hier wird Italienisch gesprochen, und hier haben Schurken, die Leute abknallen, von Scholochow noch nie etwas gehört. Und plötzlich beginne ich mich furchtbar zu schämen für die entsetzliche Angst, die mich bis vorhin noch gequält hat, und für alles, was ich in den letzten vier Tagen gemacht, gedacht und gesagt habe. Allerdings ist damit das Rätsel um diesen Mann noch nicht gelöst, und seine Anwesenheit vor meiner Wohnungstür macht auch nicht mehr Sinn als zuvor.

Bemüht, ein wenig von meiner Würde wieder zu erlangen, ziehe ich den Riegel zurück und öffne die Tür. Der Mann ist nicht darauf gefasst und schreckt zusammen, sodass ich ihn für den Bruchteil einer Sekunde auch einmal ohne sein Lächeln sehen kann. Als ich ihn so anblicke, *erinnere* ich mich auch wieder an ihn. Seine Erscheinung, hier auf dem Treppenabsatz, mit meiner Tasche zwischen den Beinen, ruft sogleich das Bild vom Bahnhof wieder wach, als er auf mich zukam und mir seinen Spartarif anbot, und sie fügen sich perfekt ineinander, wie ein Löffel in den anderen. Graues Haar, Schuppen auf den Schultern, krumme Nase, fetter Bauch, Lächeln, Unterarme wie ein Ringer, die nackt und behaart unter den Jackettärmeln hervorschauen. Er erinnert an einen Rugbyspieler aus den Fünfzigerjahren, geformt von Pasta und Gedränge, einen jener Hackler, die immer mit bandagiertem Schädel spielten, in legendären Teams wie Petrarca, Fracasso oder Amatori, und die als unersetzlich galten, obwohl sie in ihrer ganzen Karriere noch nicht einen Punkt erzielt hatten und auch nie erzielen würden.

»Sie fahren wohl gar nicht Taxi?«, frage ich unvermittelt.

»Nein, nein«, lacht er. »Es war ein, sagen wir, ungeschickter

Versuch, Kontakt mit dir aufzunehmen, mehr als Witz gemeint, um das Eis zu brechen, aber leider …«

Er spricht mit einem leichten toskanischen Akzent, Livorno würde ich tippen oder Pisa.

»Sie sind bewaffnet?«

»Ja, richtig. Ich weiß, das zählt auch zu den Dingen, die ich dir erklären muss. Aber glaub mir, vor dem Bahnhof war ich …«

»Ich meine jetzt im Moment.«

»Ja, stimmt, ich bin bewaffnet.«

»Pistole?«

»Ja.«

»Und haben Sie die Absicht, sie zu benutzen? Wollen Sie das Feuer auf mich eröffnen?«

»Natürlich nicht.«

»Und warum haben Sie sie dann dabei?«

»Hör zu, ich werde dir alles erklären, aber lass mich doch erst mal rein.«

Seine Stimme passt wirklich überhaupt nicht zu seiner Erscheinung. Sie klingt schön, elegant, wie gesagt, fast sanft.

»Woher wissen Sie, dass mein Sohn jetzt gelernt hat, Rad zu fahren ohne Stützräder?«

»Von deinem Vater.«

»So ein Unsinn!«, brause ich auf. »Das kann nicht sein. Damals lag mein Vater schon im Sterben. Wann soll er Ihnen das erzählt haben?«

Er lässt sich nicht beeindrucken.

»Na, im Krankenhaus. Als ich ihn zum letzten Mal gesehen habe«, seine Miene wird ernst, »zwei Tage bevor er von uns gegangen ist«, um sich sogleich wieder aufzuhellen, »aber müssen wir wirklich hier im Treppenhaus stehen bleiben?«

»Ich wollte gerade fort.«

»Ach so? Wohin denn?«

»Wieso sollte ich Ihnen das sagen?«

»Fährst du vielleicht zu deiner Mutter?«

»Nein.«

»Egal, aber wenn du sie das nächste Mal siehst, frag sie nach mir, frag sie, ob ich ein Freund deines Vaters bin. Du fährst doch öfter zu ihr, oder?«

»Ja. Ich werde sie fragen.«

»Gut, sag ihr, dass du mich kennen gelernt hast.«

»Das mach ich.«

»Du weißt doch noch, wie ich heiße?«

»Gianni Bogliasco.«

»Genau.«

Er fährt sich mit dem Handrücken über die Nase und zieht sie hoch.

»Natürlich wird sie abstreiten, mich zu kennen.«

»Wie bitte?«

»Ich sagte, deine Mutter wird abstreiten, mich zu kennen. Ganz sicher. Aber wenn du sie fragst, blick ihr fest in die Augen, und mit dem erfahrenen Blick eines Sohnes wirst du erkennen, dass sie lügt.«

Er lächelt. Je dicker er aufträgt, desto stärker lächelt er.

»Verstehe«, sage ich. »Kann ich jetzt gehen?«

»Hier, die Tasche.«

»Ach ja.«

Er reicht sie mir, und ich stelle sie einfach auf den Boden, direkt an der Tür, hole noch nicht mal den Computer raus, sondern greife nur rasch nach meinem Schlüsselbund auf der Konsole und verlasse die Wohnung. Ich habe keine Ahnung, wohin ich will: Ein Besuch bei meiner Mutter würde sich anbieten, wäre sie nicht in Sabaudia bei meiner Schwester – die drei Kinder hat und einen schwerreichen Gatten, eine Villa am Meer, philippinisches Personal, ein französisches Kindermädchen, Luxus in jeder Beziehung also, der die Wahl dieses Reiseziels sogleich nahe legte für eine sechzigjährige Witwe, deren eigene vier Wände mit einem Mal unerträglich leer geworden waren. Ich ziehe die Türe hinter mir zu und gehe die Treppe hinunter, ohne meinem Besucher weiter Beachtung zu schenken.

»Willst du denn nicht abschließen.«

»Was?«

»Ob du nicht abschließen willst. Du hast nur zugezogen.«

»Nein.«

»Aber so kann doch jeder rein.«

Auf dem Treppenabsatz ein Stockwerk tiefer ist er wieder neben mir, und von dort aus gehen wir Seite an Seite hinunter, bis zum Vorgarten, ohne ein Wort miteinander zu wechseln. Ich stelle fest, dass seine Lunge pfeift, lässt auf ein Emphysem schließen, man hört es bei jedem Atemzug.

»Also ciao dann«, sagt er, als wir am Tor angekommen sind, »und entschuldige noch mal wegen der Geschichte am Bahnhof. Ich hab meinen Auftritt ziemlich vermasselt.«

Er reicht mir die Hand, und ich schüttle sie, ohne ihn anzublicken, die Augen auf das Mäuerchen vor unserem Haus gerichtet, auf dem schon seit Urzeiten der Schriftzug BAGLIONI IST SCHWUL prangt, wer weiß, wie alt der Verfasser jetzt sein mag.

»Auf Wiedersehen«, sage ich.

Seine Hand ist hart und schwielig wie die eines Schimpansen.

»Wer hat da vorhin eigentlich so geschrien?«, fragt er mich plötzlich gut gelaunt. Ja, er könnte im Alter meines Vaters sein, wären da nicht diese teuflisch jungen Züge in seinem Gesicht.

»Keine Ahnung.«

»Du traust mir nicht, hab ich Recht?«, fragt er. (Wieso ihn meine Antwort zu dieser Frage veranlasst, ist mir übrigens ein Rätsel.)

»Jedenfalls nicht blind.«

Er wird nachdenklich. Dass es auf der Welt so etwas wie Sarkasmus gibt, scheint ihm nicht bekannt zu sein.

»Ich verstehe dich ja«, meint er, »aber ich mag dich, und das will ich dir beweisen«, und dabei legt er mir sogar noch die Hand auf die Schulter. »Wir müssen uns mal richtig aussprechen, wir beide.«

»Danach habe ich kein Verlangen.«

Erneut fasst er meine Antwort wörtlich auf, sehr ernst, und nickt mit besorgter Miene.

»Ich schon«, sagt er. »Es gibt da einige Dinge, die ich dir unbedingt erzählen muss.«

Seine Hand auf meiner Schulter ruht nicht mehr, sondern greift zu; ganz leicht, gewiss, aber fest genug, dass ich die Augen hebe und ihn anblicke. Natürlich lächelt er, und nun beginnt jene Auseinandersetzung, die Kinder oft untereinander austragen, und die manche Erwachsene – ich nicht, aber er zum Beispiel – immer noch spielen, mit Fremden, im Zugabteil, an der Ampel, im Fahrstuhl, in der es darum geht, wer zuerst den Blick abwendet, womit dann irgendetwas bewiesen sein soll.

Ich halte viel besser stand, als ich gedacht hätte. Ohne Scheu blicke ich in seine ganz nahen, verschmitzt funkelnden Foxterrieräuglein, die sich kaum wahrnehmbar hin und her bewegen, um die meinen festzuhalten (die alte Geschichte, dass man in Wirklichkeit immer nur ein Auge ansehen kann), und als ich mich nun ganz auf dieser Auseinandersetzung einlasse, kommt es mir plötzlich so vor, als könne ein Sieg meine immer noch nicht ganz verschwundene Beschämung auslöschen, meine Beschämung wegen der Angst, die ich in den letzten Tagen empfunden habe und andere habe empfinden lassen. Und während ich so in seine Augen starre, überkommt mich das widersprüchliche Gefühl, dass einerseits meine Angst tatsächlich unbegründet war (man merkt ja sehr genau, dass er mir nichts Böses will, er ist höchstens ein wenig durcheinander, vielleicht durch den Tod meines Vaters, mit dem ihn irgendetwas verband, das er mir bald – ich werde dem wohl nicht entgehen – erzählen wird), andererseits aber auch sehr wohl begründet war, denn während ich ihn so anblicke, stelle ich fest, dass sein Gesicht auf mysteriöse Weise jene Angst widerspiegelt, die im Lauf seines Lebens nicht wenige Menschen vor ihm empfunden haben müssen. Denn unweigerlich bleiben im Gesichtsausdruck eines Menschen, seiner Art zu lächeln, die Zähne zusammenzubeißen oder die Augenbrauen hochzuziehen, aber auch in den Zügen selbst, mit der Zeit die Spuren dessen zurück, was andere angesichts dieses Menschen verspürt haben. Daran habe ich immer geglaubt, und auch wenn in meinem speziellen Fall Furcht unbegründet ist, bin ich sicher, dass dieser Mann in seinem Leben schon vielen Leuten Angst eingejagt hat und die Merkmale davon an sich trägt.

»Du musst nirgendwohin, nicht wahr?«, sagt er plötzlich, womit er mich überrumpelt und aus der Konzentration reißt, mit der ich seinem Blick standgehalten habe. Jetzt, nach dieser, im Übrigen ja wahren Bemerkung erscheint mir die Auseinandersetzung mit einem Mal sinnlos, und sein Blick wird mir unerträglich.

BAGLIONI IST SCHWUL.

»Komm«, sagt er, »ich lade dich ein. Wir gehen Fisch essen, irgendwo draußen.«

Er stinkt nach Zigaretten wie ein voller Aschenbecher. Seit ich vor neun Monaten das Rauchen aufgegeben habe, reagiere ich sehr sensibel auf diesen Gestank. Er widert mich an. Allerdings nicht wegen des Gestanks selbst, sondern weil er mich daran erinnert, dass ich zwanzig Jahre lang, ununterbrochen, unbekümmert, ja ohne mir überhaupt darüber im Klaren zu sein, auch bei den wichtigsten Anlässen meines Lebens genauso gestunken habe (ein Päckchen Marlboro am Tag); selbst bei der ersten schicksalhaften Umarmung meines gerade zur Welt gekommenen Sohnes, was bei ihm, der Prägungstheorie zufolge und vor allem in Anbetracht der folgenden siebeneinhalb Jahre voller gleichermaßen stinkender Umarmungen meinerseits, für eine unauslöschliche Assoziation gesorgt haben dürfte zwischen diesem Kippengestank und seinem Vater – also mir. Eine Assoziation, gegen die meine heroische Standfestigkeit, mit der ich mich jetzt schon neun Monate, Tag für Tag, von Zigaretten fern halte, nichts auszurichten vermag, absolut nichts.

»Ich muss mit dir über deinen Vater reden«, lässt er nicht locker. »Ich muss dir vieles erzählen, was du nicht weißt ...«

Es wird dunkel. In Viareggio ist Anna jetzt wohl mit dem Tischabräumen fertig und hat schon begonnen, die Spülmaschine zu bestücken – »lass nur, Mama, ich mach das schon« –, mit roten Gummihandschuhen, die bis zu den Ellbogen reichen, und einer widerspenstigen Locke, die ihr immer wieder in die Stirn fällt. Franceschino, im Garten, ringt höchstwahrscheinlich mit sich selbst, ob er, in Erwartung, dass mein Vater von den Toten zurückkehrt, den Großeltern jetzt erzählen kann, dass er ohne Stützräder Fahrrad fährt. Und wenn es stimmt, dass Kinder eine besondere Ader für die Wahrnehmung von Geistern und Gespenstern haben, müsste mein Sohn jetzt, in diesem Moment, beschließen, ja, der Zeitpunkt ist gekommen, Opa ist wieder da, und daher ist es Zeit, allen das große Geheimnis zu verkünden. Weil ich nämlich gerade beschlossen habe, die Einladung des Mannes anzunehmen, dieses bewaffneten, stinkenden Fremden, der mir von meinem Vater erzählen wird, und ich habe jetzt schon Lust darauf, ihn über meinen Vater sprechen zu hören, egal, wie und was er mir zu sagen hat – obwohl er mich, wie ich glaube, am Ende wahrscheinlich um Geld anpumpen wird –, und ich habe auch Lust, selbst über ihn zu sprechen, habe Lust, mich an alle möglichen Details von ihm zu erinnern, obwohl er *so* war, wie er war, weil ich möchte, dass er nicht tot ist, ja, jetzt ist es raus, denn ich leide, leide, leide, weil er nun einmal tot ist, und weil ich, der ich lebe, Lust habe, ihm, dem Toten, jede Minute dieses Abends zu widmen, und jede Lire, die ich dabeihabe, und ich habe Lust, betrunken nach Hause zu kommen, betrunken von ihm, und in Gedanken an ihn einzuschlafen und von ihm zu träumen. Und realer als auf diese Weise, mein Sohn, kann ein Toter nicht zurückkehren.

7

Wieder in diesem Geländewagen, neben diesem Mann, und das aus freien Stücken; bis vor einer halben Stunde noch hätte ich dies für die unwahrscheinlichste Sache der Welt gehalten.

Seit wir eingestiegen sind, hat er noch kein Wort gesagt. Vielleicht genießt er im Stillen noch seinen Triumph, mich wieder an den Haken bekommen zu haben. Er hat eine Zigarette geraucht, so eine dünne Capri Superlights, sein Jackett ausgezogen und mir sein kurzärmliges Hemd vorgeführt; es ist weiß, mit einem steifen Beamtenkragen, und abgesehen von den Flecken um die Achseln herum auch sauber, was den Gedanken nahe legt, dass er einige davon in Reserve haben muss. Von der Pistole hingegen keine Spur. Der Aschenbecher quillt über vor Kippen, deren Gestank im erbitterten Wettstreit mit dem Piniengeruch liegt, den ein verblasster Duftspender am Rückspiegel im Wagen verteilt. Unter dem Armaturenbrett baumeln keine losen Kabel mehr.

»Tja«, hebt er plötzlich an, »es ist gar nicht so leicht, nach einem solchen Fehlstart wie am Bahnhof einen neuen Anfang zu finden. Wie konnte ich bloß…«

Er blickt mich nur aus den Augenwinkeln an, um die Straße nicht aus den Augen zu verlieren, die allerdings fast leer ist, und schüttelt schweigend den Kopf. Seine Hände halten das Lenkrad im Viertel-nach-neun-Griff, er lenkt kraftvoll und mit nach außen gewandten Ellbogen, in der Lkw-Fahrerpose, die er sich wohl zu einer Zeit angewöhnt hat, als es noch keine Servolenkung gab, und an der er jetzt nichts mehr ändern will. Ähnlich wie ich, wenn ich am Computer schreibe und kräftig auf die Tasten hacke, weil ich noch an meine Schreibmaschine gewöhnt bin. Das bedeutet, man ist *altmodisch*.

»Es war eigentlich nett gemeint…«, setzt er achselzuckend

hinzu, »aber was soll's, es lässt sich nicht mehr ändern. Aber frag mich doch, was du von mir wissen willst. Ich werde dir alles erklären.«

»Sie wollten mir doch von meinem Vater erzählen.«

»Später. Zuerst müssen wir einige Dinge klären. Du bist verwirrt, und das ist nur zu verständlich. Also sag mir, was du wissen willst.«

Er lächelt, wieder, immer. Vielleicht will er damit beruhigend wirken, dabei hat dieses Lächeln in seinem alten Lausbubengesicht absolut nichts Beruhigendes.

»Wem gehört dieser Wagen?«

Auf diese Frage war er nicht gefasst.

»Mir. Warum?«

Mein Blick fällt auf den Fahrzeugschein, der aus dem Handschuhfach hervorschaut. Ich nehme ihn in die Hand. Es wirkt, als habe ich mir diese Geste schon vor meiner Frage überlegt, aber dem ist nicht so. Ich hatte nicht vor, seine Aussage zu überprüfen. Doch meine Hand hat so automatisch zugegriffen, dass der Mann mir mit Sicherheit nicht glauben würde. Aber das ist egal. Nicht zuletzt, weil das Auto auf einen gewissen Gianni Fusco zugelassen ist, geboren in Molfetta (Provinz Bari) am 11. November 1929, wohnhaft in Prato in der Via del Cilianuzzo 23.

»Ich hab den Wagen erst vor ein paar Tagen gekauft und bin noch nicht dazugekommen, ihn umzumelden«, rechtfertigt er sich, ungefragt.

»Der ist ja erst ein halbes Jahr alt.«

»Ja, ich habe ihn günstig bekommen.«

Mittlerweile sind wir in die Via Magliana eingebogen, die immer verstopft ist, zu jeder Tageszeit, aus keinem ersichtlichen Grund.

»Wohin fahren wir eigentlich?«

»Nach Fregene, dachte ich. Da ist doch an jeder Ecke ein Restaurant.«

Er steckt sich noch eine seiner dünnen Zigaretten an und lässt sie wie Humphrey Bogart im Mundwinkel hängen; aber mit dem dünnen Stängel sieht es lächerlich aus. Ein tiefer Zug, dann stößt er den Rauch durch die Nase aus, untermalt vom Pfeifen seiner Lunge, die sich eine Zeit lang nicht gemeldet hatte.

»Was mich interessieren würde«, sage ich, »damals am Bahnhof stand der Wagen mit laufendem Motor da, und unter dem Lenkrad hingen die ganzen Kabel herunter. Warum eigentlich?«

»Ach so, ja, weil man mir den Wagen klauen wollte. Zum Glück hab ich's noch gerade rechtzeitig gemerkt.«

»Aha.«

»Ja, ja, ich hatte vor einer Rosticceria gehalten, um ein paar Reiskroketten zu essen, und während ich so an der Theke warte, sehe ich plötzlich, dass die Wagentür offen steht und sich so ein Albanese unter dem Lenkrad an den Kabeln zu schaffen macht.«

Er klopft sich mit der Hand auf die Hosentasche.

»Da war sie mal zu was nütze.«

Dort hat er sie also stecken, in der Hosentasche.

»Haben Sie ihn erschossen?«, frage ich.

»Nein, nein«, antwortet er und zeigt damit erneut, dass er keinen Sinn für meinen Sarkasmus hat, »ich hab sie ihm nur unter die Nase gehalten, und er ist abgezischt wie eine Rakete. Nein, geschossen habe ich nicht.«

Aber er kichert: Die Vorstellung scheint ihn nicht zu schrecken.

»Nun ja«, sage ich, »aus jeder Pistole wird irgendwann auch mal geschossen. Im Film gehört das dazu.«

»Aber nur in Hollywood«, ereifert er sich plötzlich. »Nur in *amerikanischen* Filmen gibt es diese festen Drehbücher, mit Klimax, Antiklimax und so weiter, wo aus einer Pistole tatsächlich irgendwann auch mal geschossen wird. Aber die Amis sind nicht die Einzigen, die Filme drehen. Es gibt da zum Beispiel einen sehr schönen russischen Film, *Friede dem Eintretenden*, in dem man die ganze Zeit eine Pistole sieht, eine echte Pistole, geladen, in den Händen von kleinen Jungen, die sie auf einem Feld gefunden haben; man sieht sie die ganze Zeit, und man denkt, jetzt geht sie los, jetzt kommt es zur Tragödie, aber es geschieht nichts.«

Er hält inne, um die Kippe rauszuwerfen, und fährt sogleich fort: »Ach, was sag ich, nicht *Friede dem Eintretenden*. *Vorstadt* heißt er, ja *Vorstadt*, und der Regisseur war, glaube ich …, wie hieß er noch … Ach, egal, du kennst ihn ohnehin nicht. Für euch zählt heute doch nur noch, was aus Amerika kommt.«

Nun, vielleicht habe ich tatsächlich etwas Banales gesagt, das will ich gar nicht abstreiten, aber es geht doch um Folgendes: Wer gibt diesem Mann das Recht, mir so einen Vortrag zu halten? Und dann noch über Filme?

»Jetzt hören Sie mir mal gut zu«, erwidere ich, »ganz abgesehen davon, dass ich nicht verstehe, was mit amerikanischen Filmen nicht in Ordnung sein soll, müssen wirklich gerade Sie reden. Sie sind es doch, der die amerikanischen Standardhemden mit halbem Arm und steifem Kragen anhat. Trägt in Italien noch irgendjemand solch ein Hemd? Nein. Höchstens die Mormonen, aber das sind ja meistens auch Amis. Nur Sie tragen solch ein Hemd, und ich wette, Ihnen kommt das auch noch ganz normal vor. Und Sie ziehen sogar noch ein Jackett drüber. Und wissen Sie warum? Weil Sie das vierzig Jahre lang in amerikanischen Kino- und Fernsehfilmen gesehen haben, bei Hollywood-Schauspielern und in Storys mit Klimax und Antiklimax und Pistolen, die irgendwann mal losgehen. Ich habe Tom Ewell in solch einem Hemd gesehen in *Das verflixte siebte Jahr* und De Niro in *Sein Name ist Mad Dog* und Robert Blake in allen Folgen von *Baretta* und Michael Douglas in *Falling Down* und Dennis Franz in *Tigerjagd in Manhattan* und Bradley Whitford in *Perfect World*, als er auf Kevin Costner schießt, ja *schießt*, der, wie Sie vielleicht wissen, unbewaffnet ist, weil der Junge seine Pistole in den Brunnen geworfen hat. Dieses Hemd ist mittlerweile schon genauso ein Klischee wie das Telefon an der Küchenwand oder der Basketballkorb in der Auffahrt.«

Und jetzt geschieht etwas Eigenartiges, für mich ziemlich Beschämendes, das mich auf der Stelle verstummen lässt. Der Mann bricht in schallendes Gelächter aus, in das sich sein Lungenpfeifen und ein heiserer Husten mischen. Zwischendurch blickt er immer wieder zu mir herüber, dann auf die Straße, dann wieder auf mich, während ich ihn stumm beobachte, gekränkt und hilflos.

»Entschuldige…«, krächzt er gleichzeitig hustend und lachend.

»Ich weiß gar nicht, was daran so komisch sein soll.«

»Entschuldige…«, sagt er noch einmal, »ich wollte dich nicht…« Aber er bekommt den Husten nicht mehr unter Kontrolle, und die Erschütterung, in der der Rest des Satzes untergeht, ist derartig heftig, dass ich ihm dringend raten würde, die Sache nicht auf die leichte Schulter zu nehmen. Stumm beobachte ich das geräuschvolle Spektakel seiner angegriffenen Gesundheit, während er sich bemüht, nicht auch noch die Kontrolle über den Wagen zu verlieren.

»Ich respektiere deinen Standpunkt«, hebt er wieder an, als der Sturm vorübergezogen ist. »Im Ernst, deine Ansichten sind *sehr* interessant« – er hustet –, »ganz zu schweigen davon, wie souverän du die ganzen Filme aus dem Gedächtnis heruntergerasselt hast, mitsamt der Besetzung und so weiter, wirklich beeindruckend.« Er hustet erneut, räuspert sich. »Dein Vater hat mir ja gesagt, dass du ein harter Knochen bist. Nur solltest du wissen, mein Sohn, dass dieses Hemd hier aus Bulgarien ist, hundert Prozent Synthetik aus Plowvdiw, keine einzige Naturfaser: Halt ein Feuerzeug dran, und whamm, das brennt wie Benzin.«

Er blickt mich aus listigen Augen an, schaltet das Licht über dem Rückspiegel ein, macht einen Buckel und schlägt den Hemdkragen im Nacken um, damit ich das Etikett lesen kann.

Nur interessiert mich dieses Etikett überhaupt nicht, ich bin immer noch beschämt und verwirrt und bewege mich keinen Millimeter. Aber er lässt nicht locker, reißt fast den Kragen ab und erweckt ganz den Eindruck, als würde er notfalls auch den ganzen Abend über in dieser Stellung verharren, mit dem Lenkrad in der einen Hand und dem umgeknickten Kragen in der anderen, darauf wartend, dass ich mich endlich entschließe, mir dieses verdammte Etikett anzusehen.

»NIKO Chic, steht da. Na und?«

»Du hast ja keine Ahnung, wie viele Menschen in Osteuropa solche Hemden tragen«, erklärt er jetzt weiter. »In Rumänien, der Ukraine, Bulgarien; sobald es Sommer wird, zieht dort jedermann solch ein Hemd an. Obwohl es in diesen Ländern oft gar nicht so richtig heiß wird. Warst du eigentlich schon mal da?«

»Nein.«

»Schade.«

Was soll ich bloß machen? Dieser Mann verunsichert mich einfach. Mal abgesehen davon, dass er mich zu häufig nach seiner Pfeife tanzen und zu häufig wie einen Idioten dastehen lässt, ist er gleichzeitig zu vieles und zu Widersprüchliches auf einmal: alt und jung, rüpelhaft und höflich, bedrohlich und verbindlich, Körperbau wie ein Gorilla und Stimme wie ein Synchronsprecher, dazu noch Slawist, Revolverheld, Filmfan, Dieb und Opfer eines Diebes ... Von Anfang an, seit dem Moment, als er mich am Bahnhof ansprach, verwirrt er mich. Wer ist er? Was will er von mir? Woher kommt er? Wie hat er sich die Nase gebrochen?

»Du solltest wissen«, sagt er, »dass ich nie in den USA war. Osteuropa hingegen ist praktisch mein Zuhause. Berücksichtige diese beiden Dinge, und du weißt ungefähr, was du von mir zu erwarten hast.«

Auf dem Gymnasium hatte ich einen Schülerkalender mit einem sehr treffenden Cartoon. Darin klopft ein Steinzeitmensch namens B. C. an eine Höhle, und als man ihm öffnet, sagt er: »Entschuldigen Sie, wir machen eine Meinungsumfrage über ...« – »... Telepathie«, unterbricht ihn der andere. Die letzte Zeichnung war ohne Worte, und ich fand sie unwiderstehlich wegen des Ausdrucks auf B. C.'s Gesicht: blöd und ein wenig verträumt, verblüfft, aber auch ahnungsvoll, staunend, beschämt und bewundernd, so wie eben jemand aus der Wäsche schaut, dessen Gedanken man gelesen hat. So wie ich jetzt, denn schließlich habe ich diese ganzen Fragen nur gedacht.

»Ich bin ein alter Kommunist«, meint er hinzufügen zu müssen, vielleicht nur, um die ganze Geschichte noch ein wenig undurchschaubarer zu machen. Denn das macht es noch befremdlicher, dass er ein Freund meines Vaters gewesen sein soll.

Mittlerweile fahren wir auf einer schmaleren Straße, die ich gar nicht kenne. Wir sind schon ein Stück raus aus der Stadt. Hier gibt es keine mit Familien voll gepfropften Mietskasernen mehr, keine kreuz und quer parkenden Autos, kein gelbes Lichtermeer, nur Felder und allein stehende Häuser. Schon zum zweiten Mal heute fahre ich in Gegenrichtung zu den Autoschlangen –, diesmal strömen sie vom Meer zurück nach Rom –, und während ich mich zu orientieren versuche, kreuzt plötzlich ein Flugzeug im Landeanflug unseren Weg, erschreckend nah und ganz niedrig, sodass man die Gesichter der Passagiere hinter den Fensterchen erkennen kann. Oder vielleicht auch nicht, ich stelle sie mir nur vor, wie sie mit großen Augen ihre Nasen an den Scheiben platt drücken, ihre Mienen, halb begeistert von der Schönheit des Ausblicks, halb verschreckt von der Todesangst, die sie ergriffen hat. (Schönheit und Tod, Begeisterung und Angst sind während einer Landung untrennbar miteinander verbunden, besonders nachts. So lange man das grandiose Schauspiel unter sich bewundern kann, die Erde mit all ihren verschiedenen Formen, den betörenden Lichtnuancen, schwebt man in Lebensgefahr. Aber wenn das Flugzeug dann, so wie jetzt gerade – na bitte, es hat geklappt – sanft aufsetzt und nichts passiert ist – tatsächlich passiert ja *fast nie* etwas –, ist die Gefahr zwar ausgestanden, aber auch die Schönheit dahin.)

Mein Begleiter hustet wieder und noch einmal, aber lange nicht mehr so heftig wie vorhin. Es ist mehr eine Art Nachbeben. Er ist auf eine noch kleinere Straße abgebogen, der Flughafen liegt hinter uns, und wenn mein Orientierungssinn mich nicht täuscht, müssten wir jetzt parallel zur Küste fahren. Aber vielleicht täuscht er mich auch, und wir fahren direkt aufs Meer zu. Jedenfalls kommt uns keine Blechkarawane mehr entgegen, nur noch vereinzelte Fahrzeuge, ein Zeichen, dass wir wirklich auf einer Nebenstraße sind.

»Hier habe ich 1991«, hebt er plötzlich wieder an, »als Interviewer für eine Volkszählung gearbeitet. Ich hatte das ganze Gebiet hier, Maccarese, Torrimpietra …«

Sein Tonfall hat sich auffallend verändert, so als wolle er eine vollkommen neue Phase in unserer Unterhaltung einläuten.

»Ich hab sie alle abgeklappert: Villen, Gehöfte, Ferienhäuser, kleine Mietswohnungen … Und weißt du, was mir dabei aufgefallen ist? Weißt du, was ich dabei gelernt habe?«

Und er schweigt, verharrt mit ernsthaft fragender Miene. Solche Leute sind mir immer auf die Nerven gegangen, Leute, die *im Ernst* solche Fragen stellen. Sie verlangen, dass man ihnen wahllos irgendeine Antwort gibt, um einem dann das zu sagen, was sie ohnehin von Anfang an schon sagen wollten, tun dabei aber so, als müssten sie *deinen* Fehler korrigieren und *deine* Neugier befriedigen.

»Komm, rate mal«, lässt er nicht locker.

»Was weiß denn ich.«

»Die Leute lügen«, eröffnet er mir. »Das hat mich wirklich beeindruckt. Die Leute lügen, immer, aus Prinzip, auch wenn sie überhaupt nichts zu verbergen haben.«

Und jetzt schweigt er wieder, nachdem er beim letzten Wort die Stimme hat sinken lassen. Aber es war wohl eine Art Betonungsfehler, denn er ist noch lange nicht fertig. Und so hebt er wieder an: »Natürlich habe ich das auch schon vorher gewusst. Aber hier hatte ich plötzlich die Beweise vor mir, in den mühsam ausgefüllten Fragebogen, in dieser Flut sinnlos falscher Angaben über berufliche Tätigkeiten, Dienstpersonal und bewohnbare Quadratmeter. Und das, obwohl man den Leuten lang und breit auseinander gesetzt hat, dass von den Daten nur statistischer Gebrauch gemacht wird. Also wirklich beeindruckend. Nehmen wir mal an, da wohnt eine Familie deinen Unterlagen zufolge in einer kleinen Straße wie dieser hier bei der Nummer 212. Aber wenn du dorthin kommst, zur Hausnummer 212, ist dort nirgendwo eine Klingel, noch nicht mal ein Briefkasten. Der eigentliche Eingang, mit Klingel, Sprechanlage und allem, was dazugehört, ist nämlich zur 214 rübergerutscht, wo eigentlich die Garage sein sollte. Man öffnet dir, bittet dich herein, und du siehst, dass die angegebene Rampe zu einer Treppe geworden ist, die du hinuntergehst zur Garage, die sich in eine Art Wohnküche verwandelt hat, durch Stellwände unterteilt, mit einem ordentlich gekachelten Fußboden, einer Kochnische, Sofa, Fernseher, Schaukelpferd und so weiter. Unverkennbar also, dass die Leute eher hier wohnen als in dem eigentlichen Wohnbereich im Stockwerk drüber. Und dann suchst du die Leute wieder auf, um die ausgefüllten Formulare abzuholen, und siehst, dass der Eingang des Hauses immer noch als Hausnummer 212 angegeben wird, und bei dem Feld »weitere Eingänge« seelenruhig »keine« angekreuzt wurde. Die Leute lügen, ganz offensichtlich, und fühlen sich sicher dabei. Du glaubst ja gar nicht, wie viele Lügen dieser Art ich dem statistischen Amt übermittelt habe. Lügen, die ich schon nach zwei Besuchen in diesen Haushalten hätte aufdecken können. Das ist doch faszinierend, oder? Die Leute lügen bei der Erhebung rein statistischer Daten. Findest du das nicht faszinierend?«

Da hätten wir's wieder: Das fragt er mich *tatsächlich*. Ich weiß doch genau, wie das funktioniert, und eben das ist der Grund, warum ich solche Fragen hasse. Meine Antwort ist ihm völlig gleich; an dem, was er sagen will, wird sie nicht das Geringste ändern. Er braucht sie einfach, um wieder in Gang zu kommen, so wie das Kommenlassen der Kupplung, wenn der Motor im Leerlauf überdreht.

Es führt kein Weg daran vorbei. Ich muss ihm den Gefallen tun.

»Nein, eigentlich nicht besonders«, antworte ich.

»Hinzu kommt ja noch, dass sie sich auch untereinander anlügen«, legt er wieder los. »Das heißt, die Kinder belügen ihre Eltern, die Männer ihre Frauen, die Frauen ihre Männer, und das meistens nur wegen nichtigem Kram. Sicher, manchmal auch bei wichtigen Dingen. Jedenfalls wird einem dadurch klar, dass auch die Welt, in der man sich am besten auszukennen glaubt, eine gewaltige Täuschung ist. Trotzdem ist es kein Zeichen von Dummheit, an diese Täuschung zu glauben, sondern, ganz im Gegenteil, von gesundem Menschenverstand. Es ist die Voraussetzung, damit sich diese Welt, ja, die ganze Welt, weiter ...«

Nein, über diesen Mann kann man wirklich nur den Kopf schütteln. Jetzt hat er mitten im Satz abgebrochen, auf dem Höhepunkt seines soziologischen Vortrags, und den Wagen abrupt zum Stehen gebracht, an einer Kreuzung mit einigen Straßenschildern, die auf alles Mögliche hinweisen, nur nicht auf den Ort Fregene – an dessen Abzweigung wir übrigens, wenn mich nicht alles täuscht, eben schon vorbeigefahren sind.

»Scheiße«, grummelt er.

Ich habe nichts zu erwidern und halte den Mund, aber die Situation ist schon eigenartig. Für einen Augenblick versuche ich mir in Erinnerung zu rufen, warum ich eigentlich hier bin, in diesem Auto neben diesem Mann, denn eine Verbindung zwischen mir und ihm liegt nicht gerade auf der Hand. Er hat mir etwas über meinen Vater zu erzählen, genau, deswegen bin ich hier. Ich beobachte ihn, wie er dasitzt und überlegt, reglos, dann hustet, wieder reglos verharrt, diese breite Gestalt, die geblendet wird von den Scheinwerfern der vorüberfahrenden Wagen. Was geht ihm jetzt wohl durch den Kopf? Mir drängt sich der Gedanke auf, dass niemand weiß, dass ich mit ihm unterwegs bin. Was, wenn er jetzt die Waffe zieht und mir eine Kugel durch die Stirn jagt, einfach so, ohne besonderen Grund, meine Leiche dann hier an der Kreuzung aus dem Wagen schmeißt und abhaut? Ich wäre *der* Fall des Sommers. Mein Tod wäre Gesprächsthema für viele Menschen, und mein Leben auch, Journalisten, die mich nie kennen gelernt oder auch nur von mir gehört haben, würden phantastische Versionen davon erzählen, und ein jeder würde seine Reportage bei dieser Kreuzung hier beginnen und von hier ausgehend die absurdesten Dinge über mich verbreiten, zu denen man logischerweise kommen muss, wenn man von dieser Kreuzung hier ausgeht, die überhaupt nichts mit mir und meinem Leben zu tun hat.

»Warum fahren wir nicht weiter?«, frage ich, so freundlich wie es mir möglich ist.

Er blickt mich an. Lächelt.

»Irgendwie finde ich nicht hin, nach Fregene«, meint er.

8

Verirrt…

Es scheint unmöglich, sich hier zu verirren, einen Steinwurf von Rom entfernt, in einer mondhellen Juninacht, beim Versuch, in Fregene essen zu gehen – ich, ein waschechter Römer und Sohn waschechter Römer, er, dieser eigenartige Mensch neben mir, der eben noch erklärt hat, die ganze Gegend, Haus für Haus, anlässlich der Volkszählung abgeklappert zu haben. Und doch ist es wahr, wir haben uns verirrt. Ich beobachte, wie er nervös alle Fächer und Ablagen durchwühlt, in der Fahrertür, an den Sitzen, unter dem Armaturenbrett, wohl auf der Suche nach einer Straßenkarte – und obwohl ich mittlerweile verstanden habe, dass bei ihm alles ganz anders ist, als es den Anschein hat, komme ich nicht umhin festzustellen, dass seine Art zu wühlen, nervös, ohne System, weit eher zu einem Auto*dieb* als zu einem Auto*besitzer* passt. Jedenfalls kann er keine Karte finden, falls er überhaupt danach sucht. Neben den Fahrzeugpapieren, die ich schon unter die Lupe genommen habe, kommt nur nutzloser Kram zum Vorschein: ein paar alte Kekse, ein zerfledderter Stadtplan (nicht von Rom, sondern von Genua) und ein zerschlissenes, ja verunstaltetes Buch, und zwar durch…, ja tatsächlich, das sieht wie ein *Biss* aus – Clio Pizzingrilli, »Auftritt der… zweit…« ist auf dem Einband noch vom Titel zu lesen. Aber es ist nicht der Biss eines Menschen, würde ich sagen; von der Breite des Unterkieferbogens her zu schließen, rund, regelmäßig und über den gesamten Durchmesser des Buches verteilt, ist er eher von der Sorte Biss, wie sie Yogibär im Trickfilm in sein Sandwich haut.

»Aber das gibt's doch gar nicht…«, nuschelt er.

Er lehnt sich wieder in seinen Sitz zurück, wobei er ein düsteres Knarzen der Lehne hervorruft, zuckt mit den Achseln, und mit einer sehr ausdrucksstarken Grimasse – wirklich gelungen, so würde ich sie, muss ich zugeben, niemals hinbekommen – teilt er mir mit, dass es im Grunde doch egal sei, wo wir uns befinden. Während aus der Stille sein Lungenpfeifen erklingt, starrt er mich an, mit einem Blick von strahlender Intensität, und mir wird klar, dass er unpassenderweise hier und jetzt mit dem wahren Grund für sein Auftauchen in meinem Leben herausrücken wird. Auch wenn es unwahrscheinlich klingt, ich weiß das, noch bevor er dazu anhebt. Es gibt keinen logischen Grund, der dafür spräche, und ich könnte auch nicht erklären, woher ich es weiß, aber ich weiß es: *Jetzt rückt er raus mit der Sprache.* Und kaum habe ich das ganz begriffen, fängt er schon an.

»Dein Vater war auch Kommunist«, sagt er.

»Ha, ha, ha.«

»Weißt du, deswegen habe ich auch vorhin von Leuten gesprochen«, fährt er fort, »die nicht ganz aufrichtig sind, die etwas verheimlichen. Ich wusste nicht recht, wie ich davon anfangen sollte. Aber jetzt habe ich lange genug um den heißen Brei herumgeredet. Deshalb sage ich es dir jetzt ganz offen und schonungslos, denn an der Sache selbst lässt sich ja nichts mehr ändern. Dein Vater war nicht der Mann, den du kanntest. Er war wirklich Kommunist, seit seiner Jugend, und blieb es bis zu seinem Tod. Diese Überzeugung, der Kommunismus, war sein Lebensinhalt, das Wichtigste, was es überhaupt für ihn gab.«

Ein Lkw rauscht vorbei, und der Luftzug lässt den Wagen, in dem wir sitzen, erzittern.

»Es gibt da ein Städtchen in der Toskana«, sage ich, »mir fällt der Name jetzt nicht ein, aber da findet jedes Jahr ein Wettbewerb statt, in dem es darum geht, wer am dicksten auftragen kann. Ich weiß nicht, was man gewinnen kann, einen ganzen Schinken, glaube ich, aber wenn Sie mit dieser Geschichte teilnähmen …«

»Und er war nicht nur Kommunist«, unterbricht er mich, »er war ein Agent des KGB.«

Pause.

»Ein Spion«, fügt er hinzu.

Ich denke, dass meine Reaktion in dieser Situation objektiv wichtig ist, dass es in jedem Film jetzt eine Nahaufnahme von mir gäbe. Aber so wie ich gerade vorhin, nach dem ersten Teil seiner Enthüllung, noch voller Spott war, so fühle ich mich jetzt plötzlich leer, ich weiß auch nicht warum, jedenfalls zeige ich keinerlei Reaktion. Es sei denn, man würde reglos schweigend dazusitzen als Reaktion bezeichnen wollen.

»In gewisser Hinsicht«, fährt er fort, »ist das, was ich gerade tue, vielleicht zu verurteilen, denn ich breche damit ein feierliches Versprechen, das ich deinem Vater vor langer Zeit gegeben habe und das ich erst beim letzten Mal, als wir uns sahen, also zwei Tage vor seinem Tod, noch einmal bekräftigen musste. Und zwar das Versprechen, dir nichts davon zu sagen, niemals, aus keinem Grund der Welt.«

Er hustet, legt dann, zu meiner Überraschung, den Gang ein und fährt los, nimmt ohne zu überlegen die Straße, die, laut Straßenschild, zur Autobahn führt.

»Ich habe es ihm geschworen, weil man mit einem Sterbenden nicht diskutieren kann. Aber ich war nicht seiner Meinung, und er wusste das. Keine Sekunde habe ich daran gedacht, mich an das Versprechen zu halten. Denn für mich ist es nicht richtig, dass ein Sohn keine Ahnung hat, was der Vater in Wirklichkeit für ein Mensch war. Solange er lebte, war das noch etwas anderes. Da blieb mir keine andere Wahl. Aber jetzt kann ich mein Versprechen nicht mehr halten, ich will nicht, es wäre falsch, Maurizio, das weißt du genau.«

Für einen Moment blickt er nach oben, so als wende er sich direkt an meinen Vater, Maurizio eben, auch wenn es noch nicht einmal Franceschino geschafft hat zu glauben, dass er tatsächlich *in den Himmel aufgestiegen* ist. Als er seinen Blick wieder senkt, bemerkt er gerade noch einen Panda, unbeleuchtet und extrem langsam, auf den wir direkt zuhalten. Und ich habe den Eindruck, dass er, während er einen Gang zurückschaltet, um wie selbstverständlich zu überholen – aber um ein Haar wäre es zu einem Zusammenstoß gekommen –, und dabei gleichzeitig seinen schuppigen Kopf schüttelt, gleich zu weinen beginnt. Er macht eigentlich nichts, was direkt darauf hinweisen würde, seufzen etwa oder die Nase hochziehen, aber ich habe trotzdem genau diesen Eindruck, bin mir ganz sicher. Und wäre dieser Mann nicht ein vollkommen Fremder, sondern tatsächlich ein echter Freund meines Vaters, einer von denen, die ihn im Krankenhaus besucht haben – so wie Attanasio zum Beispiel oder Professor Di Stefano oder General Terracina –, die, seit ich denken kann, in unserem Haus ein- und ausgingen und die ich daher ergrauen, an Körpergewicht zunehmen und an Sehkraft verlieren sah, von Jahr zu Jahr, von Familienfeier zu Familienfeier, von Bridgeabend zu Bridgeabend, mein ganzes Leben lang, sodass sich zwischen uns zwangsläufig eine Art ungewollter und kühler – denn ich mochte sie gar nicht –, aber echter Vertrautheit entwickelte, wäre er nun also einer von denen, hätte ich keine Zweifel, dann würde ich sagen, dass er *tatsächlich* gleich losheult. Aber der Mann hier ist mir fremd. Vielleicht verwechsle ich da was, und ich bin es, der gleich zu weinen anfängt.

»Und es hat mich«, fährt er fort, »große Mühe gekostet, bis zum heutigen Tag zu warten, dich nicht gleich bei der Beerdigung zur Seite zu nehmen und es dir dort zu sagen, im strömenden Regen, inmitten dieser Leute, dieses Packs, dieser Faschisten. Dein Vater war nicht wie sie. Das musst du wissen. Er musste sich so geben, und das hat er getan, sehr gekonnt übrigens, sein ganzes Leben lang, aber er hatte nie etwas mit denen gemein, sie waren seine *Feinde*. Dein Vater war Kommunist, Gianni, ein Spion, fünfzig Jahre lang. Jetzt weißt du's. Zum Teufel mit meinem Versprechen, aber ich wollte dieses Geheimnis nicht mit mir ins Grab nehmen.«

Schlagartig verstummt er, aber er kann noch nicht fertig sein. Vielleicht denkt er sich jetzt gerade die Fortsetzung aus, während er weiterhin mit ausgebreiteten Armen den Wagen steuert, sehr viel flotter jetzt übrigens, über unbekannte Landsträßchen.

Unter den Flugzeugen, die weiterhin im Minutentakt einfliegen, fahren wir an vereinzelten, beleuchteten Bauernhäusern vorbei und an dunklen Flächen, unter denen sich die Felder verstecken und die eine herbe Schönheit erahnen lassen, die mich überrascht.

»Drei Fragen«, sage ich. »Erstens: Waren Sie wirklich auf der Beerdigung meines Vaters?«

»Natürlich. Wenn du willst, kann ich dir ein paar von den Trauergästen aufzählen: Andreotti war da, General Olivetti Pratese, dieses Arschloch Gramellini, die Familie Terracina, die Gebrüder Urso, eigens aus Neapel angereist, dann Attanasio, Anzellotti, Scano…«

»Schon gut, schon gut. Zweite Frage: Sind Sie auch ein Spion?«

»Ja.«

Wir biegen scharf rechts ab, in eine breitere Straße, die von Bäumen mit einem weißen Kreis auf der Rinde gesäumt ist.

»Es werden sogar vier Fragen. Drittens: Wir hatten uns doch verfahren. Wohin fahren wir jetzt eigentlich so schnell?«

»Wieso? Immer noch nach Fregene. Ich kenne nur den Weg über die Autobahn. Vielleicht waren wir eben schon ganz nah dran, aber ich habe mir gedacht, es ist besser, wir fahren jetzt zur Autobahn und nehmen dann die Abfahrt Fregene. So kommen wir auf die Straße, die ich kenne.«

»Vierte Frage: Hoffen Sie, dass ich…«

»Hör mal«, fällt er mir ins Wort, »ich möchte dich um was bitten. Duz mich doch einfach.«

»Was würde sich dadurch ändern?«

»Eine ganze Menge. Dieses Sie tut mir weh. Tu mir den Gefallen. Du kannst es nicht wissen, aber möglicherweise bin ich jetzt, da dein Vater tot ist, abgesehen von deinen engsten Verwandten, der Mensch auf Erden, der dich am meisten liebt.«

»Wow…«

»Ich übertreibe nicht, Gianni. Und ich sag dir noch etwas, was du nicht wissen kannst. Es ist kein Zufall, dass du Gianni heißt, so wie ich.«

Es ist wirklich verdammt hart, mit diesem Mann zurechtzukommen. Immer wenn er einen solchen Hammer bringt, der einen dazu zu berechtigen scheint, entsprechend dagegenzuhalten, setzt er sofort noch eins drauf. So wie ich es von einigen meiner Gegner bei Schachturnieren kenne – Jugoslawen vor allem –, die immer zweimal angriffen, fast gleichzeitig, ein Angriff durch den anderen getarnt. Ich kannte die Taktik, war darauf eingestellt und habe trotzdem immer wieder den Kürzeren gezogen.

»Einverstanden, wie du willst. Vierte Frage: Hoffst du, dass ich dir glaube?«

Aber das *Du* funktioniert nicht, es hört sich grotesk an.

»Soll ich dir mal sagen, was ich hoffe?«, fragt er zurück, und für einen Augenblick, während er mir den Kopf zuwendet, erinnert er mich an Jack Palance (ich weiß auch nicht warum, denn in Wirklichkeit sieht er ganz anders aus, kleiner, dicker). »Ich hoffe, dass du mir zuhörst. Ja, das hoffe ich. Immerhin breche ich einen Schwur, und deshalb wünsche ich mir, dass du mich auch wirklich ausreden lässt, dass ich dir diese ganze unglaubliche Geschichte von Anfang an, ganz ausführlich ...«

»Unglaublich, genau, da hast du ganz Recht.«

Während ich »du hast ganz Recht« ausspreche, entweicht meinem Mund ein Tröpfchen weißen Speichels und landet auf dem Armaturenbrett vor mir. Unübersehbar. Ich wische es, wie selbstverständlich, mit dem Ärmel fort. Aber er hat es natürlich gesehen.

»Ich weiß«, antwortet er, »es hört sich unglaublich an. Aber wenn du mich einfach nicht ausreden lässt, wenn du bei allem, was ich dir erzähle, sofort etwas zu fragen oder anzumerken hast, dann hatte dein Vater wirklich Recht, dann hätte ich besser den Mund gehalten und dich über alles im Unklaren gelassen.«

Was soll ich tun? Es runterschlucken? Nein, ich habe etwas sehr *Richtiges* zu sagen, und das werde ich nicht für mich behalten.

»Jetzt hören Sie mir mal gut zu«, sage ich. »Sie sind doch schon lange dabei, mir Ihre unglaubliche Geschichte zu erzählen. Bis jetzt ist doch alles so gelaufen, wie Sie sich das vorgestellt haben. Ich habe Sie an überhaupt nichts gehindert. Und das, obwohl Sie mit einer Pistole bewaffnet in mein Leben getreten sind. Sie haben mich in Panik versetzt ... ja, in *Panik*, indem Sie das über meinen Sohn Francesco sagten, wie aus heiterem Himmel, ohne sich auch nur vorzustellen. Daraufhin sind wir mitten in der Nacht wie Vertriebene aus der Stadt geflohen. Wissen Sie das überhaupt? Ich habe meine Frau mit meiner Panik angesteckt, meinen Schwiegereltern einen Haufen Lügen aufgetischt und selbst tagelang an nichts anderes mehr gedacht, so besorgt war ich. Dennoch bin ich hier und höre mir an, dass mein Vater, ein General der italienischen Armee, praktizierender Katholik, Antikommunist aus tiefster Überzeugung, unerschütterlicher Christdemokrat, von vier Päpsten zur Privataudienz empfangen, Freund Andreottis, mit dem er übrigens fast jeden Morgen gemeinsam zur Messe ging, zudem noch, aber das hat er immer abgestritten, Mitglied der Geheimorganisation Gladio, dass dieser Mann ein kommunistischer Spion war. Haben Sie überhaupt eine Vorstellung, wie viele Fragen sich mir dazu aufdrängen? Ganz bestimmt mehr als vier.«

Diese letzten Worte spreche ich, das spüre ich, in einem strengen, oberlehrerhaften Ton aus, den ich nicht mehr im Griff habe und der angesichts der Situation ziemlich lächerlich klingt: ein Signal, dass ich aufhören muss. Ich kenne mich ja. Spräche ich weiter, würde ich nur sinnlose Wiederholungen dessen, was ich bereits gesagt habe, hervorbringen, immer mehr die Kontrolle zuerst über meine Stimme verlieren, dann nach und nach auch über meine Worte – und meine Argumente, die jetzt noch klar, leuchtend und wie in Stein gemeißelt dastehen, würden bis zur Unkenntlichkeit verblassen. Das war schon immer eine Schwäche von mir, und es ist fast ein Wunder, dass ich es diesmal noch rechtzeitig merke. Üblicherweise geschieht das erst, wenn es zu spät ist.

»Und duzen kann ich Sie auch nicht. Ihr Problem, wie Sie damit zurechtkommen«, schließe ich.

Ich schlage die Augen nieder, zufrieden mit meinem Wortschwall und vor allem damit, dass ich ihn noch rechtzeitig gebremst habe; aber jetzt bemerke ich mit Schrecken, dass, während ich gesprochen habe, weitere Speicheltröpfchen auf dem Armaturenbrett vor mir gelandet sind. Das kann doch gar nicht sein. *Ich spucke nicht, wenn ich rede.* Das wüsste ich doch, verflucht noch mal. Ich hätte es immer gewusst, hätte deswegen einen Komplex entwickelt und wäre ständig auf der Hut, dass es mir nicht passiert, würde all die scheußlichen Verhaltensmaßregeln befolgen, die einem in einem solchen Fall ans Herz gelegt werden – wie nach jedem dritten Wort schlucken oder so häufig wie möglich, wie selbstverständlich die Hand vor den Mund zu halten. Ratschläge, die wie ein Hinweisschild in Großbuchstaben eben das verkünden, was eigentlich überspielt werden sollte – *Achtung: Feuchte Aussprache* –, die aber immerhin verhindern, dass man das Armaturenbrett in anderer Leute Wagen einspeichelt. Und während ich wieder mit einer unwirschen Bewegung des Unterarms zur Reinigung schreite, komme ich zu dem Schluss, dass meine Speichelproduktion nur ausnahmsweise erhöht ist, weil ich auf nüchternen Magen zwei Gin Tonic getrunken und eben seit heute Morgen um neun nichts mehr gegessen habe, und tatsächlich habe ich jetzt einen Riesenhunger, und dazu kommt noch der Stress wegen dieser befremdlichen Situation und der unglaublichen Geschichten, die man mir weismachen will. Tatsache ist jedenfalls, dass ich beim Reden nicht spucke. Verflucht noch mal.

»Du hast Recht«, sagt er, »und es tut mir auch Leid. Aber du kannst mir glauben, ich habe mich schon in deine Lage versetzt, habe die Dinge von deinem Standpunkt aus betrachtet …«

Er zündet sich wieder eine Zigarette an, und diesmal spüre ich ein heftiges Ziehen im Magen, denn eine gute Zigarette, die könnte ich jetzt auch gebrauchen. Aber keine von seinen, die sind widerlich, weshalb ich auch dem Impuls widerstehen kann, wegen einer Capri Superlight all die Anstrengungen der letzten neun Monate zunichte zu machen. Aber was wäre wohl passiert, hätte er sich eine Marlboro angesteckt, und in der Ablage vor der Schaltung, wohin er die Schachtel zurückgelegt hat, blitzte verführerisch das magische schwarz-rote Markenzeichen.

»Besonders nach dem Blödsinn, den ich am Bahnhof gemacht habe«, fährt er fort, »nach diesem schwachsinnigen Einfall …«

Er schüttelt den Kopf und fährt sich mit der Hand übers verschwitzte Gesicht. Mittlerweile haben wir die Autobahn erreicht. Seltsam nur, dass er die Auffahrt nach Civitavecchia nimmt, während ich fast sicher bin, dass wir an Fregene schon vorbei sind und daher in Richtung Rom zurückfahren müssten.

»Aber, du musst verstehen«, erklärt er mir weiter, »der Tod deines Vaters hat mich furchtbar mitgenommen. Es fällt mir immer noch schwer, einen klaren Gedanken zu fassen. Ich habe immer gedacht, dass ich vor ihm sterben würde, denn so hätte es eigentlich sein müssen. Ich war irgendwie nicht darauf vorbereitet, ihn zu überleben und die Last dieser ganzen Geschichte allein tragen zu müssen ...«

»He, Achtung!«, schreie ich.

Ohne in den Spiegel zu schauen, ist dieser Wahnsinnige auf die Autobahn eingeschert, und während wir dort mit wütendem Hupen empfangen werden, sehe ich im Rückspiegel, wie ein roter Golf abrupt nach links rüberziehen muss, um uns nicht zu überrollen, genau in dem Augenblick, als auf der Überholspur unter heftigem Einsatz der Lichthupe ein dunkler Saab angeschossen kommt. Das Herz klopft mir bis zum Hals, und ich denke, jetzt ist es passiert, jetzt sterben wir hier in einem entsetzlichen Knäuel zerstörter Wagen, wie man es manchmal im Fernsehen sieht. Aber es passiert nichts, und das haben wir nur dem Saab zu verdanken, der durchzieht, ohne vom Gas zu gehen – unglaublicher- und leichtsinniger-, aber auch glücklicherweise –, und wie ein Löwe den Feuerreif diesen unvermuteten Hinterhalt des Schicksals mit hundertachtzig Stundenkilometern durchquert. Der Golf wird gestreift, zieht nach rechts, fängt sich, zieht nach links, fängt sich, schaukelt hin und her wie ein A-Klassen-Mercedes im Elchtest, überschlägt sich aber nicht, und als er auf die Überholspur zurückkehrt – der Saab verschwindet schon in der Ferne –, gelingt es dem Fahrer endlich, den Wagen unter Kontrolle zu bringen.

Währenddessen haben wir, die *Verursacher*, brav und gleichgültig wie Mister Bean unsere Fahrt fortgesetzt, kein Bremsen, kein Ausweichen, nicht eine Andeutung von Entschuldigung, nichts. Und vielleicht ist es das, mehr noch als unser Fahrstil, was den Golffahrer in Rage bringt, der jetzt zu uns aufschließt, uns wild gestikulierend mit Beleidigungen eindeckt und dazu hysterisch auf die Hupe drückt. Wir drehen uns beide zu ihm um und verharren dabei in einem eigenartigen Schweigen, während dieser Fremde – ein hässliches Bürschchen mit abstehenden Haaren und hochrotem Kopf – vollkommen außer sich an uns all das Adrenalin abreagiert, das sein Körper produziert hat. Es wirkt schon übertrieben, wie er sich aufführt, wie viel Hass er in seinen Ausbruch legt, aber jetzt beschleunigt er endlich und verabschiedet sich mit einer letzten Verwünschung, kurz bevor ich selbst reagiere – ich weiß gar nicht, wie ich reagiert hätte, wahrscheinlich auch mit unmissverständlichen Gesten –, vor allem aber, bevor der Mann neben mir eine Reaktion zeigt, die sicher schlimmere Folgen hätte haben können. Dieser Choleriker hat ein gutes Timing bewiesen: Er wird nie erfahren, dass er seine Beleidigungen kaum einen Meter von einer Pistole entfernt ausgestoßen hat, und die Erinnerung, wie er heute Abend zunächst einen Unfall verhindert und dann die Verursacher nach Herzenslust zusammengestaucht hat, ohne dass diese zu reagieren wagten, wird ihm wahrscheinlich in Zukunft noch nützlich sein, wenn sein Selbstwertgefühl mal im Keller ist.

Der Mann an meiner Seite – ich weiß immer noch nicht, wie ich ihn nennen soll: Gianni? Der Freund meines Vaters? *Der Spion?* – schickt ihm mit der Lichthupe ein kurzes Signal hinterher, wirft dann die Kippe aus dem Fenster und beobachtet durch den Rückspiegel, wie sie in einer winzigen, lautlosen Explosion vernichtet wird. Dann dreht er mir den Kopf zu und – unnötig zu sagen – lächelt dabei.

»Pass auf«, sagt er, »wir machen es so: Ich konzentriere mich jetzt auf die Straße und bringe dich wohlbehalten nach Fregene, ins Restaurant, zum Fischessen, wie ich es versprochen hatte …«

CERVETERI-LADISPOLI 8 KM: Ich hatte also Recht, wir fahren in die falsche Richtung, Fregene liegt hinter uns, wir müssen wenden. Aber er bekommt nichts davon mit …

»… und dort, vor einem Teller leckerer gegrillter Riesengarnelen, erzähle ich dir die ganze Geschichte von Anfang an. Zum Teufel mit meinem Schwur. Ich will, dass du Bescheid weißt. Aber du musst mir in Ruhe zuhören. Danach kannst du immer noch selbst entscheiden, ob du mir glaubst oder nicht.«

Wie absurd, denke ich. Wie unglaublich absurd. Der absurdeste Abend meines Lebens. Und er fährt seelenruhig, *konzentriert*, Richtung Civitavecchia in dem Glauben, nach Fregene unterwegs zu sein, und merkt überhaupt nichts. CERVETERI-LADISPOLI 7 KM. Es hilft nichts, ich muss ihn darauf aufmerksam machen, von selbst bekommt er nichts mit.

Außerdem habe ich Hunger…

9

Schließlich kommen wir doch noch in Fregene an. Aber nicht in dem berühmten, lebhaften Teil des Städtchens beim alten Fischerhafen, dessen Stern in den Sechzigerjahren aufging, als ihn die Filmstars entdeckten, sondern in jenem anderen, kleinbürgerlichen Teil jenseits des Militärgeländes, das sich bis zum Meer vorschiebt, mit der monotonen, endlos langen Reihe jetzt im Dunkeln liegender Strandbäder, die wir alle abfahren müssen, bis wir endlich eins finden, dessen Restaurant noch geöffnet ist.

Vollkommen zufällig sind wir also in einem Schuppen gelandet, der sich »Cutty Shark« nennt und einem Überseedampfer, keinem Segler, nachempfunden ist, mit abgerundeten Kanten, Bullaugen, einer Reling um die Zementterrassen und lackierten, schmutzig weiß schimmernden Außenwänden. Hatte er von draußen noch weitläufig gewirkt, so finden wir uns, nachdem wir den riesigen Eingangsbereich hinter uns gelassen haben, plötzlich in einem finsteren, beängstigend engen Schlauch wieder; an der Wand, wo ein Grüppchen afrikanischer Halbwüchsiger vor einem Fernseher hockt und MTV guckt, prangt aus Neonröhren der Schriftzug »Disco Bar«. Von dort kommen wir durch eine Glastür wieder ins Freie und stehen unter einem Schilfdach, das in Wirklichkeit aber nur ein verkleidetes Blechdach ist, und das Lokal verwandelt sich erneut, so schnell wie sich Dinge sonst nur in Träumen verwandeln, und wird zu einem Strandrestaurant... Der alte Cutty Shark ist mittlerweile längst vergessen.

Nicht lange und auf Inlineskates kommt eine junge Bedienung angerollt, um uns zu einer »ruhigen Ecke«, wie sie sagt, zu bringen, wobei sie auf das Geschnatter von einem langen Tisch anspielt, an dem eine Gruppe offenbar ziemlich aufgedrehter Fünfzigjähriger sitzt, die deswegen zwar reichlich laut, aber noch nicht unbedingt lästig sind. Das Mädchen mit den kurzen, pechschwarzen Haaren ist übrigens ausnehmend schön, außerdem halbnackt, mit ihren Shorts, die knalleng ihr Gesäß nachformen, dem winzigen Top, das den Bauch freilässt und noch winziger wirkt durch ihre frechen Brüste, auf denen der Schriftzug »Roller-Betty«, mit dem der Stoff bedruckt ist, Achterbahn fährt. Lässig und sicher bewegt sie sich auf ihren Skates, einen Kaugummi im Mund, mit der Miene eines Menschen, der jede einzelne Entscheidung, die er im Leben getroffen hat, bereits bereut. Sie bringt den Tisch in Ordnung und drückt uns die Speisekarte in die Hand, rollt dann zu dem phosphoreszierenden Bauch der Disco-Bar, aus dem kurz darauf ein vielleicht fünfundvierzigjähriger, kräftig gebauter Mann in grellem Outfit tritt, und man kann sich leicht vorstellen, dass er irgendwie mit der Trübsal des Mädchens zu tun hat, da sich die beiden vom Gesicht her sehr ähnlich sehen. Während er uns jetzt bei der Bestellung berät (»der Meeresfrüchtesalat, ein Gedicht«, »das Risotto geht ganz schnell«, meldet sich plötzlich ein Handy in der Brusttasche seines geblümten Hemdes, mit einer Melodie, die, wie ich glaube, aus *Rambo* stammt. Was macht er, rangehen oder ausschalten? Er meldet sich, hört einen Moment zu, runzelt die Stirn, nuschelt dann in den Apparat, er habe zu tun und werde später zurückrufen. Dann entschuldigt er sich bei uns, aber der Anruf scheint ihn verstört zu haben, denn er wartet jetzt nur noch auf unsere Bestellungen und hat vollkommen vergessen, dass er uns eigentlich beraten wollte. Aber weder mein Begleiter noch ich machen ihn darauf aufmerksam, und so wählen wir schließlich auf gut Glück, er Spagetti mit Tintenfisch, ich mit Muscheln, und als Hauptgang gegrillte Riesengarnelen mit Gemüsebeilage für uns beide.

»Wir haben richtig Hunger«, erklärt Bogliasco noch, während er die Karte zurückgibt, »also nicht knausern mit den Portionen.«

Als der Mann gegangen ist, sitzen wir uns stumm gegenüber, eingehüllt in ein taktisches Schweigen, das ich keinesfalls zu brechen gewillt bin. Ich bin bereit, ihn erzählen zu lassen, die ganze

Geschichte von vorn bis hinten, aber ich werde ihn gewiss nicht darum bitten. Von mir aus könnte er es sich jetzt auch anders überlegen und mir überhaupt nichts erzählen. Wir würden uns nur schweigend den Bauch voll schlagen, und nach dem Essen würde er mich nach Rom zurückbringen, mir vor meinem Haus, so als wenn nichts gewesen wäre, zum Abschied die Hand schütteln (»Also ciao dann«, »Lebewohl«), und auf diese Weise aus meinem Leben verschwinden, grotesker noch, als er gekommen ist, und zwar für immer. Mir wäre es recht, es wäre ideal. Ich würde nicht nachfragen und keine Erklärung verlangen.

Während ich ihn anblicke, überlege ich, dass ich ihn nur hypnotisieren müsste, um ihm genau das befehlen zu können. Dann könnte vielleicht alles so werden wie vorher. Doch sogar einem Fakir würde es schwer fallen, seine flinken Augen einzufangen und unter Kontrolle zu bekommen. Diese machen sich jetzt völlig unbefangen auf die Suche nach den meinen, ein Zeichen, dass ihn unser langes Schweigen nicht im Geringsten entmutigt hat und dass die Aufführung nun beginnen wird.

»Also«, beginnt er, »ich erzähle dir jetzt alles der Reihe nach, von Anfang an, einverstanden? Angefangen hat es nach dem letzten Krieg, als die Russen ...«

Er zuckt zusammen.

»Meine Tabletten.«

Er kramt ein Döschen hervor, nimmt zwei weiße Pillen heraus und wirft sie ein, im wahrsten Sinne des Wortes. Da man uns noch kein Wasser gebracht hat, schluckt er sie trocken runter, ähnlich wie Oliver Hardy seine Nägel, ganz selbstverständlich, ohne dass sein Lächeln verschwindet.

Für oder gegen was er die Pillen braucht, werden wir nie erfahren.

»Also, nach Kriegsende«, beginnt er noch einmal, »haben die Russen, wie übrigens auch die Amis und Engländer, ihre Spionagetätigkeiten ungeheuer ausgebaut. Es war das goldene Zeitalter der Geheimdienste. In Berlin mit den vier Besatzungsmächten oder auch in Italien nach der Befreiung, überall arbeiteten die fähigsten Leute in der Spionage.«

Das Mädchen bringt uns eine Flasche Wasser und eine mit Wein, öffnet sie ungeschickt, besonders die Weinflasche, sodass der Korken zerbröselt. Bogliasco schenkt dem keine Beachtung und erzählt weiter.

»In erster Linie ging es darum, aus dem damaligen Chaos den größten Vorteil für das eigene Lager rauszuholen. Daneben aber auch um eine Weichenstellung für die Zukunft. Und die Zukunft sah alles andere als rosig aus. Es war das Jahr 1945, Gianni, und in Europa rauchten noch die Trümmer. Aber inmitten dieser unermesslichen Zerstörung war es für die Geheimdienste ganz natürlich, sich schon auf den nächsten Krieg einzustellen. So wurden alle möglichen, auch extremen Aktionen geplant und durchgeführt, mit sehr hoch gesteckten, meist langfristigen Zielen: das, was die Amis mit der Abkürzung L.T., *Long Term*, bezeichneten und die Russen, poetischer *butylka vi morie*, »Flasche im Meer« nannten. Und tatsächlich war es so, als würde man Botschaften in Flaschen stecken, ins offene Meer werfen und darauf hoffen, dass irgendeine schon ihr Ziel findet – obwohl, offen gestanden, auch über das Ziel damals keine rechte Klarheit herrschte. Dein Vater, Gianni, war solch eine Flaschenpost.«

Und dabei schnappt er sich die Flasche mit dem Frascati, füllt mein Glas, dann sein eigenes, trinkt und bemerkt die Korkstückchen erst, als er sie auf der Zunge hat. Er spuckt sie aus, als sei dies die natürlichste Sache der Welt, und blickt mir fest in die Augen.

»Dein Vater war Russe«, sagt er, fast flüsternd, »Kosak, genauer gesagt.«

Dann fingert er ein Korkstückchen aus seinem Glas und leert dieses in einem Zug, ohne auf meine Reaktion zu achten. Eine Reaktion, die allerdings auch ausbleibt, weil ich sie mit aller Macht unterdrücke und nicht mal mit der Wimper zucke, was mir – so weit ich das beurteilen kann – auch ganz gut gelingt. Aber ich muss zugeben, dass mich der Bastard wieder einmal überrumpelt hat – jetzt auch noch Kosak.

»Sein richtige Name war Arkady Fokin«, erzählt er weiter, »und er war eine Art Genie. Im Zweiten Weltkrieg diente er als junger Offizier in Stalins Spionageabwehr und war mit vierundzwanzig schon Major der Roten Armee. Ein hochgebildeter Mann mit einer Reihe außerordentlicher Fähigkeiten. Unter anderem war er ein hervorragender Schachspieler, was du anscheinend von ihm geerbt hast. Er besaß zwei Universitätsabschlüsse, sprach perfekt drei Fremdsprachen – Englisch, Deutsch und Italienisch –, flog Kampfflugzeuge und war körperlich außergewöhnlich belastbar. Mit anderen Worten, er war einer der besten Männer des KGB, der damals doch NKGB hieß. Und so betraute man ihn mit einer extremen, verwegenen Mission: Italiener zu werden, in den italienischen militärischen Abschirmdienst einzutreten und dort, über eine normale Laufbahn, bis zur höchsten Führungsebene aufzusteigen.«

Er macht eine wohl bedachte Pause, um die Wirkung seiner Worte zu beobachten, und mir gelingt es weiterhin, ihm nicht die mindeste Befriedigung zu gewähren. Ich klimpere mit den Lidern, aber aus Müdigkeit.

»Und das hat er getan, Gianni«, fährt er fort. »Dein Vater hat seine Mission *erfüllt*. So weit ich weiß, war er der Einzige von all jenen, denen man eine ähnliche Aufgabe übertragen hatte, in England, Frankreich oder Deutschland, der ohne Abstriche sein Ziel erreicht hat. Die einzige *butylka vi morie*, die wirklich angekommen ist.«

Roller-Betty taucht wieder auf, kommt angeschossen mit den Tellern in der Hand und bremst nur wenige Zentimeter vor unserem Tisch geräuschvoll ab. Sie serviert uns die Spagetti, und ich stelle fest, dass man es hier wirklich gut mit uns meint. Dann klaut sie eine Schüssel vom Nebentisch und stellt sie neben meinen Teller, für die Schalen.

»Guten Appetit«, wünscht sie noch und verschwindet.

Bogliasco blickt einen Moment auf seinen Teller, einen Berg aus in höllenschwarzer Tinte getränkten Spagetti, und scheint seine Gedanken zu ordnen. Schließlich entfaltet er seine Serviette und steckt sie sich in den Hemdkragen, nicht nur eine Ecke, sondern die ganze Seite, schön festgeklemmt wie ein Schlabberlätzchen.

»Guten Appetit«, wünscht er mir jetzt ebenfalls. Dann rollt er sich eine Gabel voll Spagetti auf, hebt sie an, um die Tinte abtropfen zu lassen, schnappt zu und schwärzt sich dabei den Mund rundum ein. Während er zu kauen beginnt, tupft er ihn mit der Serviette ab und druckt dabei ein schwarzes V auf den Stoff, das wie eine fliegende Schwalbe aussieht.

»Nun war diese Mission deines Vaters«, hebt er noch kauend wieder an, »nicht darauf angelegt, etwas *auszuspionieren*. Es ging nicht darum, die Nase in Geheimunterlagen zu stecken oder ein hohes Tier zu erpressen, um an Informationen zu gelangen. Und ebenso wenig, über die Grenze hin und her zu pendeln, um solche Informationen zu überbringen, oder irgendeinen feindlichen Agenten zu enttarnen oder einen anderen zu eliminieren, der ein doppeltes Spiel spielte. Das war nicht das Niveau, auf dem man einen Mann vom Kaliber deines Vaters einsetzte – eher schon *meins*, aber das ist wieder eine ganz andere Geschichte. Wie sind deine Spagetti?«

»Gut.«

»Meine sind nicht besonders«, sagt er und fährt eine weitere Gabel voll ein. Er säubert sich den Mund mit der Serviette (ein neues schwarzes Symbol, jetzt ein Kreuz) und nimmt den Faden der Erzählung wieder auf:

»Nein, die Mission deines Vaters war radikaler. Es ging um den Dritten Weltkrieg. In einem Krieg zwischen den beiden Blöcken, in die sich Europa jetzt mehr und mehr aufspaltete – und ich spreche hier von einem richtigen, einem heißen Krieg, Gianni, von Eroberungen, Schlachten, Bombardierungen, verstehst du? –, wäre es von unschätzbarem Vorteil gewesen, einen Mann wie deinen Vater im Generalstab einer feindlichen Armee zu haben. Verstehst du? Es kommt zu einem neuen Krieg, der hohe Offizier des sowjetischen Geheimdienstes ist zum hohen Offizier des italienischen Geheimdienstes geworden, und jetzt tritt er in Aktion. Das war seine Mission, von 1945 an …«

Eine weitere Gabel Spagetti, den Mund abgetupft, noch ein Schluck Wein und weiter geht's. Jetzt weiß ich, was das für ein Mann ist. Er ist wie ein Nebendarsteller, der immer den gleichen

Typ spielt: fährt mit vollen Gabeln in seinen Spagettiberg und lässt gleichzeitig seine Bomben hochgehen, um den Hals ein Schlabberlätzchen, das sich mit jedem Bissen mehr in ein Gemälde von Franz Kline verwandelt, sein Gesichtsausdruck immer theatralisch und genau kalkuliert, die untersetzte Gestalt wie die eines alten Mafia-Adjutanten, die Wurstfinger ständig in Gefahr, das Glas zu zerbrechen. Und all das, so wird mir jetzt klar, *spielt* er. Es gibt solche Menschen, ich habe schon welche kennen gelernt, die mit dem Eifer des Nebendarstellers sich selbst spielen, so als wüssten sie genau, dass sie im Leben keine Hauptrolle bekommen, und sich daher aufgerufen fühlen, bei jedem Auftritt alles zu geben, um überhaupt wahrgenommen zu werden, auch auf die Gefahr hin, vollkommen zu überziehen.

Oder er ist tatsächlich ein Schauspieler, und das alles hier ist inszeniert für eine Folge der versteckten Kamera. Das würde alles erklären.

»... gefährlichste Krisen in Afrika, auf Kuba, in Lateinamerika«, sagt er jetzt, »doch der Krieg, für den dein Vater dein Vater geworden ist, ist nie ausgebrochen, auch wenn nur die wenigsten wissen, wie wenig tatsächlich daran gefehlt hat. Und so war sein Meisterwerk praktisch zu nichts nütze. Fünfzig Jahre blieb er unter der Oberfläche und führte das seltsame Leben, das dir vertraut ist – seltsam, meine ich, für einen Mann wie ihn: jeden Morgen zur Messe gehen, mit Faschisten und Reaktionären befreundet sein, es sich in dem bürgerlichen Leben einrichten, wie diese Leute es führen, aus politischen Gründen mit dem Sohn streiten ...«

Fast gleichzeitig sind wir mit unseren Spagetti fertig. Ich habe sie gierig verschlungen, weil ich wirklich einen Heißhunger hatte, und er hat nebenher noch, was weiß ich, tausend Wörter von sich gegeben. Wie zum Teufel hat er das bloß gemacht?

»Aber was hätte er auch anderes tun können?«, spricht er weiter. »Sicher, er hätte zum Verräter werden können, und Geheimnisse, die man hätte verraten können, gab es nun wirklich mehr als genug ... Das heißt, ein Wechsel der Fronten hätte ihm zahlreiche Vorteile gebracht. Aber dein Vater hat keinen Augenblick daran gedacht, denn dein Vater war Kommunist aus tiefster Überzeugung. Heute wird man ausgelacht, wenn man das sagt, aber für ihn war das tatsächlich der Sinn seines Lebens, unantastbar und moralisch notwendig: Die Welt war ungerecht, und den Weg, sie zu verändern, hatte Marx aufgezeigt, Schluss, aus. Deshalb hat er nie daran gedacht überzulaufen, sich in dem Wohlstand einzurichten, den er sich in der kapitalistischen Welt erarbeitet hatte, und tatsächlich das zu werden, was er zu sein vorgab. Nein, Gianni, er hasste das Leben, das er hier führte, und dieser Hass hat sich in den ganzen fünfzig Jahren um nichts abgeschwächt. Aber er hatte keine andere Wahl, er musste dieses Leben weiterführen. Seine Mission hielt ihn gefangen.«

Er zündet sich eine Zigarette an, dieser verfluchte Hund.

»Und er hat auch nie daran gedacht, nach Russland zurückzukehren. Selbst dann nicht, als klar wurde, dass es den Krieg nie geben würde, für den er jeden Morgen erneut in Aktion zu treten bereit war – während er, wie du richtig sagtest, mit Andreotti zur Messe ging. Denn in der Zwischenzeit war hier in Italien etwas entstanden, das echt war, authentisch: und zwar ihr, seine Familie, die er von ganzem Herzen liebte. Trotz der Verbundenheit und Treue zu seinem Land hätte er euch niemals verlassen. Und nach Russland mitnehmen konnte er euch natürlich auch nicht. Außerdem, was hätte er dort auch tun sollen? Mit ansehen, wie vor dem Kreml die roten Fahnen verbrannt werden? Der Zerschlagung all dessen beiwohnen, für das er sein Leben geopfert hatte? Den Triumph eines Kapitalismus miterleben, der noch schmutziger und unanständiger ist als jener, den er hier im Westen hinter sich gelassen hätte? Nein, er hatte keine Wahl. Bloß eine Sache konnte er frei entscheiden, und zwar ob er dir die Wahrheit sagen würde oder nicht. Und als er dann beschloss, dich im Dunkeln zu lassen und dir auch weiterhin jenen Vater zu erhalten, den du zu haben glaubtest, war für mich der Punkt erreicht. Ich wollte und konnte ihm nicht mehr folgen. Weil es falsch ist, weil du ein Recht hast …«

Und jetzt endlich ist es so weit: Ich reagiere. Bis hierher habe ich mich noch beherrschen können, aber damit ist es jetzt vorbei.

Es ist wohl eher eine körperliche Reaktion, glaube ich, eine Sache der Nerven. Die Adern an meinen Schläfen pochen, das Blut steigt mir heftig zu Kopf, und *ich kann nicht mehr* länger irgendeine Ruhe simulieren, denn in all dem ist etwas Unerträgliches, und das Unerträgliche lässt sich einfach nicht mehr ertragen.

»Hallo!«, rufe ich an die Skaterin gewandt.

Andererseits kann ich jedoch mit diesem Mann auch keine Diskussion anfangen, denn, was mich betrifft, ist er ein Bildschirm, eine CD-Rom, ein Härtetest, und ich muss ihm widerstehen: Das ist das einzig Vernünftige, was ich tun kann, egal, was für Machenschaften hinter der Sache stecken mögen, auch wenn es sich tatsächlich um so eine verdammte versteckte Kamera handeln sollte.

Das Mädchen kommt diesmal langsam angerollt, bremst gemächlich vor uns ab.

»Würden Sie bitte endlich mal unsere Teller abräumen?«, keife ich sie an. »Wir sind schon mindestens eine halbe Stunde fertig.«

Fünf Minuten werden es sein, mehr nicht. Sie erstarrt. Ich muss ihr wie ein richtiges Arschloch vorkommen, aber was soll's, ich kann's nicht ändern. Sie funkelt mich an, schön auch in der Erniedrigung, und vielleicht raunt ihr jetzt eine innere Stimme zu, komm, Roller-Betty, wehr dich, lass dich nicht so behandeln, zeig's ihm, es reicht nicht, ihm bloß in die Garnelen zu spucken, du bist keine Kellnerin! Schmeiß dieser Arschgeige den Tisch vor die Füße, kipp alles um, nutz die Gelegenheit, um dich mit einem Schlag von allem zu befreien, von dieser Scheißarbeit und von deinem Vater, die dich, umschwärmte Löwin von Fregene, daran hindern, jetzt gerade mit deinen Freundinnen in der Diskothek rumzuhängen, bunte Pillen einzuwerfen, wie eine Besessene auf den Inlineskates zu tanzen und dann zu wählen, von welchem Jungdealer du dich abschleppen lässt.

Aber nichts passiert. Offenbar *kann auch sie nicht*. Sie kann nicht alles aufgeben, kann ihre Ketten nicht sprengen. Sie kann nichts anderes tun, als den Mund halten und das tun, wozu ich sie aufgefordert habe: unsere Teller abräumen und davonrollen. Wir sind alle *konditioniert*, da kann man nichts machen.

»So, sind Sie mit Ihrer Geschichte fertig?«, sage ich, ohne dass ich es will. »Interessant, aber ich glaube Ihnen kein einziges Wort.«

Er schüttelt lächelnd den Kopf. Es scheint ihn zu amüsieren, dass ich es nicht fertig bringe, einfach den Mund zu halten.

»Nein, Gianni. Ich bin noch nicht fertig.«

»Ach nein? Was fehlt denn noch?«

Er drückt die Kippe im Aschenbecher aus. Aber nicht richtig, denn die Zigarette brennt weiter, er muss noch mal drücken, aber die Zigarette glimmt immer noch. Ich will jetzt auch rauchen, verflucht noch mal, aber noch nicht mal das kann ich. Nur saufen, das kann ich.

»Es fehlen noch all die Fragen, die dir jetzt ganz sicher durch den Kopf gehen.«

»Hatten Sie nicht vorhin gesagt, Fragen seien unerwünscht?«

Nein, Gianni, nein. Vergiss deinen Sarkasmus. Er versteht ihn nicht, er kann nichts damit anfangen.

»Und es fehlen all die Antworten, die ich dir geben muss«, fährt er fort, »denn auf jede Frage, die du mir stellst, habe ich eine Antwort, auf jeden Einwand habe ich die passende Erklärung…«

Schweig, Gianni, schweig. Halt einfach den Mund.

»Hören Sie, ich hab eine Idee«, sage ich. »Warum stellen Sie diese Fragen nicht selbst. Sie fragen und antworten sich dann, ganz allein. So ist es bestimmt einfacher.«

Aber dann geh jetzt auch. Das ist genau die richtige Bemerkung, um ihn sitzen zu lassen: Du brauchst nur noch »leben Sie wohl« hinzuzufügen, die Serviette auf den Tisch zu legen und davonzugehen. Du musst es nur tun.

Doch ich tue es nicht, und in der Zeit, die ich brauche, um es nicht zu tun, wird gnadenlos deutlich, dass ich es niemals tun werde. Ganz offensichtlich ist das eine neue Schwäche, die ich da an mir entdecke: Wenn irgendein Typ kommt und mir die absurdesten Dinge über meinen Vater erzählt, und ich beschließe, ihn zu ignorieren, und mir das eine Zeit lang auch gelingt, aber irgendwann nicht mehr, und ich dann also doch etwas sage, und zwar sarkastische, unfreundliche Worte, mit denen ich ihn eigentlich stehen lassen und meiner Wege gehen müsste, nun, dann *lasse ich ihn in Wirklichkeit gar nicht stehen*, sondern bleibe wie angewurzelt auf meinem Stuhl sitzen und gebe ein scheißtrauriges Bild ab. Gut, dass ich das jetzt weiß.

Und er? Er frohlockt, da wette ich, hinter seiner Miene, die plötzlich treuherzig wirkt und verwundert, aber auch diese Miene, da bin ich mir sicher, ist gespielt, ist scheinheilig. Er erinnert an Inspektor Colombo, wenn der einen Verdächtigen in die Zange nimmt.

»In Ordnung, wie du willst.« Er kichert. Klar, dass er damit einverstanden ist. Jetzt wird alles kinderleicht für ihn.

»Also, erste Frage: Wie hat sich dein Vater so plötzlich in einen Italiener verwandeln können?«

Er spielt ein wenig Verlegenheit vor, ein Gesichtsausdruck in der Art von »mein Gott, was verlangt man denn da von mir?«, dabei ist er ganz in seinem Element. Man könnte glauben, er habe sein ganzes Leben nichts anderes getan, als sich selbst Fragen zu stellen.

»Es war 1945, gleich nach Kriegsende«, beginnt er mit der Antwort, »als dein Vater zum italienischen Offizier Capitano Maurizio Orzan wurde. Besonders nach der vernichtenden Niederlage am Don im Januar 1943 saßen Tausende von Italienern in russischen Kriegsgefangenenlagern, und der sowjetische Geheimdienst hatte zu allen gefangenen italienischen Offizieren ausführliche Informationen zusammengetragen. Unter ihnen war auch ein gewisser Maurizio Orzan, und der schien genau der richtige Mann zu sein: Er war einer der wenigen Überlebenden einer vollkommen aufgeriebenen Einheit, hatte keine Mutter mehr und auch keine Geschwister, war nicht verheiratet und stammte vor allem aus Pula in Istrien, das, wie du weißt, nach dem Waffenstillstand an Jugoslawien gefallen war. Das bedeutete: Er würde *nicht mehr nach Hause zurückkehren* können.«

Roller-Betty kommt mit den Riesengarnelen angerollt – schon geschält, also tiefgefroren –, und er bricht ab, bleibt aber unübersehbar Herr der Lage, so als habe er nur die Pausetaste gedrückt:

Er scheint zu jenen Menschen zu gehören, die nie den Faden verlieren, zur gefährlichsten Sorte also. Das Mädchen bedient zunächst ihn, dann mich, stellt schließlich noch die Gemüseplatte ab und verschwindet wieder.

»Verstehst du?«, redet er weiter, während er sich mit den Fingern eine ganze Riesengarnele in den Mund steckt, »Orzan hatte keinen Ort, an den er zurückkehren konnte, an dem eine Familie oder Freunde auf ihn warteten. Für deinen Vater war das die Grundvoraussetzung. Denn so war die Wahrscheinlichkeit, dass er in Italien enttarnt würde, nur noch ...«

»Verzeihen Sie, wenn ich Sie unterbreche«, sage ich. »Aber ob sie wohl reingespuckt hat?«

»Was meinst du?«

Ich habe ihn aus dem Konzept gebracht. Endlich.

»Glauben Sie, die Kellnerin hat in meinen Teller gespuckt?«

»Warum sollte sie?«

»Weil ich sie schikaniert habe. Haben Sie nicht bemerkt, wie sie mich angeschaut hat, mit welchem Hass?«

Mit einer Garnele in der Hand schaut er mich verwundert an.

»Erinnern Sie sich noch an Tiberio Murgia«, fahre ich fort, »der Kleine mit dem Schnurrbärtchen, der den Feribotte in *Diebe haben's schwer* spielte? Der war ursprünglich gar nicht Schauspieler, sondern Kellner im ›Re degli Amici‹, in der Via della Croce, und ebendort ist er auch Mario Monicelli aufgefallen. Und ihm kam die Idee, ihn in dem Film mitspielen zu lassen. Nach dem großen Erfolg von *Diebe haben's schwer* gab dann Murgia seine Arbeit als Kellner auf und wurde ein richtiger Schauspieler, wobei er wieder und wieder, in allen italienischen Komödien, die Rolle des kleinen verschlagenen Sizilianers spielte. Und das, obwohl er noch nicht mal Sizilianer war, sondern Sarde. Nun, wissen Sie, was Murgia zu Monicelli sagte, um ihm seine Dankbarkeit zu zeigen, dass er ihn zum Schauspieler gemacht und sein Leben so grundlegend verändert hatte? Wissen Sie, welches Kleinod an Lebensweisheit er ihm schenkte? ›Im Restaurant‹, sagte er zu ihm, ›niemals Frikadellen bestellen und sich nie mit der Bedienung anlegen.‹ Ja, das hat er zu ihm gesagt.«

Ich schaue auf meinen Teller, fünf Riesengarnelen, im Kreis angeordnet, ein Salatblatt als Garnierung und die Scheibe Zitrone dazu.

»Also, wenn Sie mich fragen, hat die reingespuckt«, sage ich. »Ich rühr das nicht an.«

Er hingegen isst brav weiter, heldenhaft, hat ja auch bereits davon gegessen. Und er zuckt mit den Achseln, lässt sich nicht herab, mit mir über dieses Thema zu sprechen – *welche Mengen an Kellnerspeichel werden wir in unserem Leben wohl schon verzehrt haben?* –, obwohl es doch von schauerlicher Bedeutung wäre. Und dennoch bin ich sicher, dass er es denkt – obwohl ich nichts in dieser Richtung gesagt habe, es wäre nur einfach unmenschlich, wenn er es nicht dächte. »Ob das Mädchen«, denkt er, »vielleicht auch in meinen Teller gespuckt hat?«

»Entschuldigung, ich hatte Sie unterbrochen. Was sagten Sie gerade?« Nun wird es schwer, mein Freund.

Ich sehe, wie er nickt, die Augen niederschlägt, wie Steve McQueen, wenn er etwas einstecken muss. Um sie wieder anzuheben, muss er sich seines Pawlowschen Lächelns bedienen wie eines Wagenhebers. Es scheint ihn einige Mühe zu kosten, mit seiner Geschichte fortzufahren; er wirkt wie ein Elefant, der auf die Beine kommen will.

»Dieser Capitano Orzan«, schafft er es schließlich, »war in einem sibirischen Lager in Gefangenschaft, einem der ganz harten, aus denen niemand zurückkommt. Eines Tages trifft in diesem Lager aus Moskau eine Delegation des NKGB ein, mit dem Befehl, den Gefangenen Orzan mitzunehmen, um ihn in ein anderes Lager zu überstellen. Angeführt wird die Delegation von deinem Vater, der nun vier Tage lang Seite an Seite mit Maurizio Orzan durch Sibirien reist. Man wird sicher nicht behaupten können, dass sich zwischen den beiden so etwas wie Freundschaft entwickelt, aber sie lernen sich kennen und unterhalten sich, zwei Menschen, die eine unsagbare Tragödie zusammengeführt hat. Und als dein Vater schließlich dem schlafenden Orzan eines Morgens eine Kugel in den Kopf jagt und damit seine Mission beginnt, tut er damit etwas, was er nie mehr…«

»Einen Augenblick mal«, unterbreche ich ihn. »Wissen Sie eigentlich, welche Filmszene mir am besten gefällt? Am allerbesten, von allen Filmen, die ich je gesehen habe?«

Er schüttelt den Kopf, lächelnd. Sein Blick ist von geradezu manischer Intensität, und meiner dürfte dem nicht sehr nachstehen, nehme ich an.

»Es ist eine Szene aus *Der Weichkäse*«, fahre ich fort, »und zwar jene, als der Regisseur, also Orson Welles, ein Gedicht aus Pasolinis *Mamma Roma* vorliest. Das Team macht gerade Pause, die typische Mittagspause des italienischen Films, die faulste Zeit des Tages, die Luft flimmert, das verdorrte Land im Hintergrund von Cinecittà, und man sieht Komparsen in Engelsgewändern mit Posaunen in den Händen oder in römischen Rüstungen, die ihre Brote essen und Twist tanzen. Und Welles beginnt dem Kellner, der ihm sein Gingerale gebracht hat, das Gedicht vorzulesen. Und genau das ist für mich die schönste Szene des italienischen Films. Übrigens, das wissen nur ganz wenige, liest Orson Welles zwar auf Italienisch, wird dabei aber synchronisiert, und wissen Sie auch, wessen Stimme das ist, die ihn spricht? Giorgio Bassanis. Wissen Sie, wer das ist, Giorgio Bassani?«

»Der Schriftsteller?«

»Ja, richtig. Ich habe auch nur gefragt, weil er ein wenig in Vergessenheit geraten ist, zu Unrecht, denn er zählt zu den ganz Großen. Nun, der leiht also Orson Welles seine Stimme. Und soll ich Ihnen noch was sagen? Ich kenne das Gedicht auswendig. *›Ich bin eine Macht aus vergangenen Zeiten‹*, ich schwör's Ihnen, ich kann's ganz aufsagen, *›nur in der Tradition liegt meine Liebe. Ich komme von den Ruinen, den Altartafeln, den Kirchen, von den verlassenen Dörfern des Apennin und der Voralpen, wo die Brüder einst lebten …‹*«

Meine Stimme wird lauter, einige Gäste drehen sich schon zu mir um.

»*›Wie ein Narr irre ich über die Tuscolana, die Via Appia entlang, wie ein Hund ohne Herr. Oder ich schaue die Dämmerungen, die Morgen über Rom, über der Ciociaria, über der Welt, wie die ersten Szenen der Nachgeschichte, deren Zeuge ich bin,* *dank des Datums meiner Geburt, vom äußersten Rand einer begrabenen Zeit …*‹«

Mittlerweile bin ich sogar aufgestanden, unglaublich, und meine Stimme trägt weit.

»›… *Ein Ungeheuer ist es, wer aus dem Leib einer toten Mutter geboren. Und ich, erwachsener Fötus, irre, moderner als die modernsten, um Brüder zu suchen …,*‹«

Und wie im Film Orson Welles, halte ich kurz inne.

»›… *die nicht mehr sind.*‹«

Nun blicken mich alle an. All die Fünfzigjährigen von dem großen Tisch, einige Paare, die um uns herum sitzen, sogar Roller-Betty. Und an ihren verstörten Blicken, an dem verzweifelten Schweigen, das sich plötzlich über alle gelegt hat, erkenne ich, wie erfolgreich mein Auftritt war: Ich habe sie alle geschafft.

»Danach«, ich setze mich wieder und senke die Stimme, »klappt Orson Welles das Buch zu, nimmt die Brille ab und sagt zu dem Kellner. ›Haben Sie etwas davon verstanden?‹«

Sie mal einer an, zu was ich fähig bin, denke ich. Wer hätte das gedacht?

»Nun, eine schönere Szene ist wohl schwer vorstellbar«, schließe ich.

Jetzt müsste ich gewonnen haben. Ich bin selbst verblüfft über mein Verhalten – dabei mache ich sogar noch weiter, am Nebentisch sitzt ein Paar, das mich ansieht und anlächelt, und ich hebe das Glas und proste ihnen zu –, und er müsste jetzt einsehen, dass er mir nicht gewachsen ist. Denn wenn ich das geschafft habe, wenn ich so weit gegangen bin, dann kann ich noch weitergehen, mir steht nun ein unbegrenztes Repertoire provokanter Aktionen zur Verfügung, die ich nacheinander einsetzen könnte, um ihm endlich sein Schandmaul zu stopfen. Angesichts dieser Lage müsste er eigentlich einsehen, dass es aus ist, und sich verziehen – auch wenn ich nur allzu gut weiß, dass es fast nie so abläuft, dass die Dinge fast nie enden, wenn es aus ist.

Und in der Tat ist es nicht aus, denn er ist tatsächlich so unfair, einfach weiterzumachen.

»Ich verstehe doch, was jetzt in dir vorgeht«, sagt er. »Glaub nicht, ich würde das nicht verstehen. Aber auch das musste ich dir erzählen. Du musst wissen, was dein Vater für ein Mensch war. Ich will dir nichts verheimlichen. Und dein Vater hat diesen Mann nun mal tatsächlich umgebracht. Aber obwohl dies der einzige Mensch war, den dein Vater in seinem Leben getötet hat, und obwohl dieser Maurizio Orzan praktisch schon vorher zum Tod verurteilt war, hat ihn die Erinnerung an diese Tat immer gequält, bis zu seinem eigenen Tod, denn einmal zu töten, ist viel schlimmer, als es viele Male zu tun. Noch als ich ihn im Krankenhaus besuchte, hörte ich, wie er, voll gepumpt mit Morphium, im Delirium stöhnte: ›Armer Orzan … Armer Orzan.‹ Und das nach fünfzig Jahren …«

Es stimmt, das hat mein Vater im Delirium immer wieder gesagt. »Armer Orzan.« Und damit meinte er sich selbst. Das ist doch ganz klar. Aber allein der Gedanke, *dieser Gedanke,* oh, der ist wirklich furchtbar, denn er bedeutet, dass er mit seiner Unverschämtheit die Oberhand behält und dass er mich, egal, wie ich mich auch verhalte, zu jenem Punkt hintreibt, wo endgültig nichts mehr sicher ist, wo ich gezwungen bin, *Beweise* für etwas zu liefern, was nun wirklich nicht bewiesen werden müsste, weil es keine verfluchte Theorie ist, sondern schlicht und einfach die Realität, so wie ich sie mein ganzes Leben lang gelebt habe. Und somit habe ich nicht gewonnen. Ich habe verloren.

»Aber was soll's, ich geb's auf«, fügt er hinzu. »Es ist zu offensichtlich, dass du nicht gewillt bist, mir zu glauben …«

Mit einer entschlossenen Geste bedeutet er Roller-Betty, uns die Rechnung zu bringen.

»… was ich natürlich verstehen kann«, setzt er noch hinzu.

Er lächelt, zündet sich eine weitere Zigarette an, senkt erneut den Blick, diesmal ohne mich an jemanden zu erinnern.

Schweigen macht sich breit.

Dann habe ich also doch gewonnen. Ha! Dabei hätten nur noch ein paar Bemerkungen, ein weiterer kurzer Satz, gereicht, und ich wäre zusammengebrochen wie eine bröselige Mauer, denn natürlich stelle ich mir Fragen, viele Fragen, und mein Gehirn arbeitet bereits fieberhaft daran, das Bild meines sesshaften, strengen, *christdemokratischen* Vaters durch die romanhafte Gestalt eines jungen sowjetischen Offiziers zu ersetzen, der irgendwo in der weiten russischen Steppe einem armen istrianischen Kriegsgefangenen das Gehirn wegpustet, dessen Platz einnimmt und bis zum Ende seiner Tage deswegen Gewissensbisse hat. Nur noch ein kleiner Stoß, und ich hätte tatsächlich angefangen, mir zu überlegen … Aber das weiß er nicht. Und da er nicht weiß, dass ich mich innerlich schon geschlagen gegeben hatte, gibt er selbst auf. Wie viele große Kunstwerke mögen bei Auktionen auf diese Weise schon ersteigert worden sein?

Ich blicke mich um, betrachte mir all diese Menschen, die nach meiner kleinen Vorführung nun wieder mit sich selbst beschäftigt sind. Die Fünfzigjährigen von der langen Tafel brechen allmählich auf, leise, ohne die Ausgelassenheit, die sie während des Essens zur Schau gestellt haben. Aber es wäre absurd zu behaupten, Pasolini hätte ihnen die Laune verdorben. Denn sie kennen ihn nicht, ignorieren ihn noch unbekümmerter, als Pasolini sie zu seinen Lebzeiten ignoriert hätte. Von seiner skandalösen Anwesenheit haben sie während meines Auftritts nichts gespürt, so wie es ihre Eltern vielleicht noch getan hätten, dreißig Jahre zuvor, blind, aus reinem Instinkt, ähnlich wie Hunde, die ein Erdbeben wittern. Sie sind müde, das ist alles, denn es ist spät geworden, sie gehen nach Hause und geben ihre gute Laune in Verwahrung. Die Männer sind grau meliert, gebräunt, hager, sportliche Menschen vom Tennisclub, deren Augen fortwährend verkünden, dass sie in Kürze mal wieder eine tolle Reise machen werden. Ihre Frauen sehen alle ganz gut aus, doch es ist jene grelle, uniforme Schönheit, bei der die plastische Chirurgie nachgeholfen hat und die sie alle ziemlich austauschbar macht. Meine Eltern waren in diesem Alter ganz anders, und ihre Freunde auch. Zugegeben, das waren andere Zeiten, doch in ihrem Gebaren war noch etwas Strenges, Würdevolles, Winterliches, mit dem dieses neue Bürgertum anscheinend nichts mehr zu tun haben will. Zudem hätte mein Vater niemals ein solches Restaurant besucht, das so sehr den wechselnden Moden unterworfen ist, dass es keine eigene Identität mehr hat. Wir sind nur fünfzig

Meter vom Meer entfernt – denn dieser dunkle Streifen vor mir ist das Meer –, und man spürt absolut nichts davon. Nein, dies ist kein Ort für meinen Vater, noch nicht einmal, um über ihn zu *reden*. Denn das alles hier widerspricht jener bürgerlichen Solidität und Unwandelbarkeit, die er immer um sich spüren wollte: Holz, kein Plastik, Bücher, keine Illustrierten, Gott, nicht die Malediven. Um uns herum aber mutet alles so provisorisch an, dass man unwillkürlich an den nächsten Besitzerwechsel denkt, wenn der Typ mit dem Blumenhemd Pleite gegangen ist und dieses Lokal zum x-ten Mal neu eingerichtet wird; und während der Umbauarbeiten im Winter, wenn draußen der Schirokko tobt, kommt Roller-Betty eines Tages, nicht so ganz zufällig, hier vorbei, geht rein und blickt sich um, so wie ich es jetzt in diesem Moment tue, und die Handwerker hören auf zu hämmern und sehen sie an, und der Polier tritt auf sie zu und meint: »Was willst du denn hier?«, und Roller-Bettys Augen suchen die Streifen, die ihre Skates auf dem Boden hinterlassen haben, aber noch nicht einmal der Fußboden ist mehr da, denn den haben sie auch rausgerissen, um jede Spur zu tilgen von diesem geschichtslosen Zuvor, aus dem sie kommt, und so wird sie also antworten, »nichts«, und ihrer Wege gehen.

Bogliasco raucht, schweigend, gedankenverloren, in einer Pose, die man, wäre da nicht sein Aussehen, fast aristokratisch nennen könnte. Doch als sich unsere Blicke kreuzen, blitzt in seinen Augen sogleich wieder jenes Feuer auf, das schon vorhin darin loderte, als er mir sagte, dass mein Vater ein Kosak gewesen sei, eine Flaschenpost, ein Spion, ein Mörder – das beherrscht er eben, der erfahrene Nebendarsteller. Nein, es ist nicht aus, nein. Und es hat auch keiner gewonnen, es gab gar nichts zu gewinnen.

»Hören Sie«, sage ich zu ihm, »warum sind Sie damit eigentlich zu mir gekommen und nicht zu meiner Schwester?«

»Deine Schwester ist ganz anders als du«, antwortet er. »Sie darf es wirklich nicht erfahren.«

»Da haben Sie Recht. Die hätte die Polizei gerufen.«

»Ja, wahrscheinlich.«

»Und was ist mit meiner Mutter? Warum soll sie nichts davon wissen? Sie hat ihn schließlich geheiratet.«

Roller-Betty kommt mit der Rechnung angerollt. Er schaut sie sich gar nicht an, schiebt ihr nur seine Kreditkarte rüber.

»Deine Mutter weiß es, Gianni.«

Gianni Costante steht auf der Karte.

10

Erstes Kapitel

Liebe Kinder, nun ist der Moment gekommen, da ich euch ein großes Geheimnis verraten will, das euch sehr erstaunen wird. Obwohl er nicht einverstanden wäre (ganz im Gegenteil, denn schließlich habe ich ihm geschworen, nichts zu sagen), habe ich beschlossen, euch die Wahrheit über Pizzano Pizza zu erzählen. Ihr sollt es jetzt erfahren. Ihr, die ihr seine Abenteuer von Anfang an verfolgt habt, aber auch ihr anderen, die ihr noch nie von Pizzano Pizza gehört habt und denen man dieses Buch geschenkt hat, weil ihr lieber lesen sollt, als mit Lorenzo Videospiele zu spielen (denn wo es Videospiele gibt, gibt es auch immer einen Lorenzo, das ist einfach so, und wenn ihr anderer Meinung seid, wenn ihr glaubt, der Freund, mit dem ihr Videospiele spielt, heiße Giulio oder Valerio oder Giacomo oder Jacopo oder Massimiliano, oder wenn ihr glaubt, ihr würdet immer allein spielen, oder sogar überhaupt nie spielen, so ist es jetzt umso wichtiger, euch die Wahrheit über Pizzano Pizza zu erzählen, damit ihr versteht, wie leicht man sich im Leben täuschen kann, und das bei vielen Dingen).

Darum, liebe Kinder, legt dieses Buch jetzt hin, geht in die Küche und holt euch eine Kleinigkeit zu essen (am besten ein Brot mit Majonäse und dazu ein halbes Glas Milch), und dann macht es euch richtig bequem, am besten auf dem bequemsten Sessel in eurer Wohnung. Oder schließt euch in eurem Zimmer ein, legt euch aufs Bett wie ein römischer Kaiser – also auf die Seite, den Kopf auf die Handfläche gestützt –, knabbert an eurem Brot und macht euch nichts draus, wenn es ein bisschen krümelt. Denn, wie gesagt, ist das, was ihr nun gleich erfahren sollt, die Wahr-

heit, und die Wahrheit lässt sich am besten mit vollem Magen und in entspannter Körperhaltung ertragen. Also, glaubt mir, geht in die Küche und versorgt euch mit Proviant. Und dann sucht euch ein ruhiges Eckchen. Keine Angst, ich laufe nicht fort, ich warte. Pizzano Pizzas Geheimnis, das ich euch erzählen will, läuft nicht davon. Während ich auf euch warte, zeichne ich schon mal das Raumschiff auf. Einfach so, weil ich weiß, dass ich das kann, aber auch, weil wir es vielleicht später noch mal brauchen. Ein startendes Raumschiff.

(Zeichnung eines startenden Raumschiffs)

Okay, jetzt sind wir so weit. Obwohl, jetzt, da wir so weit sind, merke ich erst, wie schwer es ist, mit so einer Wahrheit herauszurücken. Vielleicht sollte ich zunächst mal etwas allgemeiner über die Sache reden, ein bisschen weiter ausholen, um dann ganz gemächlich zum eigentlichen Thema zu kommen. Ich möchte euch davon erzählen, wie häufig die Leute Geheimnisse haben, wie normal das ist und wie viele Lügen es auf der Welt gibt. Und zwar nicht nur böse Lügen, mit denen sich die Menschen betrügen und übers Ohr hauen wollen, sondern auch ganz harmlose und unschuldige Lügen, ja sogar notwendige und gute Lügen.

Nehmen wir zum Beispiel den Weihnachtsmann. Das mit dem Weihnachtsmann ist eine Lüge, das wisst ihr ja mittlerweile. In Wahrheit gibt es den Weihnachtsmann gar nicht, ebenso wenig wie seine fliegenden Rentiere oder seinen Schlitten oder sein Haus am Nordpol, und dass so ein Dickwanst wie er durch den Kamin in die Wohnungen rutscht, gibt es auch nicht.

Nichts von alledem war jemals wahr: Die Geschenke haben eure Eltern in den großen Einkaufszentren gekauft, Ende November, wenn das Gedränge noch nicht so groß ist, oder aber (kommt auf die Eltern an) in den Läden in der Innenstadt, zwei, drei Tage vor Heiligabend, wenn sich dort die Menschen gegenseitig auf die Zehen treten. Und wie ihr wisst, waren sie es auch, die sie dann in der Rumpelkammer versteckt haben, gut getarnt zwischen kaputten Lampen und zerschlissenen Teppichen. Und an Heiligabend haben sie euch früh zu Bett geschickt, mit der Begründung, der Weihnachtsmann sei sehr schüchtern und habe Angst gesehen zu werden. Und wenn sie dann ganz sicher waren, dass ihr eingeschlafen wart, gingen sie auf Zehenspitzen die Geschenke holen, packten sie am Küchentisch in buntes Geschenkpapier ein und legten sie unter den Weihnachtsbaum. Und früh am nächsten Morgen spielten sie euch dieses Theater vor: »Kommt, wir gehen mal gucken, aber ganz, ganz leise ...«, »Wer weiß, ob er überhaupt da war ...«, »Mmm, wenn da nur nichts dazwischen gekommen ist ...« So oder so ähnlich läuft es auf der ganzen Welt ab. Eben weil es den Weihnachtsmann nicht gibt. Trotzdem wird jedem Kind auf Erden diese Lüge erzählt. Und das nicht nur von den Eltern, sondern auch von den Lehrern, vom Fernsehen, von allen Verwandten und sogar von dem verrückten Onkel, der einen kitzelt, bis man es nicht mehr aushält, und, wenn die Mama nicht da ist, auf dem Bett herumspringt, bis es zusammenkracht.

Aber warum das alles? Ist es vielleicht eine Verschwörung?

Nein, es ist nur ein Beispiel für jene schon erwähnten guten Lügen, ohne die sich die Welt nicht drehen würde. Na ja gut, vielleicht würde sie sich auch ohne sie drehen, ich will das nicht ausschließen. Aber mittlerweile gibt es diese Lügen eben, und zwar jede Menge davon. Denkt mal einen Moment darüber nach, dann wird euch klar, dass ihr selbst auch oft genug solche Lügen erzählt. Und Geheimnisse habt ihr ganz gewiss auch. Tja, und das Geheimnis von Pizzano Pizza ist ganz einfach nur ein wenig Aufsehen erregender und verblüffender und wahnsinniger als eure Geheimnisse.

Denn (und jetzt haltet euch fest) in Wahrheit ist Pizzano Pizza gar kein Kind, wie ich es euch erzählt habe, sondern ein Marsmensch. Und er heißt auch gar nicht Pizzano Pizza, sondern Olxxtw'kvsfqz (auf dem Mars gibt es nämlich keine Vokale), und ist auch nicht neun Jahre alt, sondern sechsundsiebzig – und die Jahre auf dem Mars sind ja bekanntlich sehr viel länger als die auf der Erde, weil der Mars weiter von der Sonne entfernt ist und viel länger braucht, um sich um die Sonne zu drehen. Und so hat Pizzano Pizza also wirklich schon ein stolzes Alter erreicht.

Aber das ist noch nicht alles. Es kommt noch dicker. Pizzano Pizza ist auch nicht irgendein Marsmensch. Er ist ein Geheimagent vom Mars, in geheimer Mission auf der Erde. Ein Spion.

Ich wette, es hat euch die Sprache verschlagen. Und ihr vermutet, dass das, was ich euch gerade erzählt habe, die eigentliche Lüge ist. Aber denkt doch mal nach: Warum sollte ich euch belügen? Was hätte ich davon? Im Gegenteil, es fällt mir gar nicht leicht, euch das zu erzählen. Viel einfacher wäre es für mich, so zu tun, als wenn gar nichts wäre, und euch weiter von seinen Abenteuern zu erzählen. Warum sollte ich mir das Leben schwer machen? Und außerdem kennt ihr mich ja, ihr wisst, wer ich bin, zumindest die unter euch, die schon andere Bücher über Pizzano Pizza gelesen haben. Ich hoffe, euer Vertrauen habe ich mir mittlerweile verdient. Anders sähe es aus, wenn ich ein furchterregender Fremder wäre, der sich mitten in der Nacht an euch ranmacht, vielleicht sogar mit einer Pistole bewaffnet, sodass ihr euch zu Tode erschreckt. Ja, dann hättet ihr wirklich Grund, der Geschichte zu misstrauen. Aber ich bin's ja. Und auch wenn ihr mich noch nie gesehen habt, haben wir mittlerweile schon so viel Zeit miteinander verbracht, dass ihr mich ganz gut kennen müsstet. Aber wenn es euch beruhigt und euch hilft, eure Zweifel zu zerstreuen, kann ich euch ja mal zeigen, wie ich so aussehe. Hier also ein Selbstporträt von mir.

(Selbstporträt des Erzählers mit einer geschwollenen Backe)

Ja, das bin ich (während ich eine Marone esse – und damit wäre auch die geschwollene Backe erklärt). Sehe ich vielleicht aus wie jemand, der morgens aufsteht und sich solche Geschichten von Marsmenschen auf geheimer Mission auf der Erde nur ausdenkt?

Nein, ihr müsst euch damit abfinden: Pizzano Pizza ist ein Marsmensch, den man in supergeheimer Mission auf die Erde geschickt hat. Und um diese Mission zu erfüllen, hat er sich in *ein neunjähriges Erdenkind verwandelt. Das ist die reine Wahrheit.*

Ich weiß ja, dass euch jetzt tausend Fragen durch den Kopf gehen. Keine Angst, ich stehe zu eurer Verfügung und werde jede einzelne davon, so gut es geht, beantworten. Allerdings ist das hier eine Erzählung, und ihr müsst mir Zeit lassen, damit ich erzählen kann. Dann werdet ihr sehen, dass ihr nach und nach auf jede Frage eine befriedigende Antwort bekommt.

Also, beginnen wir von vorn. Pizzano Pizza, das Kind, das auf seinem Kinderstuhl durch die Zeit reist, sieht so aus:

(Zeichnung von Pizzano Pizza auf seinem Kinderstuhl)

Olxxzw'kvsfqz hingegen, der Spion vom Mars, der in geheimer Mission auf der Erde unterwegs ist, ist der hier:

(Zeichnung eines Marsmenschen)

Wie ihr seht, besteht zwischen den beiden keine Ähnlichkeit. Und doch ist es ein und dasselbe Wesen. Und es ist auch nicht so, dass all die Abenteuer, die ihr in den vorherigen Büchern gelesen habt, erstunken und erlogen wären. Nein, alles ist tatsächlich passiert, genau wie ich es euch erzählt habe. Nur dass in dem neunjährigen Kind, das sie erlebte, der erwachsene Marsmensch steckte, der seine superwichtige geheime Mission zu erfüllen hatte.

Ihr werdet euch jetzt fragen, worin denn nun diese Mission bestand, die so überaus wichtig und geheim war, dass sie ganze drei Bücher lang verschwiegen werden musste?

Die Antwort lautet: Die geheime Mission Pizzano Pizzas bestand darin, niemanden wissen zu lassen, dass er in geheimer Mission unterwegs war.

Und ich wette, jetzt fragt ihr euch sofort: Aber warum dürfen wir denn nun plötzlich davon wissen? Was hat sich denn geändert?

Das ist eine gute Frage, liebe Kinder, eine wirklich sehr gute Frage. Die ist so gut, dass sie wie geschaffen ist, dieses erste Ka-

pitel zu beenden. Keine Sorge, die Antwort werde ich euch nicht schuldig bleiben. Aber wie gesagt, ist das hier eine Erzählung, und in Erzählungen ist es guter Brauch, nicht alle Fragen sogleich zu beantworten. Einige, glaubt mir, lässt man besser noch eine Zeit lang offen. Also vertraut mir, lest einfach weiter, und im passenden Moment wird auch dieses Geheimnis gelüftet werden. Aber nun lasst mich erst einmal die wahre Geschichte Pizzano Pizzas erzählen, von ihrem wahren Anfang an …

11

Erster Fluch. Zweiter Fluch. Dritter Fluch. Pause. Auf die Madonna. Auf Gott. Auf die Madonna. Pause. Und wieder von vorn.

Über dem Gianicolo geht langsam die Sonne unter, und der fluchende Muezzin hat wieder die gleiche Litanei wie gestern angestimmt. Es ist schon eigenartig, wie schnell man sich an solche Dinge gewöhnt. Wieder auf dem Liegestuhl auf der Terrasse liegend, wieder mit einem Gin Tonic auf leeren Magen, ungefähr zur gleichen Zeit wie gestern, kommen mir die Flüche, die dieser arme Kerl in die Welt hinausbrüllt, schon wie ein Teil der Umgebung vor, nicht geheimnisvoller als der Verkehrslärm unten auf der Straße oder die Rufe der Schwalben, die am Himmel ihre Kreise ziehen. Ich muss mich anstrengen, um mir von neuem die Fragen zu stellen, die mich gestern Abend noch beunruhigt haben: Wer brüllt da? Woran leidet er? Warum hört man, neben der seinen, keine weiteren Stimmen oder auch Geräusche? Ob man ihn wirklich angebunden hat?

Ich stehe auf und trete zur Brüstung, um einen Blick durch Francescos Sicherungszaun zu werfen.

Wie gestern, nur zahlreicher, hat sich an den umliegenden Fenstern wieder Publikum versammelt. Meist ältere Menschen, empört und vielleicht auch verängstigt durch diese geheimnisvolle Stimme, die weiterflucht und flucht: Madonna, Gott, Madonna – aus vollem Hals. Sie zwinkern sich zu und tuscheln von Fensterbank zu Fensterbank, mit besorgten Mienen und wer weiß welche Gegenmaßnahmen der Nachbarschaft planend. Aber auch die Neugier zeichnet sich auf ihren Gesichtern ab, die immerhin groß genug ist, um sie von den Quizsendungen in ihren Wohnungen wegzulocken. Und wie gestern trete ich den

Rückzug an, denn in solchen Momenten zeigen sich die Leute von ihrer schlechtesten Seite, und das schaue ich mir lieber nicht an.

Ich mache es mir wieder auf meiner Liege bequem und genieße eine seltsame Sorglosigkeit, die gestern noch unvorstellbar gewesen wäre und die ich mir auch nicht verderben lassen will. Und das, obwohl ich nichts von dem erledigt habe, was ich eigentlich hatte tun wollen. Die so sorgfältig erstellte Liste liegt noch unberührt unter dem Telefon, und die Vespa, mit der ich mich durch den Verkehr hätte schlängeln müssen, um die einzelnen Posten abhaken zu können, stand den ganzen Tag, mit abgesoffenem Motor, wenn ich mich recht entsinne, auf dem Bürgersteig unten auf der Straße angekettet an dem Einbahnstraßenschild. Ich hatte einfach keine Zeit. Ich musste *arbeiten*, denn heute Morgen bekam ich Besuch von einem Gast, den ich schon lange nicht mehr bei mir hatte begrüßen können. Und dieser Besuch hat mich völlig erschöpft. Nun weiß ich ja sehr gut, dass der Begriff »Inspiration« aus dem Munde eines Kinderbuchautors leicht lächerlich klingt, aber ich wüsste wirklich nicht, wie ich das, was mich heute Morgen beim Aufwachen überkam, anders nennen könnte. Plötzlich wusste ich, was ich zu schreiben hatte. Die monatelange Flaute war überwunden, und ich brannte darauf, mit der Arbeit zu beginnen. Das war natürlich überraschend, denn schließlich bin ich gestern Abend mit tausend wirren Fragen im Kopf eingeschlafen, und es stand zu erwarten, dass ich den heutigen Tag damit verbringen würde, mich ein wenig aus diesem Chaos zu befreien. Stattdessen hatte sich heute Morgen beim Aufwachen das Tosen schon gelegt, das mich gestern Abend noch umfangen hatte, und ehe ich mich versah, saß ich schon am Computer und war aufgesprungen auf die geliebte alte Achterbahn, auf der die Worte von selbst in Fahrt kommen. Während sich so Seite um Seite füllte, begleitete mich den ganzen Tag jenes selten empfundene Gefühl der Leichtigkeit, jene verloren geglaubte Lust zu schreiben ohne innezuhalten, ohne ans Telefon zu gehen, zu essen oder an persönliche Dinge zu denken, ohne sich um irgendetwas anderes Gedanken zu machen, als den großen Fisch, der endlich angebissen hat, an Land zu ziehen. Dass es dabei nicht um hohe Literatur geht, sondern nur um ein Kinderbuch, ist sozusagen meine Privatangelegenheit, meine Bestimmung, mein Schicksal, das ich, wie ich betonen möchte, ohne Wenn und Aber akzeptiere. Kafka hat *Die Verwandlung* geschrieben, wenn er inspiriert war, ich schreibe *Das Geheimnis des Pizzano Pizza*, na und? Ich habe nie auch nur davon geträumt, einmal ein ganz Großer zu werden. Auf Ruhm und Unsterblichkeit bin ich nicht aus. Mir reicht es, aus meinem Gehirn ein paar anständige Ideen herauszuholen, die meine Finger über die verdammte Tastatur fliegen lassen, sodass ich damit auf ehrliche Weise den Lebensunterhalt für mich und meine Familie verdienen kann. Mehr nicht, aber um Himmels willen auch nicht weniger. Schreibblockaden überlasse ich liebend gerne literarischen Genies.

Zugegeben, das mag reichlich abgebrüht klingen: Ein Unbekannter bricht einen Schwur, eröffnet dir, dass dein gerade verstorbener Vater ein Spion war, und zwingt dich dadurch, und sei es auch nur für einen kurzen Moment, die Dinge aus einem völlig absurden Blickwinkel zu betrachten, der jeden einzelnen Augenblick deiner Vergangenheit zum Teil einer perfekten Tarnung macht. Und anstatt dir die Mühe zu machen, im Geiste die tausend Gründe zu rekapitulieren, aus denen diese ganze Geschichte einfach lächerlich ist, hast du am nächsten Morgen nichts Besseres zu tun, als dich vor den Computer zu hocken und das Ganze zu einem Kinderbuch zu verarbeiten, es in Unterhaltungsliteratur umsetzen, ja, in eine Ware (denn schließlich ist das dein Beruf), und damit deine Schreibblockade zu durchbrechen. In was für einer Welt leben wir nur. Aber ich hatte nun mal keine großen Probleme damit. Jedenfalls habe ich es getan, und es hat mir Erleichterung verschafft. Natürlich war das nicht sonderlich toll, aber es ist auch nicht sonderlich toll, ganze Nachmittage lang Computerspiele zu spielen oder den Bildschirm mit »Gianni Orzan ist ein Dickschädel« zu füllen, wie ich es in letzter Zeit hunderte Male in Dutzenden verschiedener Schriften getan habe. Ich würde sogar sagen, wieder schreiben zu können, hat mich zu einem besseren Menschen gemacht, auch wenn dieser Mensch nur ein wenig besser ist, auch wenn es niemand merken wird und auch wenn ich, was durchaus möglich ist, morgen die heute verfassten Seiten noch mal durchlese und sie so entsetzlich finde, dass ich alles wieder lösche. Denn das ist mein Beruf: schreiben, löschen, noch mal schreiben, um so im täglichen Kampf gegen den weißen Wal der leeren Seite ein besserer Autor zu werden.

Ich habe nichts Verwerfliches getan. Ich habe nur meine Aufgabe ernst genommen. Ich habe mich von einem eigenen Erlebnis inspirieren lassen und zu schreiben begonnen. Was soll daran schlecht sein? Das macht doch jeder Autor, und die Gewissensbisse, die jetzt an mir zu nagen beginnen, sind vollkommen unangebracht. Zudem hatte ich auch ein schlechtes Gewissen, als ich keine einzige Zeile zu Papier gebracht habe, und das war schlimmer.

Und außerdem stimmt es eigentlich nicht, dass ich mich sonst um gar nichts gekümmert habe. Ich habe zwei Anrufe entgegengenommen. Der erste kam von der Frau, deren Kind im Koma liegt. Ich habe sie nicht sogleich erkannt, denn auf dem Anrufbeantworter meldete sie sich nur als »Matteos Mutter«, und als ich aufsprang, um den Hörer abzunehmen, war sie schon dabei, sich zu verabschieden. Ich war froh, dass sie noch dran war, und ich glaube, wenn ich es nicht mehr rechtzeitig geschafft hätte, wäre mein Tag vollkommen anders verlaufen (wie viele Unwägbarkeiten beeinflussen doch unser Leben). Dann hätte ich wohl ein Schwindel erregendes Karussell von Anrufen in Gang gesetzt – mit den Organisatoren der Preisverleihung, der Journalistin vom Lokalblatt, dem scheidenden und dem neuen Bürgermeister oder auch dem Krankenhaus jenes Städtchens –, in dem Versuch, an ihre Nummer zu kommen, um sie zurückzurufen. Aber das war Gott sei Dank nicht nötig. Nachdem sie sich noch einmal bedankt hatte, erzählte sie mir, dass sie morgen nach Rom fahre, um mit einem Professor die Möglichkeit zu erörtern, ihren Sohn in eine Spezialklinik nach Österreich zu verlegen. Und sie würde mich, bevor sie zurückfahre, gern noch einmal treffen. Wie schon am Abend der Preisverleihung sprach sie in nüchternem Ton über die Tragödie und konnte sogar solch entsetzliche Worte wie

»endgültig« und »letzter Versuch« ohne erkennbare Emotionen aussprechen. Ich sagte ihr, ich würde mich sehr freuen, sie zu treffen, und so haben wir uns für morgen Vormittag um elf verabredet. Als ich sie fragte, wo es ihr am besten passe, antwortete sie, das sei ihr egal, Hauptsache, irgendwo draußen. Da mir im Moment nur das Café im Park gegenüber der Porta San Paolo, nicht weit von unserer Wohnung, einfiel, haben wir uns darauf geeinigt – aber natürlich nicht, weil es für mich am bequemsten ist, damit das klar ist.

Nachdem ich aufgelegt hatte, brauchte ich einige Zeit, um wieder in die Arbeit hineinzufinden. Ich habe dagesessen und mir überlegt, wie vorbildlich der Kampf dieser Frau doch ist, dieser Kampf gegen eine Medizin, die das Weiterleben ihrer »Lorbeerhecke« für sinnlos hält, die das Laufenlassen des Apparats, der ihren Sohn am Leben hält, als »therapeutische Verbissenheit« bezeichnet und die geduldig wie ein Geier auf den Moment wartet, da sich auch diese Mutter – wie alle Mütter in einer ähnlichen Situation – erschöpft, entmutigt und allein gelassen damit abfindet, den eigenen Sohn endlich als das zu betrachten, was unsere heruntergekommene Gesellschaft bereits in ihm sieht, nämlich ein bloßes Gerippe, dem alle wieder verwertbaren Organe sorgfältig zu entnehmen sind, um es dann in einem feierlichen, womöglich noch von einem Bischof zelebrierten Begräbnis zu Grabe zu tragen. Ich habe mir überlegt, dass ich mich an ihrer Stelle nicht anders verhalten würde. Und dabei kam mir eine Erzählung von Raymond Carver in den Sinn, in der der Erzähler irgendwann seine Frau beschwört, falls er einmal im Koma liegen sollte, niemals, aus keinem Grund der Welt, die Apparate abschalten zu lassen. Ich habe das Buch aus dem Regal genommen und die entsprechende Stelle noch einmal gelesen und dann in meinen Kalender übertragen (sie war übrigens schon sorgfältig unterstrichen), denn plötzlich hatte ich beschlossen, der Frau morgen dieses Buch zu schenken – falls ich nicht mehr dazukommen würde, es ihr zu kaufen, oder es in meinem Buchladen nicht mehr vorrätig sein sollte. Die Stelle lautet: »*Nein, schalte meine Apparate nicht ab. Ich will nicht, dass du deine Einwilligung gibst, wenn sie meine Apparate abschalten wollen. Lasst sie laufen, so lange es geht. Wer sollte etwas dagegen haben? Du hast doch wohl nichts dagegen? Lasst sie laufen, lasst alles, wie es ist, so lange mein Anblick noch zu ertragen ist und die Leute nicht zu schreien anfangen, wenn sie mich sehen. Lass mich weiterleben, einverstanden? Bis zum Schluss. Du könntest meine Freunde einladen, damit sie sich von mir verabschieden, aber tue bitte nichts, was du später bereust.*«

Der zweite Anruf war von Franceschino, der mich sofort unter einem Schwall von Neuigkeiten begrub beziehungsweise von Anna. Und obwohl ich den Anruf natürlich erwartet hatte, war ich nicht darauf vorbereitet, und es gelang mir nicht, ihr etwas vom gestrigen Abend zu erzählen. Ich hatte mir einfach noch nicht eine Minute Zeit genommen, um für diese völlig absurde Geschichte die richtigen Worte zu finden, und so fand ich sie jetzt natürlich auch nicht und druckste herum wie ein kleines Kind und beruhigte sie mit mageren Worten auf jene allgemeine Weise, die nun alles andere als beruhigend wirkt. Noch nicht einmal von meinem Anfall von Kreativität habe ich ihr berichtet, war aber immerhin ehrlich hinsichtlich der Tatsache, dass ich keinen von ihren Aufträgen erledigt hatte, noch nicht einmal den, bei Francescos Schule anzurufen, um sein Fehlen in den letzten Tagen des Schuljahrs zu entschuldigen. Und vor allem an diesem Punkt erwartete ich Vorhaltungen von Annas Seite. Denn schließlich hatte sie mir dies besonders ans Herz gelegt, wegen eines Konzerts, bei dem er mitspielen sollte. Ich hätte bloß seinen Lehrerinnen Bescheid geben müssen, damit sie noch einen Ersatz für ihn suchen können. Anna ist Elternvertreterin und nimmt es mit diesen Dingen sehr genau. Ich erwartete also eine Reaktion von ihr, denn diesen einen Anruf hätte ich wirklich erledigen können; doch zu meiner Überraschung sagte sie gar nichts. Sie war ebenso wenig gesprächig wie ich, schien es sogar eilig zu haben, wieder auflegen zu können, und so war es insgesamt ein eigenartiges Gespräch. Aber ich war von meinem eigenen Schweigen zu sehr eingenommen, um sie darauf aufmerksam zu machen. Erst als ich selbst aufgelegt hatte, machte ich mir klar, dass sie sich in Gedanken ja immer noch mit dem bewaffneten Schurken herumschlug, der so erschreckend gut über unseren Sohn Bescheid wusste. Mit einer Bedrohung, die aus meinem Leben mittlerweile verschwunden war, aus dem *ihren* aber nicht, und so spürte ich neben der Rührung, die man leicht für jemanden empfindet, der weiterhin etwas sieht, was für einen selbst schon gegenstandslos geworden ist – J. D. Salinger hat es oft beschrieben –, auch die Last der dadurch entstandenen Distanz zwischen uns beiden und die Pflicht, diese so bald wie möglich zu überbrücken. Und das werde ich auch tun, gleich heute Abend, sobald ich die passenden Worte dafür gefunden habe. Sobald ich mich wieder all den Pflichten widme, von denen ich mich, um wieder ein Schriftsteller zu sein, einen ganzen Tag lang entbunden hatte…

Und mit einem Mal verstummt die Stimme. Genau wie gestern flucht sie plötzlich nicht mehr, und wie gestern scheint mit einem Mal am dunkler werdenden Himmel dieses warmen Juniabends wieder etwas zu fehlen. Für einen langen Moment meint man, alles erstarre und warte nur darauf herauszufinden, ob es sich bloß um eine etwas längere Pause handelt oder ob es für heute einfach vorbei ist, morgen aber um die gleiche Zeit weitergeht. Und dabei ist eigentlich klar, dass die Vorstellung beendet ist, denn diese Stimme ist eindeutig, sie kennt keine längeren oder kürzeren Pausen, sie macht entweder *jene bekannte* Pause oder gar keine. Aber einige Minuten müssen verstreichen, bis sich ringsumher alles darauf eingestellt hat. Und dieses Innehalten empfinde ich, der ich mich heute von all meinen Aufgaben, all meinen Pflichten, außer der einen, entbunden habe, als Geschenk, denn es verhilft mir noch einmal zu jener Leichtigkeit, leert meinen Blick ganz und lässt ihn frei und rein umherschweifen. Über die Dächer. Die Bäume. Die weiß-rote Antenne auf dem Monte Mario. Dreiviertel der Kuppel vom Petersdom. Die Pyramide. Den Gasometer, den Francesco aus irgendeinem Grund »Post-Kolosseum« nennt. Eine Möwe gleitet geräuschlos durch die Luft, ganz Herrin ihres Flugs, und kommt auf mich zu, immer näher, ja unausweichlich, bevor sie sich tatsächlich – unglaublich – hier vor mir auf dem Sims niederlässt. Sie starrt mich an, mit finsterer Miene und krummem Schnabel wie ein Raubvogel, bewegt den Kopf von einer Seite zur anderen, um mich mal mit dem rechten, mal mit dem linken Auge anzuschauen, als gäbe es zwischen den beiden Blicken einen Unterschied – und den gibt es wahrscheinlich auch. Sie mustert mich mit solch einer Intensität, dass ich für einen langen, phantastischen Augenblick nichts anderes bin als das unbestimmte, wahllose Objekt ihrer Betrachtung, und dabei spüre ich einen vollkommenen, makellosen Frieden, den ich am liebsten niemals mehr vergessen würde. Dann fliegt sie ganz plötzlich davon, lässt sich ins Leere fallen, entschwindet hinter den Dächern, um dann, schon in einiger Entfernung, wieder aufzutauchen und, meiner schon uneingedenk, neuen Zielen zuzuschweben.

Mit einem letzten tiefen Zug trinke ich meinen Gin Tonic aus und gehe hinein. Die Sonne geht unter, der Tag ist zu Ende. Ich muss überlegen, was ich alles zu tun habe. Ich muss Anna anrufen. Ich muss etwas essen, weil ich Hunger habe. Plötzlich setzt der Verstand wieder ein, der Strom der Gedanken, der Reize, Verpflichtungen und Erinnerungen, die alle mein, ganz allein mein sind, beginnt wieder zu fließen. In allem pulsiert wieder jenes *Principium Individuationis*, das mich erneut an mich selbst fesselt und mir ununterbrochen einredet – aber ohne jemals den *Grund* dafür zu nennen –, dass ich ich bin und nicht das, was jene Möwe in mir gesehen hat. Und vor allem bin ich nicht diese Möwe, und dies hier ist meine Terrasse und nicht bloß ein grauer Punkt vor blauem Hintergrund, wo man sich niederlassen und zu Atem kommen kann. Und das, was jetzt läutet, ist meine Türklingel, Schluss, aus, Ende der Selbstvergessenheit, ja, das ist sie wirklich, das ist meine Klingel, und sie läutet, und wer auch immer da jetzt läuten mag, will zu mir, jenes »mir«, das ich heute einen ganzen Tag lang teilweise und eben, einen phantastischen Moment lang, sogar völlig hinter mir lassen konnte, das ich aber unausweichlich bin und zu sein weiß.

Und ich fürchte, ich weiß auch, wer da an der Tür ist.

12

Unsere Wohnungstür hat einen Spion. Wir benutzen ihn nie, aber es gibt ihn.

Verzerrt durch das gewölbte Glas, das einen Blick auf den ganzen Treppenabsatz ermöglicht, sehe ich Gianni Bogliasco/Fusco/Costante, der steif wie ein Hydrant, mit einer vollen, ausgebeulten Plastiktüte in Händen, vor der Tür steht. Ich glaube nicht, dass er sich beobachtet fühlt, und dennoch lächelt er. Scheint wirklich eine Art konditionierter Reflex zu sein.

Soll ich überhaupt aufmachen?

Ja.

»Ich hab was zu essen mitgebracht«, eröffnet er mir, so als sei das die normalste Sache der Welt. Ich bitte ihn zwar nicht herein, verbiete ihm aber auch nicht einzutreten, also tut er es. Er blickt sich ein wenig um, nickt.

»Nett habt ihr's hier.«

Dann beginnt er – schließlich ist er der König der Welt und kann tun und lassen, was ihm gefällt –, unsere Wohnung zu inspizieren. Er geht ins Kinderzimmer, kommt wieder raus, geht in mein Arbeitszimmer, hält sich dort ein wenig auf, kommt wieder raus, verschwindet im Schlafzimmer, und da ist er wieder. Und das Ganze in einem fort nickend und lächelnd. Ich stehe immer noch im Flur, habe noch nicht einmal die Wohnungstür geschlossen.

»Schön eingerichtet«, lautet sein Urteil, »schlicht, aber gemütlich. Man sieht, ihr habt Geschmack.«

Dann hebt er die prall gefüllte Plastiktüte an.

»Wohin damit?«, fragt er. »Die Sachen sind warm.«

»Fühlen Sie sich ganz wie zu Hause.«

»Danke.«

Wie schon gestern mehrmals, ist er auch jetzt absolut taub für meinen Sarkasmus. Er ist unerschütterlich. (Oder liegt es an mir? Bin ich überhaupt sarkastisch?) Ein, zwei Sekunden gibt er mir Zeit, ihm vorauszugehen, aber noch bevor ich mich dazu entschließen kann, ist er schon wieder verschwunden, diesmal ins Wohnzimmer. Und nun wird sich zeigen, ob er wirklich zum ersten Mal seinen Fuß in diese Wohnung setzt oder ob die Erkundung vorhin nur Theater war – bei ihm ist alles möglich. Denn wenn er diese Wohnung zum ersten Mal sieht, weiß ich schon, was jetzt kommen wird. Das, was immer geschieht, wenn jemand zum ersten Mal dieses Zimmer betritt…

»Mensch, das ist ja eine phantastische Terrasse!«, höre ich ihn rufen.

So ging es Anna und mir auch, als uns der Typ vom Maklerbüro die Wohnung zeigte. Die Wohnung ist nämlich nichts Besonderes, das Gebäude selbst ist etwas heruntergekommen, und die Terrasse liegt auf der Rückseite, ist also von der Straße nicht zu sehen, sodass dieses Prunkstück wirklich vollkommen unvorstellbar erscheint, bis zu dem Moment, da man das Wohnzimmer betritt und sie plötzlich vor sich hat, wie sie sich weit und hell auf Rom hin öffnet.

»Phantastisch!«, ruft er wieder, ein wenig leiser. »Das hätte ich nicht erwartet.«

Ich trete zu ihm. Er steht an der Brüstung und blickt hingerissen in den Sonnenuntergang.

»Phantastisch«, wiederholt er noch einmal, »man sieht sogar die Kuppel vom Petersdom.« Dann dreht er sich ruckartig zu mir um und fährt fort: »So eine Terrasse, mit diesem Blick, muss man in Rom lange suchen. Gehört die Wohnung euch?«

»Nein, wir wohnen zur Miete.«

»Aha. Teuer?«

»Es geht…«

»Wie viel?«

Ich weiß nicht genau, was ich ihm für einen Blick zuwerfe, jedenfalls fühlt er sich sogleich aufgefordert hinzuzufügen: »Wenn die Frage nicht zu indiskret ist…«

Was nicht das Gleiche ist wie »Vergiss es, das geht mich nun wirklich nichts an«, aber immerhin, besser als gar nichts.

»Eine Million vierhunderttausend«, antworte ich.

»Da kannst du dich aber nicht beschweren.«

»Will ich auch gar nicht.«

»Hör mal, so eine Wohnung würde ich nie aufgeben; ein Vermieter, der nur eine Million vierhunderttausend für eine Wohnung mit einer solchen Terrasse verlangt, wirklich unglaublich. Ein Freund von dir?«

»Nein.«

»Nein? Wie heißt er denn?«

Ich versuche ihm den gleichen Blick wie kurz zuvor zuzuwerfen, aber diesmal klappt's nicht, und er fügt nichts hinzu.

»Ich hab die Wohnung über einen Makler gefunden«, antworte ich.

»Da hast du wirklich Glück gehabt, Junge, das kannst du mir glauben«, er schüttelt den Kopf, »eine Million vierhunderttausend ...«

Junge. Ich bin kein Junge.

»Komm, lass uns essen. Sonst wird alles kalt.«

Er kramt eine stattliche Anzahl von Aluminiumbehältnissen und fettigen Tüten und Päckchen aus der Plastiktüte, legt alles auf den Tisch auf der Terrasse, dazu zwei Bierdosen und zwei Plastikbecher, die der Wind sogleich erzittern lässt und die, wenn man nichts dagegen tut, im nächsten Moment auf und davon fliegen werden. Dann packt er nacheinander die Päckchen und Tüten aus und bringt frittierte Reisbällchen, panierten Mozzarella, in Öl eingelegte Oliven, gebackene Reisorangen, Kartoffelkroketten und dergleichen fettige Speisen mehr zum Vorschein. Genug, um eine ganze Schulklasse zu verköstigen.

»Bei der Pyramide gibt es eine der besten Rosticcerias in ganz Rom. Wusstest du das?«

»Sie meinen Di Pietro?«

»Genau. Du kennst sie also?«

»Ja, da hole ich mir schon mal ein halbes Hähnchen, wenn ich allein bin.«

Ich schnappe mir einen der Becher, bevor er davonfliegen kann, und schenke Bier ein. Dann fülle ich auch den anderen und mache mich über die Röstkartoffeln her, die mich aus einer Aluschale anlächeln. Ich habe mächtig Hunger.

»Seitdem sie alles renoviert haben, ist es natürlich nicht mehr so wie früher«, erklärt er mir. »Sieht jetzt aus wie eine normale Pizzeria, anständig, ja sogar gemütlich. Dabei hat eine echte Rosticceria eng, fettig und stinkend zu sein. So wie Di Pietro früher. Aber obwohl sie jetzt so bürgerlich geworden sind, machen sie manche Sachen immer noch wahnsinnig gut. Probier das hier mal ...«

Er reicht mir eine beängstigend ölig aussehende Teigtasche, etwas, was ich mir nie selbst ausgesucht hätte, aber ich weiß ja mittlerweile, dass mein Wille in seiner Gegenwart wenig zählt. Er wartet, bis ich die Teigtasche in die Hand genommen und reingebissen habe, und während ich zu kauen beginne, erklärt er mir: »Tramezzino aus dem Ofen. Schon mal gegessen?«

Ich schüttle den Kopf, während ich bemüht bin, mir an der kochend heißen Füllung nicht die Zunge zu verbrennen.

»Ein Gedicht, oder?«

Er hat nicht Unrecht, es schmeckt ganz ordentlich. Käse und gekochter Schinken, wenn mich meine Geschmacksnerven nicht täuschen, in einem frittierten Mantel aus Pizzateig. Nur der Spritzer Öl ist gewöhnungsbedürftig, der sich beim Kauen im Mund verteilt ...

»Ziemlich fettig ...«, sage ich.

»Das will ich meinen«, erwidert er, aber in ungeahntem, tiefstem, römischem Dialekt, mit offenen Es, ähnlich wie Celentano in *Hilfe, ich bin Spitz ... e!*. »Deswegen schmeckt es ja so gut«, und er beißt kräftig zu. Kauend erklärt er weiter: »Weißt du, ich bin ein leidenschaftlicher Verfechter der Rosticceriakultur. Ich hab sogar ein Buch darüber geschrieben: *Under 10*, heißt es, ein Führer durch italienische Rosticcerias, wo man für weniger als zehntausend Lire ein gutes Mittagessen bekommt beziehungsweise *bekam*, denn die Preise sind ja überall gestiegen. Was hältst du davon, wenn ich dich mal mitnehme ...«

Oho. Jetzt ist er auch noch Schriftsteller.

»Weißt du, ich habe ja mein Leben lang in Rosticcerias gegessen«, fährt er fort, »und so habe ich miterlebt, wie sie aufmachten, eingingen, ihr Gesicht veränderten, in Rom oder Genua, Livorno, Neapel oder auch Mailand, wo sie ja mittlerweile als chic gelten und entsprechend teuer sind; aber noch vor zwanzig Jahren sah das ganz anders aus. Mindestens drei Generationen italienischer Rosticcerias habe ich miterlebt und getestet, mein Freund …«

Er greift zu einem Reisbällchen, das er dann eigentlich nicht isst, sondern *aussaugt*. Ich bediene mich weiter von den Röstkartoffeln, die wirklich unglaublich fettig sind, tiefbraun, mit viel Knoblauch und Rosmarin, anders gesagt also höllisch gut.

»Und weißt du, was mir von Italien am meisten fehlt, wenn ich im Ausland bin? Nein, nicht die Kunst, die Landschaft, die Sonne oder die italienischen Restaurants, die man mittlerweile ja überall auf der Welt findet, sondern unsere Rosticcerias. Die gibt's sonst nirgendwo. Vielleicht kommt das daher, dass ich nie eine Mutter hatte, die für mich gekocht hat, auch nicht als kleines Kind. Aber wenn ich eine Rosticceria betrete, eine von den guten alten, die sich seit vierzig Jahren nicht verändert haben, mit der trüben Beleuchtung und dem Fettgestank, der sich in den Kleidern festsetzt, ja, dann fühle ich mich wirklich wie zu Hause. Für mich ist das reine Poesie; die beleibten Rosticceri mit ihren schmierigen Schürzen und den ewig fettigen Händen, die Frauen mit den blassen Gesichtern an den Kassen, die ihr ganzes Leben nichts anderes getan haben, als dort zu sitzen, ihre flinken, geübten Gesten, mit denen sie dir das Wechselgeld rausgeben, ihr Blick, der dich zu erkennen vorgibt, auch wenn sie dich zum ersten Mal sehen …«

Er nimmt einen Schluck Bier, angelt sich auch eine Kartoffel vom öligen Grund der Aluschale, dann noch eine. Und wieder eine.

»Die Tabletten«, sage ich.

»Was meinst du?«

»Sie haben Ihre Tabletten vergessen.«

Er erstarrt.

»Ach ja«, sagt er und beginnt kopfschüttelnd in einer Tasche zu wühlen, findet das Döschen und wiederholt den Vorgang von gestern Abend, indem er die beiden Pillen ohne Flüssigkeit schluckt und mit einem Ruck des Kopfes nachhilft.

»Das muss man dir lassen«, sagt er und sieht mich wieder an, »du bist ein guter Beobachter …«

Er schluckt noch einmal, die Dinger scheinen ihm noch im Hals zu stecken – und stürzt sich dann gierig auf die Schale mit den Kartoffeln, so als wolle er sie alle verschlingen, bevor ich mir noch eine nehmen kann.

»Und dann die Gewürze …«, hebt er wieder an. »Die hier sind meiner Ansicht nach *perfekt* gewürzt. Probier auch mal …«

Er beißt in eine frittierte Reiskugel, und ich tue es ihm nach: lecker, er hat Recht. Mit zwei Bissen hat er sie aufgegessen. Dann leert er seinen Becher und hebt mit beiden Händen den panierten Mozzarella an, der in dicken Strömen Öl verliert, und jetzt, nach dem ersten Bissen, auch eine weiße Käseflüssigkeit – was ihn dazu zwingt, sich mit dem typischen Reflex der Hamburgeresser vorzubeugen, dabei mit dem ganzen Stuhl nach hinten zu rücken und den Kopf nach vorn zu recken, um das tropfende Fett in eine leere Schale auf dem Tisch umzuleiten.

»Es heißt, die Sachen lägen schwer im Magen«, redet er mit zu vollem Mund und ungewohnt kehliger Stimme weiter. »Und tatsächlich sucht man diesen Unsinn, der jetzt überall in Mode ist und meist aus Amerika kommt, in einer Rosticceria vergebens: fettarme Küche, *cholesterol free …*«

Er muss den Mund halten, um zu schlucken, sonst erstickt er. Aber seine englische Aussprache ist ziemlich perfekt.

»Aber es ist eine Art Krieg …« –, seine Stimme klingt wieder völlig normal, »… und der Rosticciere ist wie ein Soldat im Schützengraben, der jeden Tag kämpft, um auch denen Genuss zu verschaffen, die nur essen, weil sie Hunger haben …«

Er schluckt den letzten Bissen Mozzarella runter und macht sich an eine Kartoffelkrokette. Wie schon gestern Abend isst er unglaublich schnell, obwohl er gleichzeitig spricht. Das muss eine spezielle Technik sein.

»Denn mit Trüffeln ist es leicht, ein schmackhaftes Essen zuzubereiten, und mit Pilzen und Balsamicoessig für zwei Millionen der Liter ist jeder ein Meisterkoch. Aber versuch mal das Gleiche mit Reis, Brot, Kartoffeln und billigem Keimöl. Das ist wie eine Schlacht mit Flinte und Bajonett. Eine Heldentat. Und das ist der große Unterschied.«

Er gibt der letzten Kartoffel den Rest, die einsam im braunen Fett schwamm. Die hätte ich auch gern gegessen.

»Hmm«, macht er, »spürst du das auch? Hier bewegen wir uns an der Geschmacksgrenze. Noch ein Stückchen weiter, und das Ganze kippt um, wird eklig, wird zum Kasernenfraß. Und genau das ist die Kunst des Rosticciere, dieser Grenze so nahe wie möglich zu kommen, sie aber niemals zu überschreiten. Verstehst du, welch enorme Leistung dahinter steckt, welche *Größe*? Die Leute für ein paar Lire mit Kalorien zu versorgen, ihren Hunger zu stillen, ihnen aber auch so viel Genuss wie möglich zu verschaffen, und das alles, ohne sie zu vergiften. Und was machen sie im Restaurant? Da bieten sie dieses Essen jetzt als Vorspeise an, machen raffinierte Häppchen daraus, einfach so, aus Lust und Laune, verhunzen es durch Verkleinerungsformen, »zwei *crocchettine*«, »zwei *olivette*«, »ein *mozzarellina*«... Und dann schieben sie dir verdorbene Muscheln unter, und du holst dir eine Gelbsucht.«

Eigenartig, aber ich bin ganz seiner Meinung. Vielleicht würde es ihn freuen, das zu hören, aber ich will nicht wieder den gleichen Fehler machen wie gestern Abend. Ich will nichts sagen, denn ich glaube weiterhin daran, dass auch der redseligste Alleinunterhalter angesichts eines hartnäckigen, undurchdringlichen Schweigens früher oder später mal in Verlegenheit kommt. Und genau das will ich: Ich will, dass er endlich mal in Verlegenheit kommt. Aber mit den Rosticcerias hat er Recht. Das sind fabelhafte Einrichtungen.

Unterdessen haben wir fast alles aufgegessen, unser Hunger ist gestillt. Er nascht zwar noch von den Oliven, doch man erkennt an seinem Blick, dass er eigentlich satt ist und es nur aus Pflichtgefühl tut. Denn auch in dieser Frage werden wir wohl einer Meinung sein: dass die Reste einer Rosticceria-Mahlzeit sofort unerträglich werden. Also isst man entweder alles auf oder räumt sofort ab. Und als ich sehe, dass auch er fertig ist, mit einem großen Schluck sein Bier austrinkt und sich eine Zigarette anzündet, stehe ich auf und beginne die Reste zusammenzustellen.

»Soll ich dir helfen?«, fragt er, macht aber keine Anstalten aufzustehen.

»Nein, nicht nötig.«

Nun kommt der eklige Teil, der rasch erledigt werden muss. Ich packe das ganze schmierige Zeug zusammen – aneinander klebende Essensreste, mehr schlecht als recht aufeinander gestapelte Schalen und Behälter, zusammengeknülltes Papier –, trage es, den Atem anhaltend, in die Küche und schmeiße alles unverzüglich in die große Mülltüte. Dann wasche ich meine Hände, die während der Aktion entsetzlich fettig geworden sind, und bevor ich wieder auf die Terrasse zurückgehe, nehme ich noch zwei Bier aus dem Kühlschrank, weil ich immer noch Durst habe und er wahrscheinlich auch. Ich finde ihn wieder an der Brüstung stehend vor und drücke ihm eine Dose in die Hand, und er antwortet mir mit einer Geste, die wohl so viel wie »danke, gute Idee« bedeuten soll, reißt die Dose auf und nimmt einen großen Schluck, mit der brennenden Zigarette zwischen den Fingern. Sein Interesse scheint jetzt ganz den Schwalben zu gelten, die in wildem Flug vor unseren Augen ihre Kreise ziehen. Er hat das Jackett aufgeknöpft, und sein Bauch quillt über den Hosenbund und bläht sich unter dem bulgarischen kurzärmligen Hemd – dasselbe wie gestern, nun verknittert und dreckig. Keine Spur von der Pistole, keine Ausbeulung zu sehen. Ob er mir zuliebe so rücksichtsvoll war, unbewaffnet zu kommen?

»Die Leute nennen sie Schwalben, aber das ist falsch«, meint er. »Schwalben sind größer und leben nicht in der Stadt. Das hier sind Mauersegler.«

Er sieht noch eine Weile den Schwalben zu (von diesen Mauerseglern habe ich noch nie gehört), setzt sich dann wieder an den Tisch und rückt ganz nahe an mich heran.

»Du bist ja wirklich nicht sehr gesprächig heute Abend«, sagt er.

Ich mache es mir auf der Liege bequem, lege die Hände in den Nacken.

»Tja.«

Ich habe jetzt unheimlich Lust zu rauchen. Verflucht noch mal. Er fährt sich mit der Zunge durch den Mund, um sich die Essensreste aus den Zähnen zu holen, und ruft dabei jene Geräusche hervor, über die Anna sich so aufregen kann. Dann lehnt er sich, mit einem tiefen Seufzer, auf dem Stuhl zurück.

»Ach, ist das schön…«

In der Tat ist es ein Moment von außerordentlicher Schönheit: Der Himmel zeigt sich in einem unerklärlichen Metallicblau, und der Wind lässt ihn glänzen wie Emaille. Es ist warm, und der blühende Jasmin verströmt einen schon fast unerträglich intensiven Duft. Überall erstrahlen die Lichter Roms, sogar die Baudenkmäler glitzern. Alles scheint zu verkünden, dass es nur einen einzigen richtigen Weg gibt, in die Nacht dieser dekadenten, geschichtsträchtigen Großstadt einzutauchen, und zwar diesen hier.

»Hören Sie«, sage ich plötzlich, »warum sind Sie eigentlich gekommen?«

Da haben wir's wieder. Warum habe ich zu reden begonnen? Das Schweigen hat doch prächtig funktioniert. Es zeigte schon Wirkung, er fühlte sich nicht ganz wohl in seiner Haut. Warum habe ich bloß den Mund aufgemacht?

Er zuckt mit den Achseln.

»Weil ich Lust hatte, ein wenig mit dir zu plaudern.«

»Und wenn ich nicht da gewesen wäre? Oder nicht allein?«

»Dann wäre ich eben wieder gegangen.«

Er hebt den Blick, lässt ihn einem Flugzeug folgen, das blinkend direkt über unsere Köpfe hinwegfliegt.

»Hören Sie, ich glaube kein Wort von dieser ganzen Geschichte.«

»Von welcher Geschichte?«

»Der von meinem Vater. Ich glaube sie nicht.«

»Das passt doch jetzt gar nicht hierher.«

»O doch. Das ist schließlich der Grund, warum Sie zu mir gekommen sind.«

»Nein, ich wollte nur ein wenig plaudern.«

»Plaudern, natürlich …«

»Ja, plaudern. Was ist daran so komisch?«

»Und worüber sollen wir, bitte schön, plaudern?«

»Es gibt so vieles, über das man reden kann.«

»So? Was denn?«

»Na ja, vieles eben. Filme zum Beispiel …«

Er gibt einen langen, fast lautlosen Rülpser von sich, und meine Nase erreicht eine biergeschwängerte Dunstwolke.

»Vieles eben«, sagt er noch mal und blickt wieder zum Himmel.

Was soll ich tun? Ich würde mich so gern von diesem Mann befreien: Was soll ich tun? Gestern Abend bin ich auf ihn eingegangen, habe gekämpft, habe ihm beweisen wollen, wie objektiv lächerlich das ist, was er mir weismachen will. Aber es hat nicht funktioniert, und er hat erreicht, was er wollte: Er wollte seine Geschichte erzählen, und er hat sie erzählt. Heute Abend hat er es langsamer angehen lassen, und ich habe ihm widerstehen können, habe ihn fast gedemütigt mit meiner Einsilbigkeit, aber er sitzt immer noch hier, unerschütterlich, genießt die frische Luft auf meiner Terrasse und rülpst vor sich hin, bis er den passenden Moment für gekommen hält, um wieder mit seiner Geschichte zu beginnen. Auch jetzt fühlt er sich mit Sicherheit wieder wohler als ich. Aber es muss doch einen Weg geben, ihn loszuwerden. Es werden sich doch die passenden Worte finden lassen, um ihm klarzumachen, dass seine Bemühungen sinnlos sind, dass er mich niemals, auch wenn er mich mein ganzes Leben damit drangsaliert, davon überzeugen wird, dass mein Vater ein russischer Spion war, denn mein Vater war *kein* russischer Spion.

»Hören Sie«, beginne ich, aber es läuft schon wieder verkehrt, denn ich beginne immer mit »hören Sie«, es ist eine Art Kehrreim, der meine Zunge befällt. Ich bin mir dessen bewusst, kann aber trotzdem nichts dagegen tun, was zeigt, dass ich nicht Herr meiner eigenen Worte bin, noch nicht mal jetzt, da mir eine Lösung für mein Problem eingefallen ist.

»Jetzt hören Sie mal«, setze ich noch mal an, »passen Sie gut auf, was ich Ihnen zu sagen habe …«

Ich schweige einen Moment, um zu sehen, ob er mich ausreden lassen wird. Auch er schweigt. Er blickt mich an und sagt keinen Ton, ein Zeichen, dass in seiner Vorstellung ein Gespräch wie ein Partie Poolbillard funktioniert: Einer spielt für sich allein, bis er einen Fehler macht, und tritt dann zur Seite, um dem anderen den Tisch zu überlassen. Er erkennt also an, dass *ich* jetzt an der Reihe bin. Dann mal los …

13

Ich nehme Ihnen Ihre Geschichte nicht ab«, sage ich, aber das ist natürlich nicht die Lösung, die mir gerade eingefallen war – denn die ist leider genauso blitzartig, wie sie aufgetaucht war, wieder aus meinem Kopf verschwunden. Sie hatte etwas, das weiß ich noch, mit einer Kraft zu tun, die man manchmal in sich spürt und die einen dazu befähigt, gewisse Geschehnisse widerstandslos hinzunehmen, den Anschein zu erwecken, als werde man von ihnen überrumpelt, obwohl es sich in Wirklichkeit ganz anders verhält, denn in Wirklichkeit ist man einfach nur neugierig und will wissen, was es mit ihnen auf sich hat. Auf meine Situation übertragen, hätte ich ihm also erklären können – allerdings wäre ich ganz allgemein geblieben, was immer besser ist –, warum ich ihn hereingelassen und ihm so geduldig zugehört habe und warum er hier so unbekümmert auf meiner Terrasse herumlümmeln durfte. All das hatte einen Augenblick lang in meinem Kopf tatsächlich eine wunderbar überzeugende Gestalt angenommen, doch bevor ich es greifen und in Worte kleiden konnte, war es verflogen. Ich weiß, dass es mir irgendwann wieder einfallen wird, aber dann nützt es mir nichts mehr. Auch er scheint übrigens enttäuscht, fast bestürzt über meine unzulänglichen Worte. Er blickt mich weiter schweigend an, so, als könne er nicht glauben, dass das alles gewesen sein soll, und vermutet eine Falle. Ich kenne diesen Ausdruck, denn ich habe ihn in den Augen manch eines Schachgegners gesehen, in der Zeit, als ich Meisterkandidat war und man sich große Dinge von mir erwartete, auf dem Höhepunkt schlecht, einfallslos und risikoscheu gespielter Partien, wenn ich mich endlich entschloss, eine Kombination zu wagen: Ich weckte die Erwartung, meine Gegner in Schwierigkeiten bringen zu können, doch stattdessen gab ich zwei Züge später auf. Und sie waren darüber fast noch enttäuschter als ich selbst.

»Vielen Dank also für das Abendessen«, erkläre ich, mich verhaspelnd, »das heißt, für die beiden Abendessen, für das heute und das von gestern Abend. Aber wenn Sie jetzt noch weiter mit mir reden wollen, müssen Sie schon Ihre Pistole auf mich richten, denn aus freien Stücken werde ich nicht…«

Das Telefon klingelt.

»Anna!«, sage ich.

Ich blicke auf die Uhr: halb zehn, und ich habe sie noch nicht angerufen. Ich springe auf und renne zum Apparat, um dem Anrufbeantworter zuvorzukommen. Ihn lasse ich einfach auf der Terrasse sitzen – was letztendlich eine bessere Lösung ist als jedes gesprochene Wort.

»Hallo?«

»Papa?«

Franceschino. Wie schön, seine Stimme zu hören. Welch eine Erleichterung zu wissen, dass er tatsächlich existiert, unabhängig davon, ob man dran glaubt oder nicht. Wie schön zu hören, wie er jetzt, wie es so seine Art ist, einfach drauflos plappert (»Was machst du? Was macht Pizzano Pizza? Wann kommst du?«), um dann plötzlich zurückhaltend und einsilbig zu werden, nur noch mit »ja« oder »nein« auf meine Fragen zu antworten (»Schwimmst du eifrig, mein kleiner Fisch? Wart ihr noch mal in der Pineta?«), so als habe er mit einem Mal das Interesse an mir vollständig verloren, oder als habe ich ihn bei einem aufregenden Spiel gestört, das jetzt ohne ihn weitergeht. In Wahrheit verhalten sich bekanntermaßen fast alle Kinder so; es hat damit zu tun, dass sich ihr Interesse für alles, was zur Welt der Erwachsenen gehört, rasch erschöpft, wie zum Beispiel das Telefon oder überhaupt technische Geräte, Dinge eben, die zu unflexibel, zu monoton und zu empfindlich sind, und ebenso heftig, wie sie sich zunächst davon angezogen fühlen, langweilen sie sich plötzlich damit – und nur deswegen, damit das klar ist, und nicht etwa, weil er keine Lust hätte, mit seinem Vater zu sprechen, schiebt Franceschino mich überstürzt ab und gibt mich an Anna weiter. Es ist die *Technik*, verdammt noch mal, die für ihn noch nicht ...

»Gianni?« Annas Stimme klingt unsicher, so als sei sie eben erst aufgewacht.

»Ciao. Wie geht's euch?«

»Gut, aber entschuldigte, es war Francescos Idee, dich anzurufen«, antwortet sie, was ich ziemlich befremdlich finde.

»Ja und? Was soll daran schlimm sein?«

»Na ja, vielleicht hattest du zu tun.«

Anna ist kühl, distanziert.

»Was ist los mit dir?«, frage ich. »Bist du sauer?«

»Nein ...«

»Hast du Probleme?«

»Nein, nein ...«, sagt sie noch mal. Aber natürlich hat sie ein Problem, und was für eins: Sie glaubt noch immer, dass wir alle in Gefahr sind.

»Du, Anna, hör mal, ich wollte dich auch gerade anrufen«, sage ich, »es ist nämlich alles in Ordnung. Verstehst du? Niemand bedroht uns. Die Geschichte am Bahnhof war bloß ein Missverständnis. Der Mann war überhaupt kein Fremder.«

»Ach, tatsächlich?«, antwortet sie. »Und wer war es?«

»Ein ... ein alter Bekannter von meinem Vater«, lege ich los, »und er hat gedacht, ich würde ihn kennen. Ein netter Mann übrigens, er hat mir die Tasche zurückgebracht, und dann haben wir alles geklärt. Es war alles ein kolossales Missverständnis. Wir müssen uns keine Sorgen mehr machen. Wir haben von niemandem was zu befürchten. Es ist alles wieder in Ordnung.«

»Gott sei Dank«, sagt sie nur, was sehr seltsam ist, denn eigentlich müsste sie jetzt lachen und sich über mich lustig machen oder, wenn ihr meine wenigen Worte nicht ausreichen – und dazu hätte sie jedes Recht der Welt – weitere Erklärungen von mir verlangen, mich mit Fragen überschütten. Aber sie schweigt.

»Es wäre ja auch zu absurd gewesen ...«, sagt sie schließlich, aber erst nach einer ganzen Weile, und ihre Stimme klingt immer noch kühl und befangen, so, als wenn diese ganze Angelegenheit nicht das eigentliche Problem gewesen wäre. Doch sie *war* das

Problem, und wenn Anna das nicht so sieht, dann ist überhaupt nicht alles in Ordnung. Was ist also los?

»Wahrscheinlich war ich ein wenig paranoid«, sage ich, »aber glaub mir, in dem Moment war es gar nicht so einfach, die Lage richtig einzuschätzen, schließlich trug er eine Pistole und hat sich auch nicht vorgestellt... Na ja, das hat er ja alles selbst eingesehen und sich auch tausendmal dafür...«

Und hier verkomplizieren sich die Dinge, denn Bogliasco betritt das Wohnzimmer, mit seiner Plastiktüte in der Hand, ebenjener, in der er unser fettiges Abendessen transportiert hat und die noch gar nicht ganz leer ist, denn jetzt nimmt er eine Videokassette heraus und hält sie mir hin. Dann bedeutet er mir mit einer Geste, dass ich in Ruhe weitertelefonieren soll, nähert sich dabei aber bedrohlich meinem Videorecorder, und auch das ist nicht in Ordnung.

»... bei mir entschuldigt...«, rede ich weiter, wobei ich Bogliasco ein Zeichen gebe, stehen zu bleiben und ja *nichts anzufassen,* doch als Antwort erhalte ich wieder nur eine seiner bereits wohl bekannten beruhigenden Gesten, die mich alles andere als beruhigen.

»Na ja«, sagt Anna, »Hauptsache, ihr habt die Sache geklärt...«

»Er ist hier bei mir«, unterbreche ich sie, flüsternd, um nicht gehört zu werden von meinem Besucher, der jetzt mit der Kassette in der Hand meinen Fernsehapparat umschwirrt.

»Aha.«

Was ist nur los mit ihr? Sie kann doch nicht so kühl sein, angesichts dieser Erlösung, denn eine Erlösung müssten meine Worte ja für sie bedeuten, eine Erlösung von der Angst, von der Bedrohung.

»Anna«, sage ich, »was ist los mit dir?«

»Nichts.«

Unterdessen hat Bogliasco den Fernseher eingeschaltet und den Ton abgestellt und hantiert jetzt mit der Fernbedienung des Videorecorders herum. Überraschenderweise hat er eine Lesebrille aufgesetzt – überraschend bei ihm, denn sie wirkt zierlich und elegant mit dem leichten Metallgestell, das im Licht glitzert. Mein Vater hatte auch so eine.

»Pass auf«, sage ich, »morgen komme ich nach Viareggio und erkläre dir alles genauer. Ich wollte nur, dass du schon mal Bescheid weißt. Oder noch besser, ich rufe dich später noch mal an, und dann reden wir ... in Ordnung?«

»Nein, nein, das brauchst du nicht.«

»Bist du sicher? Oder möchtest du jetzt gleich darüber reden?«

Obwohl ich flüstere, versteht er jedes Wort, und jetzt hebt er die Arme, wie um mich seinerseits zu ermächtigen, *ist doch selbstverständlich*, ihn wegzuschicken, wenn ich allein mit meiner Frau reden will. In Wirklichkeit denkt er allerdings gar nicht daran, sich zu verziehen, sondern schiebt die Kassette in den Recorder.

»Nein, nein«, sagt Anna. »Wir reden morgen.«

»Dann mach dir jetzt keine Sorgen mehr.«

»Nein, nein. Schlaf gut.«

»Du auch.«

Ich lege auf, und wenn ich jetzt allein wäre, würde ich eine ganze Weile lang reglos dasitzen und mir Gedanken machen, denn Anna war wirklich komisch am Telefon. Aber ich bin nicht allein, ich habe diesen Mann um mich, der mich mit Beschlag belegt, meine Aufmerksamkeit verlangt.

Ein Knall. Bogliasco hat, ich weiß nicht wie, den Fernseher plötzlich auf maximale Lautstärke gestellt und auf diese Weise das Liedchen, das sie dort gerade spielen, in eine Bombe verwandelt, die mit ohrenbetäubendem Lärm detoniert. Ich springe auf, um einzugreifen, aber er hat schon die richtige Taste gefunden.

»'tschuldigung, ich hab aus Versehen ...«

»Darf man erfahren, was Sie da eigentlich tun?«

»Nichts Besonderes. Ich wollte dir nur was zeigen. Es ist gleich so weit, einen Augenblick noch ...«

Er lässt mir noch nicht mal die Zeit, »einverstanden« zu sagen (was ich allerdings auch nicht getan hätte), bevor er die Playtaste auf der Fernbedienung drückt. Wie üblich hört man, wie sich der ganze Mechanismus voller Rollen und Hebel mühevoll in Gang setzt, und es beginnen jene langen zwei Sekunden bis zur Wiedergabe, die bei dieser Technik nie ganz beseitigt werden konnten: zwei, wenn man es sich genauer überlegt, wirklich unerträgliche Sekunden, weil sie an das Scheitern der Utopie vom absoluten Fortschritt gemahnen und gnadenlos die Grenzen der Technik offen legen, weswegen ein Direktflug von Rom nach New York auch immer noch die gleichen acht Stunden dauert wie vor zwanzig Jahren und der hochgezüchtetste Verbrennungsmotor immer noch die gleiche ungeheure Menge von Energie produziert und verschwendet wie ein Auto zu Zeiten von Dick und Doof. Zwei Sekunden, in denen ich Zeit habe, gewisse Befürchtungen zu entwickeln, bezüglich dessen, was ich nun wohl zu sehen bekomme, denn in Anbetracht des Menschen, der mir die Bilder vorführt, muss ich auf alles gefasst sein. Auf blutige Szenen zum Beispiel, die ich nicht ausstehen kann, oder irgendein Filmchen, das in erpresserischer Absicht gedreht wurde – und wenn es etwas ist, was ich nicht sehen möchte, kann ich nicht mehr frei entscheiden, ob ich es sehen will, denn dann werde ich es schon gesehen haben. Meine Befürchtungen werden immer stärker – vielleicht sehe ich meinen Vater in einer peinlichen Situation oder auch mich –, jedenfalls wollen diese zwei Sekunden einfach nicht vergehen, bis sich das Band endlich dazu entschließt loszulegen und Clint Eastwood auf dem Bildschirm erscheint, irgendwo auf einer endlosen Wiese, in einer Polizeiuniform und mit einem Cowboyhut auf dem Kopf und »okay« sagt.

Kevin Costner, nur wenige Meter von ihm entfernt, blutend und mit schmerzverzerrtem Gesicht, geht in die Knie, um mit einem kleinen Jungen zu reden. *»Ich möchte dir etwas geben«*, sagt er.

Es ist das Ende von *Perfect World*, die Szene erkenne ich auf Anhieb wieder. Ich drehe mich zu meinem Besucher um, um zu sehen, was er mir damit sagen will, und er bedeutet mir, weiter zuzuschauen.

Die Polizisten haben in einiger Entfernung am Rand der Wiese Aufstellung bezogen und ihre Knarren auf Kevin Costner gerichtet, denn sie wissen nicht, dass er unbewaffnet ist. »*Im Visier halten*«, sagt der mit dem Fernglas. »*Wenn er sich bewegt, dann ...*«, zischt Bradley Whitford mit dem Gewehr im Anschlag.

Jetzt mischt sich Laura Dern ein, auch sie mit einem Fernglas: »*Nein, warten Sie noch!*«

Jetzt wieder Schnitt zu Kevin Costner, der immer noch neben dem Jungen kniet: »*Vielleicht kommst du ja eines Tages dahin ...*«, sagt er zu ihm und führt eine Hand zur Gesäßtasche seiner Jeans.

»*Er greift nach der Waffe!*«, ruft der Polizist mit dem Fernglas. Kevin Costner zieht eine Ansichtskarte von Alaska aus der Tasche, und Clint Eastwood dreht sich zu den Kollegen um, schüttelt dabei den Kopf, denn er hat die Situation begriffen. Aber Bradley Whitford, mit dem Präzisionsgewehr im Anschlag ...

Klick: Bogliasco drückt auf *meine* Fernbedienung. Aus irgendeinem Grund hat er beschlossen, dass das Band bei diesem Bild stehen bleiben muss: eine Nahaufnahme von Bradley Whitfords Händen, die die Waffe halten, der Zeigefinger am Abzug, die Armbanduhr blinkt an seinem Handgelenk, die Hemdmanschette schaut unter dem Jackettärmel hervor ...

Ich kann's nicht glauben.

Die Hemdmanschette schaut unter dem Jackettärmel hervor. Das heißt, er trägt gar kein kurzärmliges Hemd. Das heißt, dieser Mann speichert alles, was ich von mir gebe, und prüft es später nach – *er* prüft nach, was *ich* sage –, notiert die Fehler, die mir unterlaufen, sucht mich dann auf und führt sie mir vor, wobei er meinen Fernseher benutzt, meinen Videorecorder, während ich eigentlich am Telefon sein müsste, um mit meiner Frau zu reden, die offenbar ein Problem hat.

»Nun glaub nicht, ich hätte die Sache extra nachgeprüft«, sagt er, »um dann zu dir zu kommen und dir zu beweisen, dass du Unrecht hattest: So ein Arschloch bin ich nicht. Es hat mir nur zu denken gegeben, als du diesen Film gestern erwähntest, weil er mir auch gut gefällt, obwohl es ein amerikanischer Film ist, vor allem die Stelle, in der der Gangster erklärt, er wisse nicht, was er mit der schwarzen Familie, die er gefesselt und geknebelt hatte, gemacht hätte, wenn der Junge nicht auf ihn geschossen hätte. Denn so ist es ja tatsächlich«, ereifert er sich jetzt, »ein Verbrecher hat nicht die leiseste Ahnung, was er tun wird, bevor er es tatsächlich tut. Klar, er hat eine Pistole, klar, er richtet sie auf irgendjemanden, aber er weiß niemals wirklich, ob er schießen wird, und wenn ihm dann irgendwer dazwischenfunkt, wie in diesem Film, weiß er später nicht, ob er tatsächlich abgedrückt hätte. Und diese Gratwanderung zwischen Gut und Böse ist meiner Ansicht nach das eigentliche Wesen des Verbrechens. In Wirklichkeit wird ein Mann zum Verbrecher, ohne es vorher zu wissen, während sich die Gangster in Hollywoodfilmen alle völlig bewusst sind, was für böse Kerle sie sind, und es bei jeder Gelegenheit zur Schau stellen...«

Er hält inne, so als erwache er aus einem Traum.

»Na ja, jedenfalls hast du einen Film erwähnt, der auch mir sehr gut gefallen hat...«, seine Stimme findet wieder zu der Gelassenheit zurück, die sie verloren hatte, als er zu seinem Exkurs über das Verbrechen ansetzte..., »und da bekam ich eben Lust, ihn noch mal zu sehen, habe ihn mir ausgeliehen und auch gleich angeschaut, und als dann die Szene kam, die du erwähnt hast, du weißt schon, *jene* Szene, konnte ich einfach nicht umhin zu bemerken, dass das Hemd von dem... wie heißt noch mal der Schauspieler?«

»Bradley Whitford.«

Er verzieht voller Hochachtung das Gesicht und verstummt. Ich bin jetzt einfach nur noch entsetzt, denn dieser Mann ist ein Verrückter, ein egozentrischer, mythomanischer, paranoider Verrückter, und er ist geladen und hat Hände, die einen Ziegelstein zerbröseln können, und er ist nur einen halben Meter von mir entfernt – sodass es angebracht sein könnte, allmählich mal wieder Angst zu bekommen. Andererseits stechen diese Manschetten wirklich ins Auge: Wie zum Teufel konnte er...

»Damit wollte ich eigentlich nur sagen«, hebt er wieder an, »dass manche Dinge auch ganz anders sein können, als man glaubt, als man sie in Erinnerung hat. Wollte ich dir nur widersprechen, hätte ich auch gestern Abend schon Gelegenheit dazu gehabt, als du diese Szene aus *Der Weichkäse* erwähntest: Orson Welles liest das Gedicht einem Journalisten vor, und das wusste ich noch genau, auch ohne …«

Da hätten wir's wieder: nach einem dicken Hammer sofort einen noch dickeren drauf.

»Und was habe ich gesagt?«

Und ich falle schon wieder drauf rein, komme einfach nicht dagegen an.

»Ach, ist nicht so wichtig.«

»O doch! Das will ich jetzt wissen. Was habe ich gesagt?«

»Ach gar nichts. Eine unbedeutende Kleinigkeit …«

Er verzieht das Gesicht, tarnt seine Schadenfreude als Befangenheit.

»Du hast gesagt, Orson Welles lese das Gedicht einem Kellner vor, in Wirklichkeit aber liest er … Ach was soll's, das ist doch wirklich völlig unwichtig. Ich hätte gar nicht davon anfangen sollen.«

Einem Journalisten, natürlich, einem blöden Journalisten, der ein Interview von ihm will. Und ich habe von einem *Kellner* geredet, das stimmt, ich erinnere mich ganz genau. Warum bloß? Wie konnte ich mich ausgerechnet bei dieser Szene so irren? Schließlich kenne ich sie auswendig. Vielleicht weil wir im Restaurant saßen (aber da war auch kein Kellner, bedient hat uns ein junges Mädchen auf Inlineskates) oder auch weil man mir gerade eröffnet hatte, dass mein Vater einen Mann erschossen hat, vielleicht, nein, ganz sicher war ich deswegen mitgenommen. Oder vielleicht ist es ganz einfach soweit, und angesichts der berühmten eine Million Neuronen, die jeder Mensch über dreißig jeden Tag verliert, ist mein Gehirn an der Peripherie bereits so gründlich geleert (an wie viele Varianten der Nimzowitsch-Indischen-Verteidigung kann ich mich jetzt im Moment noch erinnern? Sieben? Acht? Neun? Wie hießen die Unteroffiziere, die mich im Militärinternat schikanierten? Sabella oder Savella? Schillaci oder Schillace? Oder Squillache?), dass nun auch schon der aktive Teil meines Gedächtnisses angegriffen wird, jener Teil also, auf den man sich jeden Tag stützt, auf den man automatisch zurückgreift ohne den leisesten Verdacht, dass sich lange Hemdsärmel in kurze verwandelt haben könnten oder ein Journalist in einen Kellner, denn wenn man anfängt darüber nachzudenken, ist man geliefert.

»Eigentlich wollte ich dir nur zeigen«, beginnt er wieder, »dass man sich manchmal einer Sache vollkommen sicher ist. Man würde die Hand dafür ins Feuer legen. Aber diese Sache ist niemals so gewesen, wie man glaubt. Entweder weil man sich nicht richtig erinnert oder weil sich diese Sache immer auf eine bestimmte Weise präsentiert hat, in Wahrheit aber ganz anders ist.«

Ich setze mich aufs Sofa – das heißt, ich lasse mich mit meinem ganzen Gewicht darauf fallen. Ich will das alles nicht. Ich will nicht, dass die Dinge anders sind. Ich will mich nicht nur vage an sie erinnern.

Er setzt sich zu mir und legt mir eine Hand auf die Schulter.

Ich will nicht, dass dieser Mann mich berührt.

»Versetz dich doch mal in meine Lage, Gianni. Glaubst du, ich wüsste nicht, wie schwer das alles für dich ist? Du hast ein festes Bild von deinem Vater, und ich komme einfach daher und zerstöre es mit einer unglaublichen Geschichte. Denkst du denn, ich sei mir nicht im Klaren darüber?« Er nimmt seine Pranke von meiner Schulter. »Und denkst du, ich wüsste nicht, dass mein Äußeres nicht eben …, nun, Vertrauen erweckend wirkt? Ich weiß, dass ich abschreckend aussehe, aber ich kann es nicht ändern. So sehe ich eben aus, schon immer, und das ist ein Problem für mich, aber ein Problem, mit dem ich mich nie auseinander setzen musste; denn in meinem Leben gibt es keine Freunde – bis auf deinen Vater zu seinen Lebzeiten –, keine Freundinnen, keine Ehefrau, keine Kinder, keine Bindungen. Bloß Nutten, Geheimnisse, Tarnungen, Versteckspiele, immer so tun, als wüsste man nicht, was man tatsächlich weiß, und als wüsste man, was man nicht weiß … Versteh mich nicht falsch, ich bereue nichts. Aber wie soll man nach solch einem Leben Vertrauen erweckend wirken?«

Er kichert.

»Und soll ich dir mal was sagen? Ich bin sogar schon mal gestorben, 1972; gestorben und begraben. Ich habe eine Nische auf dem Friedhof von Livorno, mit meinem Namen und allem, was dazugehört. Bloß liegt ein anderer darin, ein Luxemburger. Wenn ich nach Livorno komme, bringe ich ihm immer ein paar Blumen vorbei, und wenn ich so vor dem Grab stehe und die Blumen in die Vase stecke …, nun ja, du magst mich für sentimental halten, aber dann bin ich tatsächlich ergriffen … Denn dann denke ich daran, dass es, wenn ich tatsächlich tot bin, keinen Menschen geben wird, der an *mein* Grab denkt, ja, noch nicht mal ein Grab werde ich haben. Denn ich habe niemanden auf der Welt. Und in letzter Zeit passiert es mir immer häufiger, dass ich, wenn ich so an meinem Grab stehe und mir diese Dinge durch den Kopf gehen, wie ein Idiot zu heulen anfange.«

Er schüttelt traurig den Kopf.

»Na ja, ich werde wohl wirklich langsam sentimental«, fügt er hinzu und zieht die Nase hoch, »muss am Alter liegen.«

Allmählich kriege ich Kopfschmerzen, dieser Mann macht mich fertig. Ich blicke ihn an: Es ist wirklich zum Verrücktwerden, aber nichts von dem, was er sagt, kann man unbesehen glauben. Man muss ihm schon vertrauen. Wo zeigt sich denn dieses Alter, das er gerade ansprach? Gewiss nicht in seinen Augen, die schelmisch wie bei einem kleinen Jungen blitzen, oder in seiner Ausdauer, mit der er mich in die Knie zwingt, obwohl ich selbst erst sechsunddreißig bin. Nicht in den Vorträgen, die er mir hält, nicht in seiner Sprache oder in seiner Art zu reden, und ebenso wenig in seinem Aussehen, denn so einschüchternd kräftig, wie er gebaut ist, würde man ihn vielleicht auf sechzig, höchstens fünfundsechzig schätzen, und auch seine Gesundheit scheint in Ordnung, trotz des Übergewichts und des Lungenpfeifens, das sich heute Abend aber noch nicht bemerkbar gemacht hat. Warum sagt er nichts, nicht irgendeine Kleinigkeit, die dem äußeren Anschein mal *nicht* heftig widersprechen würde?

Ich lasse mich zurückfallen und schließe die Augen, während er mit seiner Ansprache fortfährt.

»… ich war einfach nicht darauf vorbereitet, alt zu werden, und erst recht nicht, mit einer Situation wie dieser hier umgehen zu müssen. Denn sieh mal …, keins von all den Geheimnissen, in die ich in meinem Leben eingeweiht wurde, und das waren jede Menge, glaub mir, *jede Menge*, hat mich persönlich interessiert. Für mich waren es bloß Informationen, Tauschware, Teil meines Jobs... Und mein Arbeitsplatz war das so genannte »unsichtbare Italien«, ja Gianni, jenes Italien, wo ein voll besetztes Linienflugzeug ins Meer stürzt und sich die Verantwortlichen, die *ganz* genau Bescheid wissen, unverzüglich daran machen, die Sache zu vertuschen, damit die Eltern der Toten, die Medien, du, niemals erfahren, was wirklich passiert ist. Das war meine Welt, das war mein Arbeitsplatz. Ich bin da mitgeschwommen, und der einzige Weg, sich über Wasser zu halten, war der, sich Schwimmhäute zuzulegen und sich keine Gedanken zu machen. Denn so läuft es ja auf der Welt, und eben aus diesem Grund gibt es auch Spione: Ich hatte ein Ziel, verstehst du, dafür habe ich gearbeitet, das trieb mich an. Doch jetzt sieht die Sache anders aus. Zum ersten Mal gelingt es mir nicht, die Bürde eines Geheimnisses zu tragen. Denn ich denke an dich, an die Erinnerungen, die du an deinen Vater hast, und dann denke ich an den Mann, der dein Vater tatsächlich war. Und ich fühle mich verantwortlich: Die Frage ist nur, wie ich dich überzeugen kann. Beweise kann ich dir selbstverständlich nicht liefern. Dein Vater hat keine hinterlassen, hat keine hinterlassen dürfen, sonst...«

Er bricht ab, weil sich plötzlich das Fernsehprogramm wieder eingeschaltet hat. Klar, das Standbild hält sich nicht ewig, auch dabei hat es in den letzten zwanzig Jahren keinerlei Fortschritte gegeben. Ich habe mal fürs Fernsehen gearbeitet, und da fiel mir auf, dass auch die Geräte der Profis diesen Mangel haben. Sie verharren ein paar Minuten im Standbild und schalten sich dann aus.

Ich schlage die Augen auf. Über den Bildschirm flimmert ein Werbespot, in dem ein bekannter Fernsehmoderator dem grünen Männchen von der Fußgängerampel seine Schuhe leiht, und weil sie so bequem sind, haut das dann damit ab und lässt ihn barfuß auf dem Gehweg stehen. Auch so eine Idee, die eine Werbeagentur dem Kino geklaut hat, und zwar einem Film von Kasdan, wie heißt er noch gleich?, ach, dieser Film über Los Angeles mit dem zusammengesetzten Ortsnamen als Titel, so ähnlich wie »Bay Area«, aber es ist nicht »Bay Area«, mit Steve Martin als Psychoanalytiker, dem sie in die Beine schießen und der seinem Leben einen neuen Sinn geben muss, und vielen weiteren miteinander verflochtenen Geschichten, aber die Beste ist die mit Steve Martin, der dann auch mit dem Männchen von der Fußgängerampel redet, o Scheiße, wie war noch mal der Titel? Ein Ortsname, zwei Worte, das kann ich doch nicht auch noch vergessen haben …

Nichts zu machen, mir fällt es nicht ein. Ich recke mich zur Fernbedienung vor und schalte aus. Bogliasco nickt beifällig. Die Brille hat er abgenommen.

»Erinnerst du dich noch an die Urlaubsreise mit eurem Vater durch Europa«, fragt er mich jetzt, »damals im Sommer 1968, mit dem Fiat 1500.«

Es ist so weit. Er geht wieder zum Sturmangriff über. Mittlerweile kenne ich ihn ja, es ist immer die gleiche Taktik. Er redet um den heißen Brei herum, schweift ab, geduldig, listig, und dann mit einem Schlag greift er an. Bumm: die Reise durch Europa mit dem Fiat 1500. Wie könnte ich da auch nur den Versuch machen, mich gleichgültig zu stellen?

»Weißt du noch«, fährt er fort, »wie ihr am ersten Abend in Stresa am Lago Maggiore Station gemacht habt, um das Fußballspiel im Fernsehen zu sehen, das Finale um die Europameisterschaft. Wer hat da noch mal gespielt?«

Ein paar Querpässe, um dich aus der Deckung zu locken, so tun, als wisse man das alles nicht mehr so genau, dich fragen, dich in die Aktion miteinbeziehen …

»Italien – Jugoslawien.«

»Genau« – ein Schluck Bier –, »aber das Spiel ging unentschieden aus, und früher war das noch anders als heute, da gab es noch kein Elfmeterschießen, und wenn nach der Verlängerung immer noch keine Entscheidung gefallen war, wurde das Spiel drei Tage später wiederholt. Und es war klar, dass ihr diese Wiederholung nicht würdet sehen können, weil ihr dann schon im Ausland sein würdet. Deswegen habt ihr euch mächtig gestritten, du und dein Vater. Denn du wolltest unbedingt in Italien bleiben, um das Spiel zu sehen.«

Dann ein jäher Konter und der erste gefährliche Torschuss, nur um dir zu zeigen, dass er, während du dich noch fragst, welches Ziel er ansteuert, dir auf dem Weg dorthin schon weit voraus ist. Diese Aktion soll Spuren hinterlassen, sie soll dir zu denken geben, du sollst dich fragen, unweigerlich, wie zur Hölle er davon wissen kann.

»Mir hat das übrigens viel besser gefallen, so wie es früher war. Wenn ein Spiel unentschieden endete, spielte man eben noch mal. Was ist das nur für eine blöde Erfindung mit dem Elfmeterschießen, bei dem am Schluss fast immer die schlechtere Mannschaft gewinnt? Das hat doch nichts mehr mit Fußball zu tun. Es gibt doch heute schon Mannschaften, die nur darauf aus sind, bis zum Elfmeterschießen durchzuhalten...«

Nun also zur Überraschung ein Rückzug in die eigene Hälfte. Eine taktische Raffinesse. Er spielt dir einen Schwachpunkt vor, macht dich glauben, du bräuchtest dich nur auf das irrelevante Thema einzulassen, das er dir anbietet (»nein, wieso, Elfmeterschießen sind doch unheimlich spannend, spektakulär...«), um ihn niederzuhalten, in die Irre zu führen, den Faden verlieren zu lassen. Aber dazu würde es nicht kommen. Du selbst würdest geschwächt aus dem Intermezzo hervorgehen, aus dem Konzept gebracht durch eine Diskussion, die zu nichts führt und auf die du dich normalerweise niemals eingelassen hättest.

»...nein, ich will, dass die wirklich bessere Mannschaft gewinnt. Jedenfalls habt ihr furchtbar gestritten und dann am nächsten Tag die Reise gegen deinen Willen fortgesetzt. Du warst furchtbar niedergeschlagen, weißt du noch? Ihr fuhrt nach Deutschland, Belgien, Holland, und das Spiel lief ohne dich, armer Junge... Worauf ich aber eigentlich hinauswill: Erinnerst du dich noch, wie ihr in Amsterdam einen Verkehrsunfall hattet, weil dein Vater aus Versehen in verkehrter Richtung in eine Einbahnstraße längs eines Kanals einbog? Ihr seid mit einem VW zusammengestoßen. Doch dein Vater hat die Sache klären können, und als dann alles gütlich geregelt war, hat dich dieser VW-Fahrer sogar in den Arm genommen und hochgehoben. Weißt du noch?«

Jetzt ist es so weit. Er spielt die entscheidende Kombination.

»Aber du hast sofort zu weinen angefangen und wolltest vom Arm runter und hast zu deinem Vater gesagt, dass dir dieser Mann unsympathisch sei. Erinnerst du dich noch?«

Und wenn alles perfekt vorbereitet ist, dann zuschlagen und dick auftragen. Wirklich *dick* auftragen.

»Dieser Mann waren Sie«, komme ich ihm zuvor.

Seine Augen blitzen überrascht – damit hat er nicht gerechnet –, dann nickt er, schlägt die Augenlider nieder.

»Ganz genau.«

Ich fange an zu lachen, und diesmal ist es ein spontanes, echtes Lachen, eine richtige Erleichterung, denn damit habe im Grunde auch ich nicht gerechnet: ins Schwarze getroffen.

»Und das glaubst du wohl auch nicht?«, fragt er.

»Wissen Sie noch, wie Totò immer sagte?«, platze ich heraus. *»Aber ich bitte Sie, bei aller Liebe …«*

Ich imitiere ihn schlecht, aber das ist vollkommen egal: Ich beginne, diesem Mann gewachsen zu sein. Ich kann ihn ausrechnen.

»Dann ist es für dich also normal, dass ich von diesen Dingen weiß?«

Er lächelt, unerschütterlich.

»Hören Sie«, sage ich, »Sie haben sehr genaue Informationen über mein Privatleben. Das will ich gar nicht abstreiten. Und vielleicht sind Sie auch tatsächlich ein Agent und hatten über einen gewissen Zeitraum Kontakt zu meinem Vater, was weiß ich, wegen irgendwelcher, wahrscheinlich militärischer Geheimnisse … Aber glauben Sie mir, deswegen wissen Sie noch lange nicht wirklich Bescheid. Es reicht nicht raus, gut informiert zu sein, um den Leuten ihr eigenes Leben erzählen zu können. Nehmen wir nur diese Reise. Sie wissen davon, haben auch sehr genaue Kenntnisse über die Stationen und einzelne Geschehnisse, sind aber der Meinung, ich hätte diese Reise gegen meinen Willen gemacht. Nur, das stimmt nicht. Für mich war es eine wundervolle Reise, und würde man mich heute nach der glücklichsten Zeit meiner gesamten Kindheit fragen, würde ich sagen, ›das war die Reise durch Europa mit dem Fiat 1500‹. Und mein Vater wusste, wie glücklich ich damals war. Natürlich war ich zunächst enttäuscht, als ich hörte, dass es ein Wiederholungsspiel geben würde, das ich nicht sehen konnte, weil wir dann schon im Ausland sein würden. Für mich war dieses Endspiel furchtbar wichtig. Fußball war mein Ein und Alles, und ich glaubte, es sei mein sehnlichster Wunsch mitzuerleben, wie Italien Europameister wird. Aber ich war noch ein *Kind*, verdammt noch mal, und schon am Tag darauf, als wir nach Deutschland kamen und bei Freiburg alle zusammen in einem Zimmer in einem gut duftenden Landgasthaus übernachteten und riesengroße Würstchen aßen und im Schwarzwald die Hirsche sahen, da war ich glücklich und hatte das Spiel schon ganz vergessen. Ich brauchte nichts anderes, ich war wirklich wunschlos glücklich, hingerissen von diesen vielen neuen Eindrücken und Erlebnissen – Picknick irgendwo im Gras, gefleckte Kühe, unbekannte Winde, Schienenbusse, Staudämme, gotische Kathedralen, Schleppkähne auf den Flüssen, fremdartige Nummernschilder, Farbfernsehen … Und als wir in Amsterdam auf diesen italienischen Kellner trafen und der uns sagte, dass Italien gewonnen hatte, und dann zu erzählen begann von Riva und Anastasi, wie sie die Tore geschossen hatten, und es uns sogar vormachte, vom Kapitän Facchetti mit dem Pokal in Händen und dem Trainer Valcarreggi, den die Spieler im Triumph über den Platz getragen hätten, ja, da war ich sicher glücklich, aber auch nicht glücklicher als ohnehin schon, einfach wegen der Tatsache, dass wir diese Reise machten. Verstehen Sie?«

Er schaut verwundert drein, so, als wolle er sagen: »Na und, was ändert das?«

»Und auch an den VW-Fahrer«, rede ich weiter, »kann ich mich noch gut erinnern. Ja, was glauben Sie denn? Und es stimmt zwar, dass ich weinte, als er mich auf den Arm nahm, aber nur weil ich so aufgeregt war. Immerhin hatten wir einen Unfall im Ausland gehabt, und dann noch dieser fremde Mann, der mich im Arm hielt. Dabei war er mir keineswegs unsympathisch, und so etwas habe ich auch nie zu meinem Vater gesagt. Ganz im Gegenteil. Er gefiel mir sogar sehr gut, und eben deswegen kann ich mich auch noch so gut an ihn erinnern. Er war groß, roch nach gutem Rasierwasser, hatte ganz feines, blondes Haar, mit dem der Wind spielte. Und das Wichtigste: Er war nicht Sie.«

Ich lüge, verflucht noch mal, ich erinnere mich kein bisschen an ihn. An den Unfall erinnere ich mich, an die blendende Sonne, die durch die Windschutzscheibe fiel, an den Volkswagen, der uns entgegen kam, das dumpfe Geräusch, als die Kotflügel gegeneinander stießen. Und ich erinnere mich auch noch, wie mein Vater und der fremde Mann über die Motorhaube gebeugt irgendwelche Erklärungen für die Versicherung aufsetzten, wie der Wind in den Bäumen rauschte, an meine Mutter mit meiner Schwester im Arm, an die fremden Menschen, die achtlos vorübergingen, den Kahn, der irgendwann die Gracht entlangzog, lautlos. Aber es stimmt nicht, dass ich noch weiß, wie jener Mann aussah, und auch nicht, wonach er roch und ob er blond war. Allerdings entsinne ich mich auch nicht, gesagt zu haben, dass er mir unsympathisch sei, und eins weiß ich ganz sicher: *Er* war es nicht.

»Ich war es«, insistiert er.

»Sagen Sie mal«, erwidere ich und verstehe nicht recht, warum meine Stimme plötzlich einen solch eigenartigen Mailänder Tonfall annimmt, »glauben Sie im Ernst, Sie könnten sich so leicht in die Erinnerungen anderer Leute einschleichen?«

»Ich war es aber.«

»Glauben Sie wirklich, ich würde plötzlich meinem Gedächtnis misstrauen, nur weil ich einmal einen Journalisten und einen Kellner durcheinander gebracht habe?«

»Ich war es, Gianni. Der Unfall war inszeniert. Es ging darum, einen K3 herzustellen, das heißt einen Kontakt an einem öffentlichen Ort mit Materialaustausch.«

»Haha.«

»Ein K3, ja«, lässt er nicht locker, »wobei das K für Kontakt steht. Es gab nur drei Arten der Kontaktaufnahme, die zwischen getarnten Agenten, wie deinem Vater, und ungetarnten, wie mir, erlaubt waren. Dies war die dritte, die risikoreichste. Weil sie eben in der Öffentlichkeit erfolgen musste. Sie war nur für Notfälle …«

»Das war aber kein Notfall«, falle ich ihm ins Wort, »das war ein Urlaub.«

Er zündet sich eine seiner dünnen Zigaretten an, nimmt zwei tiefe Züge, hustet.

»Erinnerst du dich an General De Lorenzo?«, fragt er. »Sagt dir der Name was?«

»Nein.«

»Nun dieser General war ein Faschist – auch wenn er offiziell als monarchistisch gesinnt galt –, der vier Jahre zuvor, 1964 also, einen Staatsstreich geplant hatte. Die Sache flog damals zwar auf, aber er blieb völlig unbehelligt, ja man verurteilte sogar die Leute, die ihn verraten hatten. In dem Jahr nun, als ihr eure Reise machtet, 1968, dem Jahr der großen Unruhen überall in Europa, bereitete dieser General, während der Untersuchungsausschuss unter Lombardi noch damit beschäftigt war, ihn reinzuwaschen, schon den nächsten Putsch vor. Und zwar gestützt auf eine Geheimorganisation, die weitaus gefährlicher war als die berühmte Gladio, bei der es sich, falls du es nicht wissen solltest, bloß um einen Köder handelte. Dein Vater war natürlich über alles informiert und wollte mir eine Liste mit den Namen der Journalisten und Politiker zukommen lassen, die an den neuerlichen Putschplänen beteiligt waren. Die Liste sollte ich dann nach Moskau weiterleiten. Dein Vater war in großer Sorge und fürchtete, dass sich die Generäle jeden Moment an die Macht putschen könnten. Und das war der Notfall. Deswegen der Unfall in Amsterdam, und in die Spalten auf dem Versicherungsformular schrieb er mir die entsprechenden Namen. Die Nachrichtenagentur TASS veröffentlichte die Liste, in Italien dementierte man zwar heftig, aber der Plan scheiterte. Und das war der Grund, warum er dich wegen des Fußballspiels so enttäuschen musste. Sonst hätte er nämlich …«

»Nein, das hätte er niemals getan«, erwidere ich. »Diese Reise hätte er sowieso niemals platzen lassen, so sorgfältig, wie alles vorbereitet und geplant war. Zusammen mit meiner Mutter hatte er die Route festgelegt, mit rotem Filzstift auf der Landkarte, die auf unserem großen Esstisch ausgebreitet war – jenem Esstisch übrigens, den er Jahre später in einem Wutanfall zertrümmerte, während eines Streits mit mir, bei dem er mir unter anderem vorwarf, ein Kommunist zu sein.«

Lächelnd legte Bogliasco den Kopf zurück.

»Ach ja«, sagt er, »an die Zeit kann ich mich noch gut erinnern. Damals lagt ihr euch fast jeden Tag in den Haaren. Er war sehr stolz, dass du Kommunist geworden warst. Zwar noch etwas zu *bürgerlich*, wie er zu mir sagte, aber das sei ja im Grunde seine eigene Schuld.«

»Ich war absolut kein Kommunist, bin es nie gewesen. Das war so eine fixe Idee von ihm.«

»Aber du hast es ihm doch selbst gesagt.«

»Nein, *er* hat es gesagt, und ich ließ ihn in dem Glauben, um ihn auf die Palme zu bringen. Denn er war bigott, und der Gedanke, einen kommunistischen Sohn zu haben, trieb ihn zur Weißglut.«

»Bigott…«, kichert er.

Er drückt die Zigarette im Aschenbecher aus, ganz fest, nimmt den letzten Schluck aus der Bierdose und fährt sich mit der Hand über den Mund.

»Dein Vater und bigott.«

»Ja, bigott.«

Er rülpst und schüttelt den Kopf, sein Lächeln wird noch breiter.

»Du kanntest ihn nicht richtig.«

»Und ob ich ihn kannte. Er war der größte Frömmler, der mir je untergekommen ist.«

»Er tat nur so.«

»Nein, er war so.«

»Dein Vater war nicht bigott, Gianni.«

»*Mir gegenüber* war er's.«

Das hätte ich nicht sagen dürfen. Das war ein Fehler, so, als gestehe ich ein, dass mein Vater anderen gegenüber möglicherweise nicht bigott war. Dabei war er doch immer so gewesen. Einmal verließ er entrüstet eine Weihnachtsfeier im Bridgeclub, weil eine Dame in einem etwas zu tief ausgeschnittenen Abendkleid erschienen war. *Er war* bigott. Aber meinen Fehler gerade kann ich nicht rückgängig machen, und er grinst mich voller Stolz an. So muss ein Pyromane in ein Feuer blicken, das er gerade irgendwo gelegt hat.

»Eben«, sagt er.

Er erhebt sich mühsam, geht zur Terrassentür, bleibt dort stehen und widmet sich, kaum wahrnehmbar nickend, der Aussicht.

Stille.

Stille.

Stille.

Eine unerwartete, wohltuende Stille.

Ich lasse mich zurückfallen und schließe erneut die Augen. Von draußen dringen nun die vertrauten Hintergrundgeräusche dieses römischen Abends zu mir, die Bogliascos Stimme eine Zeit lang ausgelöscht hatte: die durch den Dopplereffekt verzerrte Sirene eines Krankenwagens, das wahnwitzige Aufheulen eines Motorrads in der Viale Marco Polo, die Klänge der Gleichgültigkeit, mit denen sich Rom, sich selbst ertragend, über Wasser hält und die einem irgendwann wie Stille vorkommen und es vielleicht sogar sind.

Ich bin müde, und das freut mich, denn diese Müdigkeit eröffnet mir eine unerwartete Fluchtmöglichkeit. Er schweigt weiter, und aus der Tiefe seiner Lunge dringt jetzt wieder das Pfeifen zu mir. Er müsste nur noch ein, zwei Minuten weiterschweigen, das würde ausreichen, damit er mir, der ich mich belagert, erschöpft, besiegt fühle, wieder gleichgültig wird: Ich könnte *einschlafen*, mich auf das Terrain der so genannten »Scheinlösungen« begeben, so wie Franceschino, wenn er beim Kartenspielen verliert und wütend alle Spielkarten vom Tisch fegt. Auch so kann man seine Probleme lösen. Zu meiner Zeit als Schachspieler gab es da einen Russen – einen echten Russen – namens Victor Balanda, der dazu neigte, sich mithilfe einer kühnen Scheinlösung aus schwierigen Situationen zu befreien, was ihm, neben einer Sperre auf Lebenszeit, meine ganze Bewunderung eintrug. Diese Scheinlösung bestand darin, dass er seine Gegner mit einem Faustschlag niederstreckte – ein Zug, der noch heute in Fachkreisen als »Balanda-Variante« bekannt ist.

Ach, der alte Balanda. Der strahlendste Meteor am Schachhimmel der Siebzigerjahre. Kein Mensch wusste, wie alt er war, wo er wohnte, wovon er lebte, aus dem Nichts tauchte er auf und errang in kürzester Zeit einen Turniersieg nach dem anderen, sodass er schon bald als Teilnehmer für das berühmte Kandidatenturnier gehandelt wurde, bei dem der Herausforderer des Weltmeisters ausgespielt wird. Dann eines Tages geriet er bei einem Turnier in Acapulco in große Schwierigkeiten gegen einen mexikanischen Außenseiter, und nachdem er fast die gesamte ihm zur Verfügung stehende Zeit mit der Suche nach jenem einen Zug verbraucht hatte, der ihm die Schmach der ersten Niederlage hätte ersparen können, stand er auf und ließ eine Faust lossausen, die den unbequemen Gegner direkt auf den Mund traf und ins Krankenhaus beförderte. Balanda wurde disqualifiziert, vom Turnier ausgeschlossen, dann auch von allen anderen offiziellen Wettkämpfen (und zwar nach einer grotesken Debatte im Disziplinarausschuss des Verbandes, in dessen Regelwerk die Anwendung von körperlicher Gewalt gegen den Gegner einfach nicht vorgesehen war) und verschwand aus der Schachszene. Doch anlässlich der Weltmeisterschaft anderthalb Jahre später gab es eine Amnestie, und Victor Balanda profitierte davon und meldete sich wieder zu einem Turnier an. Es ist genau dieser Zeitpunkt seines Comebacks, 1979 in Palma de Mallorca, auf den meine Erinnerungen zurückgehen. Klar und deutlich habe ich noch vor Augen, wie er in seinem braunen Samtanzug die Halle des Consolat del Mar durchquert, unberührt von den Blicken, die sich aus allen Richtungen auf ihn heften – denn trotz der Teilnahme einiger namhafter Großmeister ist er die Attraktion des Turniers. Da kommt er, mit seinem bärtigen Gesicht, der Hakennase, der schuppigen Haut, den listigen Augen hinter der metallenen Brille. Bei diesem Turnier wird nach dem Schweizer System gespielt, bei dem die nach einer Runde punktgleichen oder fast punktgleichen Spieler gegeneinander anzutreten haben, und so hat sich Balanda nun nach vier Siegen in Folge immer mit den Stärksten auseinander zu setzen. Weitere Siege, einige Remis, dann hat er als Zweitplatzierter die letzte Partie erreicht, gegen einen Großmeister, einen Landsmann, der ihm einen halben Punkt voraus ist. Um ihn noch zu überflügeln und seine Rückkehr in die Schachwelt zum Triumph werden zu lassen, muss er die Partie gewinnen, spielt er Remis oder verliert er, könnten eine Reihe von Mitkonkurrenten noch an ihm vorbeiziehen. An das Aussehen seines Gegners kann ich mich kaum erinnern, er ist in den Nebel des Vergessens gehüllt, wie übrigens auch sein Name, denn obwohl er der stärkste Spieler des Turniers war und dieses Turnier eines der letzten, an dem ich selbst teilnahm, hat das, was sich nun zutragen sollte, alles andere verschwimmen lassen. Ich sitze in der ersten Reihe, habe auf meine letzte Partie verzichtet, nur um diesen Platz zu ergattern, denn Balanda ist für mich, den damals Zwanzigjährigen, ein Idol, das in meinem Pantheon Bobby Fischer ersetzt hat, und seine Vorstellung habe ich um keinen Preis der Welt verpassen wollen. Es entwickelt sich eine klassische Ruy-Lopez-Partie, so wie Balanda es mag, und um den Tisch herum herrscht eine unwirkliche Stille, fabelhaft, zwei- oder dreihundert Menschen vollkommen reglos, mit allen Sinnen konzentriert auf dieses, durch das Licht leicht grünliche und verwässerte Bild der beiden Russen, die sich unter einem enormen Deckenventilator gegenübersitzen. Der andere hat Weiß und spielt unverkennbar auf Remis, und Balanda hat bei dem Versuch, ihn zu stellen, ein wenig zu viel Zeit verloren. Aber er kann es immer noch schaffen, auf dem Damenflügel ist seine Stellung viel versprechend, und auch seine Türme stehen ein wenig besser. Er ist nicht bedroht, nicht in Schwierigkeiten, und sollte er auch am Ende ein Remis annehmen müssen, bliebe er immer noch ungeschlagen. Trotzdem passierte es. Etwas setzt aus; nur ich merke es, dessen bin ich sicher, obwohl ich nicht sagen könnte, woher diese Gewissheit kommt, worauf sie sich gründet, aber ich habe sie. Etwas setzt aus bei Victor Balanda, und plötzlich wird das Schachbrett *nebensächlich*, die Figuren, die Stellung, denn die Lösung verlagert sich irgendwo anders hin, weg von diesem Tisch, weg von den Spielregeln, die nun plötzlich diese eben noch heilige Feier des Intellekts lächerlich erscheinen lassen. Er beginnt seine Bedenkzeit zu vertrödeln, nimmt die Brille ab, putzt die Gläser, setzt sie wieder auf, dreht sich zu den Zuschauern um, fast alles mausgraue, biedere Bürger, deren Phantasie keinen Deut über die vierundsechzig Felder hinausgeht, die auch nichts mitbekommen von dem, was sich da anbahnt, obwohl es nicht zum ersten Mal geschieht und sie im Grunde ja alle gerade deswegen hier sind. Während seine Uhr unbarmherzig weitertickt, steht Victor Balanda langsam auf, um, wie schon mehrere Male im Verlauf der Partie, mit gesenktem Kopf hin und her wandernd zu neuer Konzentration zu finden. Doch nun ist seine Konzentration eine andere, es ist die des Leoparden in der Weite der Savanne, der die Windrichtung bestimmt, die Entfernung zur Beute, die notwendige Geschwindigkeit, um sie zu erreichen … Sein Gegner, dieser kartesianische Nebel voller Berechnungen und auswendig gelernter Partien, sitzt gedankenversunken auf seinem Stuhl, das Kinn in die Hände gestützt, die Ellbogen auf der Tischplatte. Er ist arglos, spürt nichts, vermutet nichts, fürchtet nichts, erkennt nicht die harte Realität, die vor seinen Augen Gestalt annimmt. Vielleicht sieht er eine hochkomplizierte Kombination von Zügen, die ihm in einer Zukunft, die diese Partie gar nicht mehr hat, einen Bauern bringen könnte, aber er sieht nicht, wie die Faust lossaust, ein phantastischer Haken, der ihn mitten im Gesicht zwischen Mund und Nase erwischt und alle Lichter ausgehen lässt. Mit einem dumpfen Schlag geht er zu Boden, gleitet hinüber von jenem wachen, zufrieden stellenden Ende der Partie, wie es seine Berechnungen vorhersahen, in die reale Bewusstlosigkeit, aus der er wohl erst im Krankenwagen neben dem Notarzt (»Wo bin ich? Was ist geschehen?«) erwachen wird. So, das wäre geschafft: Balanda nimmt wieder Platz, schiebt einen Bauern vor und stoppt seine Uhr. Um ihn herum macht sich Chaos breit, doch er sitzt ungerührt da, wird gestoßen, bedroht, beschimpft, während man versucht, seinen Gegner wieder in diese Welt zurückzuholen. Aber trotz allem ist die Balanda-Variante noch nicht zu Ende geführt. Es fehlt noch, dass der Gegner nicht mehr auf die Beine kommt, es fehlt noch, dass der Schiedsrichter gezwungen ist, die Partie abzubrechen, ohne in seinen Bericht schreiben zu können, dass Balanda aufgegeben, verloren oder Remis gespielt hat, nein, er muss sich lange den Kopf zerbrechen, bis er den ungeheuerlichen Vorfall mit seiner hölzernen Funktionärssprache in Worte fassen kann (»...schlug er seinen Gegner mit brutaler Gewalt ins Gesicht, wodurch er dessen Bewusstlosigkeit und die daraus folgende Verunmöglichung, die Partie fortzusetzen, herbeiführte, und realisierte dann Zug 41, ...H5-H4«). Ein wirklich absolut unvorstellbares Ereignis in seiner kleinen Welt, und doch so überaus einfach und *normal* in der großen Welt des Victor Balanda.

14

Plötzlich schlage ich die Augen auf. Ich bin außer Atem, die Dinge bewegen sich mit wahnwitziger Geschwindigkeit, mein Herz rast so schnell es kann, um sie zu erreichen.

Ich setze mich auf, blicke mich um. Ich bin allein, der Bildschirm ist dunkel, das Licht gelöscht. Ich liege unter dem blauen Stoff, der sonst als Schondecke für den Sessel dient. Durch die offen stehende Terrassentür weht ein Luftzug, der den Schweiß auf meinem Hals kühlt. Wie lange habe ich wohl geschlafen? Und wo ist er?

Auf dem Tischchen stehen drei Bierdosen, alle drei leer. Mit einem Mal erstrahlt der dunkle Himmel in grünem Licht, dann eine Serie rasch aufeinander folgender Detonationen. Ach, das ist es, was mich so unsanft geweckt hat.

Ich stehe auf und gehe auf die Terrasse, aber dort ist er auch nicht. Ich blicke mich um, schaue überall nach, absurderweise, denn wo soll er sich auf der Terrasse verstecken. Er ist wirklich nicht mehr da. Wieder eine Rakete, die unmittelbar vor mir einen riesengroßen roten Schirm an den Himmel malt. Wunderschön. Ich blicke auf die Uhr: zwanzig Minuten nach Mitternacht. Verträumt stehe ich da und betrachte das Feuerwerk, das mich immer noch genauso fesselt wie früher als Kind, doch anstatt meine Stimmung zu heben, steigert es nur meine Nervosität. Denn ich wünschte, Franceschino wäre hier, würde in seinem Bett drüben schlafen, damit ich ihn, so wie letztes Jahr, wecken und auf den Armen zur Terrasse tragen und auf den Tisch stellen könnte, um so das Spektakel zu genießen, das wie für ihn gemacht scheint, für uns – unterdessen wäre Anna zu uns rausgekommen und hätte in unmittelbarer Nähe des Tisches Wachposten bezogen, um auch null Komma null null null eins Prozent des Risikos auszuschalten, dass Franceschino meinem Griff entgleitet und, noch ganz verschlafen, vom Tisch fällt. Und ich verspüre eine quälende, unheilvolle Sehnsucht nach all dem, so, als hätte ich es bereits für immer verloren, als wäre meine Ehe in die Brüche gegangen, und dieses unbeschwerte Familienbild ließe sich nie mehr zusammensetzen. Entsetzlich, ich darf überhaupt nicht daran denken. Mir ist vollkommen unverständlich, wie sich Paare mit Kindern scheiden lassen können. Und doch tun sie es. Die einen trifft ein Schicksalsschlag, gegen den sie absolut nichts tun können und mit dem sie irgendwie zurechtkommen müssen, so wie die Mutter mit dem im Koma liegenden Kind, andere beschwören das Verhängnis selbst herauf, indem sie eine komplexe Kette von Ereignissen, die zur Zerstörung einer Familie führen, in Gang setzen und Tag für Tag bis zum bitteren Ende in Betrieb halten. Genau an solche Momente wie diesen hier auf der Terrasse muss man denken, wenn auch nur ganz flüchtig die Illusion einer Alternative auftaucht: Ja, die Frau macht dich an, du könntest sie wiedersehen, besser kennen lernen, entdecken, wie wunderbar sie ist und so weiter. Und auch sie könnte sich in dich verlieben, ihr könntet füreinander geschaffen sein, warum auch nicht, und gemeinsam ein Glück finden, wie du es dir in deinem Leben noch nicht mal hast vorstellen können, im Bett und auch sonst. Aber dennoch solltest du wissen, dass du dich an einem Sommerabend auf einer Terrasse wieder finden wirst, mit einem phantastischen Feuerwerk vor Augen, und das, was so selbstverständlich erscheint – den Sohn zu wecken, um es mit ihm zusammen zu betrachten –, wird dir verwehrt sein, und das nicht etwa, weil er am Meer ist oder im Koma liegt oder zum Mann geworden und ausgezogen ist, sondern bloß weil jetzt nicht eines der beiden Wochenenden im Monat ist, an denen du mit ihm zusammensein darfst. Diesen Gedanken habe ich immer im Kopf, wie eine Notruf-Telefonnummer, er leitet mich bei der alltäglichen Wartungsarbeit in meiner Ehe und schenkt mir zuweilen Augenblicke eines grandiosen inneren Friedens, ein Gefühl, das ich »Treppenabsatzfrieden« nenne, weil er mich normalerweise auf dem Treppenabsatz überkommt, wenn ich unsere Wohnung gerade verlassen und vielleicht noch zu Anna gesagt habe: »Ich muss da und da hin, aber ich hab keine große Lust, ich beeile mich und bin so bald wie möglich wieder daheim.« Und wenn ich dann die ersten Stufen genommen habe, bleibe ich stehen, lehne mich mit dem Rücken an die Wand, blicke hoch zur Wohnungstür, die sich gerade hinter mir geschlossen hat, und fühle mich im Frieden mit mir selbst: Weil ich nämlich *wirklich* dorthin gehen werde, wohin ich gehen wollte, weil ich *wirklich* keine große Lust habe und weil ich *wirklich* so bald wie möglich zurückkomme. Man muss dieses Gefühl selbst verspürt haben, um verstehen zu können, wie kostbar die so verbrachten halben Minuten sind, in denen man auf dem Treppenabsatz unter der eigenen Wohnungstür an die Wand gelehnt steht (früher zündete ich mir in diesen Augenblicken auch noch eine Zigarette an, heute nicht mehr) und zufrieden feststellt, wie weit man doch vom Schlamm der ehelichen Lügen entfernt ist, vom Sex mit Schuldgefühlen und dem gefürchteten amtlichen Schreiben, das man früher oder später erhalten wird und das einen darüber unterrichtet, wie viele Stunden man in der Woche mit dem eigenen Kind verbringen darf.

Bum, bum, bum: die drei abschließenden Explosionen, dumpf und laut wie Trommelschläge. Einige Sekunden schlängeln sich weiße Rauchsäulen über den verschleierten Himmel, dann lösen sie sich auf. Ich wende mich ab und merke, dass es mir gar nicht gut geht. Etwas krampft sich in meiner Brust zusammen wie ein steinharter kalter Klumpen. Es schmerzt höllisch, mir wird schwindlig: Anna, Francesco, wo seid ihr? Was ist nur los? Was habe ich denn?

Ich strecke mich auf der Liege aus und atme tief durch: Gott sei Dank, die Schmerzen in der Brust lassen nach. Es ist alles in Ordnung, sage ich mir immer wieder, es ist alles in Ordnung. Es ist kein Infarkt, ich sterbe nicht. Und es ist auch keine Panikattacke – ich liege nicht im Trend, habe schon immer an antiquierten Krankheiten gelitten: Acetonämie als Kind, die Osgood-Schlatter-Krankheit als Jugendlicher, Rückenschmerzen als Erwachsener; gut, einverstanden, rechnen wir ruhig auch noch die jetzigen Gedächtnislücken hinzu, aber vergessen wir nicht, dass mein Gedächtnis einmal *phänomenal* war, verflucht noch mal, so weit über dem Durchschnitt, dass es sich niemand auf lange Sicht unbeschadet hätte bewahren können. Nein, es ist keine Panik, in meinem ganzen Leben hatte ich niemals Angst vor dem Alleinsein, und außerdem bin ich nicht allein, bin es nie gewesen.

Eine Weile liege ich so da, schaue in den Himmel, atme den durchdringenden Duft des Jasmins ein und beginne mich besser zu fühlen. Nach und nach löst sich der Klumpen auf, die Schmerzen in der Brust verschwinden. Vorsichtig stehe ich auf, die Beine tragen mich, alles scheint wieder perfekt zu funktionieren. Es wird wohl was mit dem Kreislauf gewesen sein, oder Verdauungsstörungen, kein Wunder bei all dem fettigen Zeug, das ich verdrückt habe. Und dann dieses plötzliche Aufwachen, der Schreck. Man sollte eben immer sanft geweckt werden, das ist es.

Ich gehe ins Wohnzimmer zurück. Bogliasco ist tatsächlich gegangen – ein Hoch auf die Scheinlösungen –, und die Kassette mit dem Film hat er mitgenommen. Ausnahmsweise hat er sich mal normal verhalten: Er hat mich wie ein Lämmlein schlafen sehen, hat noch ein paar Bierdosen geleert, und als es dann an der Zeit war zu gehen, ist er gegangen, mitsamt seiner Geschichte – wie sonderbar nur, ja fast beklemmend, sich die zartfühlende Geste auszumalen, wie er mir, bevor er ging, die blaue Schondecke überlegte, damit mir nicht kalt wird …

Ich setze mich aufs Sofa und beginne mit dem Gedanken zu spielen, Anna anzurufen: Hallo, verzeih, dass ich noch so spät anrufe, aber ich hatte Lust, noch ein wenig mit dir zu reden … Was wäre schon dabei, schließlich habe ich ihr tatsächlich vieles zu erzählen. Und ich bin schon im Begriff es zu tun, greife bereits zum Hörer, da bemerke ich erst das eigenartige Gefühl, das sich in meinem Kopf festgesetzt hat: eine Art unbeachteter Alarm, etwas, das schon seit einiger Zeit darum bettelt, bemerkt zu werden. Es ist nichts Ungewöhnliches vorgefallen, kein plötzliches Geräusch oder so etwas, und dennoch bin ich nun wieder furchtbar nervös. Ich gehe in die Küche rüber, es ist alles normal, ebenso im Bad, in meinem Arbeitszimmer und im Kinderzimmer. Jetzt bleibt nur noch unser Schlafzimmer, dessen nur angelehnte

Tür eine plötzliche irrationale Furcht in mir aufkommen lässt. Ich trete näher und lausche, während mein Herz wieder zu hämmern beginnt.

Stille …

Mit einem Ruck stoße ich die Tür auf, mehr um mir selbst Mut zu machen, als ihn zu erschrecken oder zu überraschen, den *anderen* – und außerdem, bleiben wir doch ernst, welchen anderen? –, aber der Stoß war etwas zu heftig, und die Klinke schlägt mit einem Knall gegen die Wand.

Das Zimmer ist in Ordnung oder besser in Unordnung, aber in der richtigen Unordnung, jener also, die ich hinterlassen habe: das Fenster offen, das Bett zerwühlt, mein Jackett über der Stuhllehne, Unterwäsche auf dem Fußboden verstreut. Alles normal, auch hier. Es ist also, wie ich vorhin gesagt habe, es ist alles in Ordnung: Der Mann ist gegangen, Anna und Franceschino sind in Viareggio, und ich kann zu ihnen fahren, wann immer ich Lust dazu habe. Kein Grund zur Beunruhigung.

Ich gehe ins Wohnzimmer zurück, immer noch zu jenem Anruf entschlossen – ja, ein langes, sehnsuchtsvolles nächtliches Ferngespräch mit meiner Frau –, doch meine Augen widersetzen sich demonstrativ diesem Vorhaben, denn anstatt sich aufs Telefon zu heften, fällt ihr Blick, gierig, wie sich ein Hund auf ein Stück Braten stürzt, ohne mein Zutun auf eine ganz bestimmte Stelle im Raum, auf das Tischchen mit dem Fernsehapparat, auf den Punkt neben der Fernbedienung, wo der Mann sein Feuerzeug und seine Schachtel Capri Superlights hat liegen lassen. Und dann geschieht etwas sehr Unschönes: Mich packt das Verlangen, eine Zigarette herauszunehmen und anzuzünden, ein so starkes Verlangen, dass ich es auch tatsächlich tue: Ich nehme mir eine Zigarette und zünde sie an.

Es ist geschehen, ich rauche wieder. Ich setze mich in den Sessel und ziehe gierig am Filter dieser lächerlichen Zigarette, in dem absurden Versuch, sie stärker schmecken zu lassen – aber es reicht auch so, ich spüre wieder das alte Kratzen im Hals, das ich so vermisst habe. Ich habe wieder angefangen zu rauchen. Das war das Gefühl von vorhin: die Lust zu Rauchen. Ich hatte die

Schachtel *schon gesehen*, wahrscheinlich war sie das Erste, was ich beim Aufwachen sah, aber meine Willensstärke, mit der ich neun Monate lang der Versuchung widerstanden habe, muss die Lage augenblicklich richtig eingeschätzt haben. Die Gefahr zu unterliegen war diesmal zu groß – allein, nervös, mit einem Päckchen Zigaretten in Reichweite –, und so verlegte sie sich offensichtlich sogleich auf die leichtere Aufgabe, die Existenz jener Schachtel einfach zu *negieren*, mir zu verbieten, ihr Vorhandensein überhaupt in Betracht zu ziehen …

Allerdings habe ich immer gewusst, dass ich noch nicht auf der sicheren Seite bin. Deshalb habe ich auch an einem Kurs der Anonymen Alkoholiker an der Piazzetta Velabro teilgenommen: kein Kurs, um sich das Rauchen abzugewöhnen, sondern um nicht wieder anzufangen. Sie arbeiteten dort mit einer präzise ausgetüftelten Methode mit einem hochtrabenden Namen, der mir im Moment nicht einfällt, Smythson oder so ähnlich – ach was, Smythson ist doch die Marke meines Terminkalenders. Und diese Methode funktioniert tatsächlich, das heißt, sie funktionierte so lange, wie ich mich an die Anweisungen hielt. Sie basiert im Grunde darauf, sich genau bewusst zu machen, was in jeder einzelnen Phase der Entwöhnung vor sich geht. Man bekommt alle körperlichen und psychischen Mechanismen der Nikotinabhängigkeit erklärt und lernt, wie der Gegner vorgeht, was man tun muss, um ihm nicht wieder in die Falle zu gehen. So wusste ich zum Beispiel – das hat man uns immer wieder erklärt –, dass man nie so tun darf, als würde man die Zigaretten in Reichweite nicht bemerken. Im Gegenteil, man soll sie ansehen, herausfordern, besiegen, indem man sich im Geiste alle Gründe vergegenwärtigt, die einen zum Aufhören veranlasst haben. Man hat mir beigebracht, die einfache *Sehnsucht* nach der Zigarette, die wie jede Sehnsucht nie ganz aufhört, aber auch – wie jede Sehnsucht – keine schlimmen Folgen hat, vom *fatalen Trieb*, wie man ihn im Kurs etwas pathetisch nannte, zu unterscheiden, das heißt also von jenem unerwarteten, äußerst starken Reiz, der einen ab und an überkommt und einen auch nach Jahren noch dazu bringen kann, wieder mit dem Rauchen anzufangen. Viele Male ist es mir gelungen, ihn niederzuhalten, eben dadurch, dass ich darauf vorbereitet war. Ich wusste, dass er bloß zwanzig bis dreißig Sekunden lang anhält, dass er rein psychischer Natur und daher auch keineswegs unwiderstehlich ist: Es reicht schon, ihn mit irgendetwas zu vertreiben – etwa indem man einen Apfel isst, seine Frau küsst oder tief durchatmet. Es kommt alles darauf an, jene halbe Minute durchzuhalten, dann lässt das Verlangen nach, zieht vorüber wie alle schlimmen Versuchungen. Man muss es nur wissen, und ich wusste es, man hatte es mir beigebracht. Und doch sitze ich hier und rauche, nachdem ich so lange gekämpft und schließlich gesiegt hatte. Ich habe wieder angefangen, mich ohne Widerstand überrumpeln lassen. Gescheitert an einer Capri Superlight: Wie konnte mir das nur passieren?

Unterdessen habe ich die Zigarette zu Ende geraucht. Ich drücke sie aus, diese dünne glühende Kippe, mit zitternden Händen und vernebeltem Hirn – wegen einer Capri! –, und im Mund spüre ich den Geschmack der ersten Zigarette, die ich in meinem Leben geraucht habe – eine Virginia, aus dem silbernen Zigarettenetui im Wohnzimmer stibitzt und hastig in der Garage gepafft, versteckt hinter einem Berg aus Weidenkörben, mit dem gleichen bitteren Geschmack im Mund, dem gleichen Herzklopfen, den gleichen teuflischen Gewissensbissen wie jetzt. Das war 1972; in München bei den Olympischen Spielen war es gerade zu dem Blutbad gekommen.

Grand Canyon. Ja, so hieß der Film von Kasdan, an den ich mich zuvor nicht erinnern konnte, der wo Steve Martin mit dem Männchen von der Fußgängerampel spricht. *Grand Canyon.* Danach habe ich gesucht, doch plötzlich weiß ich, dass es dieser Film gar nicht ist. Nein, *Grand Canyon* ist nicht der Film, den ich meine, sondern *L. A. Story*, und Steve Martin, verflucht noch mal, spricht auch nicht mit einer Fußgängerampel, sondern mit einem Hinweisschild. Ja, jetzt erinnere ich mich genau, es war so ein elektronisches Hinweisschild, das über die Verkehrslage informiert, und Steve Martin steht mitten auf dem Highway, weil er eine Panne hat, und das Schild spricht ihn plötzlich an und fragt, wie es ihm geht. Und dann bittet es ihn, es zu umarmen, und Steve Martin ist verständlicherweise völlig fassungslos, aber das Schild lässt nicht locker und fleht, »umarme mich«, »*hug me*«, und so tritt Steve Martin auf es zu und *umarmt* es... Übrigens eine wunderschöne Szene, ergreifend: Wie habe ich sie bloß so verunstalten können durch den Vergleich mit diesem billigen Fernsehwerbespot. Am Ende gibt es also doch einen Zusammenhang zwischen meinem vergifteten Organismus, der Zufuhr von Nikotin und meinem Erinnerungsvermögen...

Nein! Das darf ich nicht tun. In dem Kurs hat man uns erklärt, dass ich es jetzt unbedingt vermeiden muss, irgendwelche Rechtfertigungen für meinen Rückfall zu finden. Stattdessen muss ich handeln, auf der Stelle, die Schachtel wegschmeißen und viel, viel Wasser trinken, genau, weil Nikotin wasserlöslich ist und ich es so rasch wie möglich aus meinem Organismus schwemmen muss. Ich nehme die Schachtel mit den Zigaretten und gehe in die Küche, werfe sie, mit einiger Wut im Bauch, in den Mülleimer, öffne dann den Kühlschrank und hänge mich an die Mineralwasserflasche, leere sie in einem Zug bis zur Hälfte und brauche dann einige Momente, bis ich wieder bei Atem bin. Dann trinke ich weiter, immer weiter, obwohl ich keinerlei Durst verspüre und es mir die Kehle zuschnürt.

Ein wenig benommen gehe ich ins Schlafzimmer und werfe mich aufs Bett. Ich muss mich entspannen, wieder einen klaren Kopf bekommen. Eine Zigarette, so habe ich gelernt, lässt sich vielleicht noch wegstecken, wenn man danach entschlossen handelt. Entscheidend ist, dass es nicht mehr als eine wird. Darüber hinaus weiß ich ja, was mich erwartet, ich bin geschult worden: Morgen und in den folgenden Tagen, ungefähr um diese Zeit, werde ich wieder diesen *fatalen Impuls* verspüren, stärker dann, durch mein Nachgeben heute, und es wird lebenswichtig sein, ihm zu widerstehen. Um es zu schaffen, muss ich die für mich günstigsten Bedingungen herstellen. Ich muss also zum Beispiel diese Wohnung verlassen, wo das Missgeschick passiert ist, und dafür sorgen, dass ich nicht allein bin, wenn mich das Verlangen packt. Natürlich, ich werde nach Viareggio fahren. Das ist es ja im Grunde, wonach ich mich sehne. Ich werde weiterhin viel trinken und so oft wie möglich urinieren, und wenn mein Körper das Nikotin, das ich mit dieser Capri aufgenommen habe, vollständig ausgeschieden hat, werde ich außer Gefahr sein, das heißt, ich werde meinen Kampf wieder siegreich bestehen können, Tag für Tag, wie ich es in den letzten neun Monaten getan habe.

Schaffe ich es aber nicht, rauche ich auch nur eine einzige weitere Zigarette und verdopple so die Nikotinmenge in meinem Körper, werde ich lange Zeit wie ein Wahnsinniger kämpfen müssen, um bei nur einer Zigarette am Tag zu bleiben, dann bei zwei, dann drei, immer in der frommen Illusion, jederzeit ganz aufhören zu können, während ich in Wahrheit Schritt für Schritt, unausweichlich, meine tägliche Dosis erhöhe, weil mein Organismus, nun wieder im Kampf mit der Substanz, die ihn vergiftet hat, immer mehr davon verlangen wird, bis er schließlich jeden Tag wieder die Menge bekommt, an die er so lange gewöhnt war. Und erst wenn es so weit ist, wird er Ruhe geben. Ich werde lügen, mich verstellen, monatelang wie ein Halbwüchsiger heimlich qualmen, bis man mir schließlich auf die Schliche kommen wird, weil meine Finger, meine Haare, mein Atem wieder stinken werden. Oder ich werde gar auf frischer Tat ertappt, im Schlafanzug, spätabends, auf der Terrasse, wenn es schon wieder herbstlich kühl ist und ich auch noch Gefahr laufe, mir eine Erkältung zu holen: »Gianni! Was machst du denn da draußen?«

Ja, ich weiß ganz genau, was ich jetzt zu tun habe, und dieses Wissen werde ich nutzen. Aber zunächst einmal bin ich wieder in der Küche – *wie zum Teufel bin ich nur hierher gekommen?* –, hocke vor dem Mülleimer und durchwühle ihn wie ein Penner, um die Schachtel Capri Superlights herauszufischen – *wann nur habe ich den Entschluss dazu gefasst*? An der Gasflamme vom Herd stecke ich mir wieder eine an, in Gedanken ganz bei einem zwar pedantischen, aber wissenschaftlich unangreifbaren Räsonnement zu diesen dünnen amerikanischen Stäbchen, die offenbar entwickelt wurden, damit die Leute weniger rauchen, und die gerade mal als halbe Zigarette zählen können, was mich dazu berechtigt, zwei davon zu rauchen, bevor man rechtmäßig behaupten kann, ich hätte *eine* Zigarette geraucht. Und ich rauche, bin wieder dabei, rauche. Nun kein Herzklopfen mehr, kein schlechtes Gewissen, kein Abscheu vor der Verfehlung: Ich bin schon wieder bei den praktischen Rationalisierungen des Nikotinsüchtigen angelangt. Wie zur Hölle kann das so schnell gehen?

Im Nu ist die Zigarette zu Ende geraucht – ich habe sie ausgesogen wie die erste auch. Angeekelt drücke ich sie im Aschenbecher aus, erstens weil ich sie geraucht habe, zweitens weil sie widerlich geschmeckt hat. Das Schwindelgefühl ist wieder da, und der Geschmack im Mund ist unerträglich. In dem Kurs hat man uns beigebracht, sich auf diese Nebenerscheinungen zu konzentrieren, sie niemals zu vergessen: den üblen Geschmack, den Gestank, den Ekel vor den Kippen …

Und es funktioniert. Mit einem Mal kommt die Gegenwehr in Gang: Meine Finger verknoten den Müllbeutel, ziehen ihn aus dem Eimer – mühevoll, denn er ist prall gefüllt –, und schon verlasse ich blitzartig die Wohnung, denke erst im letzten Moment noch daran, den Schlüssel einzustecken, zum Glück, denn sonst wäre alles noch komplizierter geworden – Feuerwehr? Schlüsseldienst? Oder Hotelzimmer? –, was ohnehin schon verwickelt genug ist, denn auf dem Treppenabsatz, wo ich täglich meinen inneren Frieden genieße, geht mir auf, dass ich *die Zigaretten gar nicht wieder in den Mülleimer geworfen* habe, ach was, nein, ich habe nur einfach vorausgesetzt, dass ich es tun werde, habe es aber nicht getan. Und so gehe ich die Treppe ganz leise wieder hinauf, gedemütigt und gleichzeitig erleichtert, weil mich niemand gesehen hat und niemals jemand von meinen Torheiten erfahren wird.

Ich schließe die Wohnungstür auf und gehe in die Küche. Da liegen die Zigaretten, auf der Marmorablage beim Herd. Ich mache mich daran, den frisch geknüpften Knoten an der Mülltüte zu lösen, aber ich schaffe es nicht, mit zu viel Wut habe ich ihn verknotet. Ich muss eine Schere zu Hilfe nehmen, schneide die Tüte auf, greife zur Schachtel – es sind noch sechs Zigaretten drin – und drücke sie, wobei ich mir die Hand schmutzig mache, tief hinein, bis sie ganz verschwunden ist, endgültig und unwiderruflich, in einem Sumpf aus fettigen Essensresten, zerdrückten Plastikflaschen und verbeulten Bierdosen – ich bin kein Freund der Mülltrennung, da am Ende doch alles zusammen in der Verbrennungsanlage landet.

Ich wasche mir die Hände, trockne sie ab und packe dann die Mülltüte an den Henkeln, die jetzt, aufgeschnitten, eher zu Riemen geworden sind, nur leider zu kurz, um sie noch einmal verknoten zu können. Diesmal stecke ich ohne Hektik den Schlüssel ein, verlasse die Wohnung, gehe die Treppe runter, darauf bedacht, dass mir die Mülltüte nicht entgleitet und mir zumindest ein Slapstickfinale erspart bleibt, das heißt die Verteilung meines Küchenabfalls vor der Tür irgendeines Hausbewohners. Und als ich schon die Stufen zwischen Erdgeschoss und erstem Stock erreicht habe, in Gedanken bereits ganz bei der Mülltonne unten, in die ich meine Tüte mit dem Satan drin endlich loswerden kann, höre ich plötzlich, wie sich die Haustür quietschend öffnet, Schritte auf den Treppenstufen, der Knall, mit dem die Haustür wieder ins Schloss fällt. Wer kann das sein? Und mit welcher Art Lächeln soll ich ihm oder ihr, wer immer es auch sein mag, entgegentreten, im Treppenhaus um ein Uhr nachts, mit dem Müllbeutel in der Hand, in dem sich unter diesen Umständen wohl etwas ganz Entsetzliches befinden muss?

Es ist Confalone, der Mieter aus dem ersten Stock, der Einzige im Haus, zu dem ich eine Zeit lang eine Beziehung hatte, die über das übliche »Guten Tag« und »Guten Abend« hinausging und die in gelegentlichen gemeinsamen Abendessen mit Frau und Kindern auf unserer Terrasse gipfelte. Das war noch in der Zeit, bevor seine Ehe in die Brüche ging und er allein in der Wohnung blieb, in der er zuvor mit seiner Frau und den beiden Kindern, Zwillingen in Francescos Alter, gelebt hatte. Von diesem Zeitpunkt an kühlte unser Verhältnis merklich ab.

»Ciao«, sagt er.

»Ciao.«

Ich gehe schnurstracks weiter – soll er doch denken, was er will – und erreiche die Haustür, ohne mich umzudrehen, durchquere den Hof, wo Francesco Fahrrad fahren gelernt hat, trete auf die Straße und entsorge – endlich – mein Bündel in die stinkende Mülltonne. Geschafft: Ich bin meiner verfluchten Pflicht nachgekommen.

Aber es scheint so, als wolle es mir an diesem Abend nicht mehr gelingen, inneren Frieden zu finden. Denn jetzt habe ich plötzlich diesen Confalone im Kopf. Es hat überhaupt nichts genützt, dass ich so gleichgültig wie möglich an ihm vorbeigegangen bin. Ich hebe den Blick und sehe bläuliches Fernsehgeflimmer durch sein Fenster scheinen: Da liegt dieser Mann auf seinem Sofa, allein, macht sich vor, er sehe sich die Maurizio-Costanzo-Show an, vergeht im Grunde aber vor Sehnsucht danach, seine schlafenden Kinder zu streicheln, die nicht mehr bei ihm sind. Von dieser Tragödie habe ich Dinge gesehen, die ich nicht hätte sehen sollen, Dinge gedacht, die ich nicht hätte denken sollen, Dinge gesagt, die ich nicht hätte sagen sollen, und von Dingen erfahren, von denen ich nicht hätte erfahren dürfen: kein Wunder, dass unser Verhältnis abgekühlt ist. Ich war Zeuge des beklemmendsten Augenblicks seiner Trennung, eines Samstagmorgens in der Früh, als ich aus unserer Wohnung kam, um zum Flughafen zu fahren. Ich sah den Möbelwagen auf der Straße, der mit Kisten voller erschreckend familiärer Gegenstände gefüllt wurde, und begrüßte seine Frau durch die offen stehende Wohnungstür, während sie zwei Bildchen im Flur abhängte: »Ach, Sie ziehen um?«, sagte ich zu ihr, wobei mir sogleich bewusst war, wie obszön die Frage klang. Eine entsetzliche Bemerkung, wie man sie von sich gibt, wenn man sich aus einer unerträglich schmerzlichen Angelegenheit raushalten will – so wie »Na, wie geht's?« zu einem Todkranken –, aber jetzt konnte ich sie nicht mehr zurücknehmen. Und sie bestrafte mich auf der Stelle. Sie hätte die Bemerkung auch überhören können und lächelnd warten, bis ich gegangen war, um mir in einem stillen Eckchen die Zunge abzubeißen. Aber stattdessen antwortete sie: »Nur wir«, gnadenlos, und deutete dabei auf die Zwillinge, die sich verloren, mit schamerfüllten Augen, vor der Tür herumdrückten. Und während ich dann an jenem Tag erster Klasse nach New York flog – übrigens der einzige Erste-Klasse-Flug meines Lebens –, überlegte ich mir, dass mich diese Angelegenheit eigentlich keineswegs überraschte, denn dieser Confalone war mir nie besonders sympathisch gewesen, und ich hätte auch keinen Umgang mit ihm gehabt, hätten wir nicht zufällig im selben Haus gewohnt und Kinder im selben Alter gehabt. Übertrieben sportlich, leidenschaftlicher Motorradfahrer, von stets zwanghaft gepflegtem Äußerem, mit einem Job in der Werbung und daher ständig auf Achse, überall in Italien, war er für mich genau der Typ, der sich eine Geliebte in der Firma hält und bis zum großen Knall ein Doppelleben mit geheimen Anrufen und vorgetäuschten Geschäftsreisen führt. Ein Mann also, der, unverständlicherweise, seine Frau betrügt, eine sehr patente Fachärztin im Polyklinikum Gemelli, sanft und mütterlich, auf ihre pausbäckige Art aber auch attraktiv, die Roxy Music liebt und Bücher von Graham Greene. Und mit diesem meinem Urteil hielt ich mich auch nicht zurück, im Gegenteil, ich vertrat es im Brustton der Überzeugung, zunächst vor meinem Verleger, der im Flugzeug neben mir saß, und dann auch vor Anna, telefonisch, kaum im Hotel eingetroffen, nachdem ich ihr über eine Entfernung von sechstausend Kilometer mitgeteilt hatte, was der Ärztin im Stockwerk unter uns zugestoßen war. Dann, sieben Tage später, im VIP-Warteraum des JFK-Airports, während ich mir vor unserem Rückflug nach Rom mit den Luxusangeboten der ersten Klasse den Bauch vollschlug (Cocktail, Champagner, Räucherlachs), wurden mir die Augen geöffnet: Sie, die Fachärztin, betrat den Raum, in Begleitung eines sehr viel älteren Mannes – braun gebrannt, sportlich –, der lässig den Arm um sie gelegt hatte und mit zu lauter Stimme irgendwas von einem Sumpf beim Flughafen in Bombay erzählte. Der *Chefarzt*, nicht zu fassen, der klassische Herzensbrecher, eine Figur, die ich für längst verschlissen hielt, zumindest in sexueller Hinsicht, die offenbar aber weiterhin ihre Opfer fand: *Für diesen Chefarzt hatte sie ihren Ehemann verlassen.* Die beiden waren in Begleitung eines anderen Paares in der gleichen Zusammensetzung (er reif und mit weltmännischem Blick, sie jung und ergeben) und wahrscheinlich auf dem Heimweg von einem prunkvollen Kongress über das Dingsbums als Ursache von Drüsenfunktionsstörungen, gesponsert von einem Pharmamulti, um die Beziehungen zu den anerkanntesten Ärzten der westlichen Welt zu pflegen, damit diese, nach einem viertägigen Full-Credit-Aufenthalt in New York mit ihren Geliebten, auch weiterhin fleißig jenes Medikament verschreiben, von dessen Absatz die zwei Komma zwei Prozent Marktexpansion und die acht Komma sieben Prozent Umsatzerhöhung abhängen, die der verdammte Aufsichtsrat des Konzerns für die nächsten drei Jahre angepeilt hat.

Es war in diesem Privilegiertenunterschlupf auf dem New Yorker Flughafen, bei der eiskalten Begrüßung, mit der diese Frau und ich voneinander Kenntnis nahmen, dass auch mein Verhältnis zu ihrem Mann unwiderruflich abkühlte. Und nun, da das alles schon eine ganze Weile her ist und sie bereits Arm in Arm mit diesem Alterchen durch Rom ziehen kann, ja vielleicht schon mit ihm zusammenlebt und er die Zwillinge liebkosen darf, wann immer ihm danach ist, mit seinen kostbaren, mit Sommersprossen übersäten Chefarzthänden, warte ich darauf, Confalone einmal abends mit einer Frau nach Hause kommen zu sehen, irgendeiner, ganz gleich ob attraktiv oder hässlich, alt oder jung, von der sich denken ließe, es habe sie schon vorher gegeben, schon immer, sie sei der eigentliche Scheidungsgrund, ähnlich wie Camilla Parker-Bowles. Aber er kommt weiterhin ohne Begleitung nach Hause, abgearbeitet und einsam, und so bin ich auch weiterhin nichts weiter als ein bornierter, geschwätziger Nachbar, der eine ganze Menge von einer Angelegenheit zu wissen glaubte, von der er rein gar nichts wusste, und der sich über den Ozean hinweg seine unsinnigen Gedanken gemacht und geäußert hat, anstatt einfach den Mund zu halten und sich um seinen eigenen Mist zu kümmern. Es wird mich treffen, wenn ich eines Tages den Hörer der Sprechanlage abnehme und mich jemand auf diese Weise beschreiben wird. Aber sollte es die Stimme von Confalone sein, habe ich wenig Grund, empört zu sein.

Während ich in die Wohnung zurückgehe, denke ich darüber nach, dass eigentlich niemand weiß, wer wir wirklich sind. Wir verbergen es, wenn schon nicht absichtlich, dann zumindest rein instinktiv. Eine Freundin von mir war zum Beispiel furchtbar schockiert, als sie erst nach fünf Ehejahren feststellte, dass ihr

Mann allergisch gegen Huhn war. Sie konnte es nicht fassen, obwohl es doch eine simple Erklärung dafür gab: Sie bewohnten eine Wohnung über dem Restaurant ihrer Eltern, in dem sie fast täglich zu Abend aßen und wo er sich einfach kein Huhn bestellte, und wenn sie ausnahmsweise mal zu Hause gegessen hatten, hatte sie eben bis zu jenem Tag nichts mit Huhn zubereitet. Als sie es dann doch tat, erklärte er ihr, er sei allergisch gegen Huhn. Faktisch hat meine Freundin diese Erklärung hingenommen, aber ich konnte ihr natürlich auch nicht widersprechen, als sie sich bitter bei mir beschwerte, so etwas müsse eine Ehefrau auf alle Fälle wissen, und wenn das nicht der Fall wäre, dann wisse sie einen Haufen anderer Dinge von ihm wahrscheinlich auch nicht... Immerhin konnte sie der Angelegenheit auch eine komische Seite abgewinnen: Sie malte sich das Gesicht ihrer Tochter aus, wenn diese den jungen Mann, den sie heiraten will, mit nach Hause bringt, und sie selbst ihn dann auffordert, auf der Stelle zu erklären, gegen welche Speisen er allergisch sei, oder für immer zu schweigen. Heute schenkt diese Freundin anders als früher all dem große Aufmerksamkeit, was ihr Mann *nicht* macht, was er *nicht* in der Bar bestellt, was er *nicht* vor dem Einschlafen liest. So ganz normal kann ich dieses Verhalten nicht finden, aber immerhin haben sie sich nicht getrennt, und das ist ja schon eine ganze Menge.

Ich habe beschlossen, diesen langen Abend zu beenden. Ich gehe ins Schlafzimmer, schließe das Fenster, ziehe mich aus und werfe mich, ohne noch mal ins Bad zu gehen, aufs Bett. Aber ich bin nicht müde, das Grübeln geht weiter, damit muss ich mich wohl abfinden. So liege ich mit geschlossenen Augen da und gleite immer mehr ab in Zweifel und Melancholie. In Ordnung, ich lasse es geschehen. Gewisse Dinge denkt man besser, als sie zu träumen.

Im Grunde war es kein schlechter Tag. Immerhin habe ich wieder zu schreiben begonnen. Aber auch mit dem Rauchen habe ich wieder angefangen. Dieses Päckchen Capri hat mich aufs Kreuz gelegt. Dann das Feuerwerk. Confalone. Der geheimnisvolle Flucher. Und diese Möwe, mit welcher Intensität sie mich gemustert hat. *Ich bin eine Macht aus vergangenen Zeiten, nur in der Tra-*

dition liegt meine Liebe. Und Bogliasco, wie perfekt er mich hat auflaufen lassen in der Sache mit den Hemdsärmeln. Wie konnte ich mich bloß so irren? Wieso behalte ich den Namen eines blöden Schauspielers wie Bradley Whitford im Gedächtnis, vergesse aber die Beschaffenheit seiner Hemdsärmel? Wieso speichere ich einen Journalisten als Kellner? Wieso ist das Gedächtnis so kompliziert? Warum nimmt es solch einen großen Raum ein, kann dann aber die einfachsten Fragen nicht beantworten? Hatte der Holländer bei dem Unfall braunes oder blondes Haar? Wie lässt Burt Lancaster in *Vera Cruz* seine Revolver rotieren, vorwärts oder rückwärts? Wie viele Beine hat eine Ameise, sechs oder acht? Auf welcher Seite schläft Franceschino gewöhnlich, auf der rechten oder der linken? Und wäre ich ein Spion, der sich als Kinderbuchautor ausgibt, und würde von einem unbekannten Täter umgebracht, in dieser Nacht, pffft, mit Schalldämpfer, was würde Franceschino von mir in Erinnerung behalten?

Ich öffne die Augen und hefte den Blick auf die Decke, auf jenen Punkt, wo ich seit Jahren schon einen Ventilator anbringen will. Warum ich es nicht mache, ist ein weiteres Rätsel.

Dass ich Bücher für Kinder geschrieben habe, würde er nicht vergessen.

LIEBE KOLLEGINNEN, LIEBE KOLLEGEN

Ihre Meinung zu diesem
Leseexemplar ist uns sehr
wichtig; deshalb warten
wir gespannt auf diese Karte.

Mit freundlichen Grüßen

Ihre Verlagsgruppe
Random House

Bitte
freimachen,
falls Marke
zur Hand.

RÜCKANTWORT

Verlagsgruppe
Random House
– Vertrieb –

81664 München

LESEEXEMPLAR

Buchtitel: ____________________

Meine Meinung* zum Leseexemplar: ____________________

Name ____________________

Vorname ____________________

Stempel

* Diese Karte darf für Werbezwecke verwendet werden.

15

Mit einem Ruck richte ich mich im Bett auf: Viertel nach elf. Die Frau mit dem kranken Kind. Wir sind verabredet. Ich kann da unmöglich zu spät kommen, nicht bei ihr.

Noch schlaftrunken wanke ich ins Bad. Das kalte Wasser vertreibt vollständig den Traum, der mich eben noch gequält hat – ein Etagenkellner betrat das Hotelzimmer, wo Anna schlief, aber es war gar nicht der Etagenkellner, ich eilte herbei und stellte ihn, Anna war schwanger, der Mann bewaffnet… – mit dem Resultat, dass ich mich nun ganz der Hektik hingebe, weil ich wirklich nicht zu spät kommen will. Ich kann sie nicht warten lassen, verflucht noch mal, diese Frau hat Pünktlichkeit verdient.

Vor dem Spiegel blicke ich in ein Gesicht, das mir nicht gefällt, leicht kriminell aussehend: Bartstoppeln, geschwollene Augen, zerzaustes Haar. So kann ich mich nicht sehen lassen, diese Frau hat auch ein gepflegtes Äußeres verdient, wenigstens ein Minimum an Eleganz. Das verdient sie noch mehr als Pünktlichkeit, wenn man ihr nicht beides bieten kann. Daher beschließe ich, die Hektik zu vergessen und mich, ohne auf die Uhr zu schauen, angemessen zurechtzumachen. *Ein jeder tue das, was er tun muss. Damit das Leben wie gewohnt weitergeht.*

Beim Rasieren denke ich mit einem Gefühl echter Erleichterung an die vergangene Nacht zurück, einfach nur, weil sie vorüber ist. Aber wie soll man bei einer solchen Anspannung auch einschlafen? Ich habe Unmengen getrunken und unzählige Male gepinkelt, jedes Mal in der Überzeugung, es würde das letzte Mal sein, tatsächlich aber jedes Mal den einzigen Mechanismus störend, der die Schlaflosigkeit überwinden kann – die Zeit. Durch den schweren Morgenschlaf, der mich schließlich doch überkam, ist mein Körper nicht erfrischt, sondern nun auch noch der folgende Tag beeinträchtigt worden, und es ist ein Glück, behaupte ich, dass ich diese Verabredung habe, zu der ich mit leichter – *leichter* – Verspätung kommen werde. Denn wahrscheinlich werden sich nur dort die Auswirkungen dieser Nacht zeigen. Angesichts des Themas, über das wir reden werden, wird das Gespräch mit dieser Frau wohl ziemlich einseitig verlaufen, und danach werde ich es mir noch nicht mal erlauben können, schlechte Laune zu haben. Stattdessen wird sich einiges bei mir aufgestaut haben, und voller Elan werde ich mich unverzüglich auf den Weg nach Viareggio machen. Und nachmittags bin ich dann schon in der Pineta und sehe gemeinsam mit Anna Franceschino zu, wie er auf dem Trampolin herumhüpft, und dabei werde ich wie ein Irrer dem *Principium Individuationis* danken, das ihn zu ihm macht und zu keinem anderen, einem Jungen auf dem Trampolin und nicht auf der Intensivstation.

Nach dem Rasieren ziehe ich mich an, zügig, aber konzentriert, das heißt, ich wähle die einzelnen Kleidungsstücke so sorgfältig aus wie selten: sauberes Hemd, helle Leinenhose, dunkle Socken, Segelschuhe und darüber ein Jackett, auch wenn der Tag wahrscheinlich heiß wird und ich entsetzlich darin schwitzen werde. Und zwar mein Lieblingsjackett – aus grauer Wolle, ein Geschenk meiner Schwester, einer Frau mit Geschmack –, das ich schon bei der Preisverleihung getragen habe, dann auf der Zugfahrt zurück nach Rom, dann im Auto auf der Flucht, dann letzten Sonntag auf der Heimfahrt, und das seitdem, ohne die Gnade eines Kleiderbügels seinen zahlreichen Knitterfalten überlassen, über einer Stuhllehne hängt. Aber auch in diesem Zustand ist es immer noch mein Lieblingsjackett, und so ziehe ich es trotzdem an.

Bevor ich gehe, stecke ich noch das Buch von Carver ein, das ich der Frau schenken werde, die Vespaschlüssel, die Hausschlüssel, schalte umsichtig alle Lichter aus und gestatte mir erst jetzt, in einer lächerlichen, aber für mich in diesem Moment bezeichnenden Demonstration von Selbstdisziplin, auf die Uhr zu schauen: zwei Minuten vor elf. Wie viel hätte ich wohl gewonnen, wenn ich mich weiter der ungesunden Hektik hingegeben hätte? Wie vieles hätte ich wohl vergessen oder, schlimmer noch – wie in dem meisterhaften Abschnitt von *Alice im Wunderland* –, in der falschen Reihenfolge erledigt? Der Kaiser von Japan war schon ein weiser Mann. Da gibt es nichts. Und als ich die Treppe runtergehe, beschließe ich sogar, nicht die Vespa zu nehmen, sondern zu Fuß zu gehen. Wie Calvinos Held Marcovaldo werde ich Muße haben, mir die blühenden Sträucher anzusehen, werde die römische Luft, trotz des Smogs, tief einatmen und dann eben bei der kleinen Bar am Park mit einer leichten Verspätung eintreffen.

Auf der Straße umfängt mich grelles Licht. Im grobkörnigen, blendenden Flimmern mache ich eine größere Menschentraube vor der Haustür des Nachbarhauses aus und einen Krankenwagen auf der Straßenseite, mit Blaulicht und offen stehenden Türen. Dahinter ein Streifenwagen, in dem ein Polizist sitzt und in sein Funkgerät spricht. Sein Kollege hat alle Hände voll damit zu tun, den Eingangsbereich des Wohnhauses frei zu halten. In der Menschenmenge davor hat sich praktisch die ganze Nachbarschaft versammelt. Bekannte Klatschbasen, Kinder, Alte, Passanten, der Glaser, der Zeitungsverkäufer, der Gemüsehändler stehen im Halbkreis um die geöffnete Haustür herum. Jemand erkennt und grüßt mich, und es ist absolut undenkbar, dass ich einfach meiner Wege gehe, ohne wenigstens einen Moment stehen zu bleiben und einen Blick auf die Szene zu werfen. »Komm«, scheinen sie mich aufzufordern, »stell dich zu uns, hier geht etwas vor sich, was uns alle angeht. Auch dich...«

Tatsächlich aber hört man andere Kommentare.

»Die arme Frau...«, sagen sie.

»Ja, ja, mit dem hatte sie ihr Kreuz zu tragen...«, sagen sie.

»Sie hat's einfach nicht mehr gepackt...«, sagen sie.

Aus der Haustür tritt eine weinende Frau. Es ist Anita, die Krankenschwester aus der San-Camillo-Klinik, eine tatkräftige, verschlossene Frau, die bei Bedarf auch zu uns in die Wohnung kommt, wenn es Spritzen zu verabreichen gibt; deren Überlegenheit gegenüber oraler Einnahme betont unser Hausarzt immer wieder hartnäckig. Sie geht rückwärts, den Blick zur Haustür gewandt, und hält sich weinend die Hände vor den Mund.

»Aber die hat sie doch nicht gerufen.«

»Ach nein?«

»Nein, das war Don Furio.«

Von zwei knorrigen Sanitätern geschoben, erscheint jetzt die Krankentrage. Darauf liegt, festgeschnallt wie Hannibal the Cannibal, Anitas Sohn – Italo mit Namen, so weit ich weiß –, ein kräftiger junger Mann mit blauen Augen und pfannenförmigen Wangen, der, als er vor zehn Jahren in dieses Viertel zog, ein viel versprechender Mittelfeldspieler der Jugendmannschaft des AS Rom war. Abende lang dribbelte und kickte er im Sommer vor dem Nachbarhaus, und manchmal schaute ich ihm von meinem Fenster aus zu. Er hatte Klasse.

»Don Furio? Tatsächlich? Aber sie hatte doch schon einen Platz im Heim für ihn gefunden.«

»Tja, tja, aber irgendwer musste ja was tun. Fünf Abende hat er uns jetzt gequält mit seinem Geschrei und Gejammer.«

Jetzt weiß ich's also. Er war der Flucher.

Er scheint nicht verletzt und ist auch bei Bewusstsein, aber er bewegt sich nicht, hält den Kopf ganz gerade und rollt nur langsam mit den Augen, um sich so das Spektakel der Leute anzuschauen, die ihn begaffen. Dabei erweckt er nicht den Eindruck, als sei seine Bewegungsfreiheit über die Maßen eingeschränkt, und trotz der Gurte sieht er nicht so aus, als ob man ihn mit Gewalt bändigen musste. Mir fällt auf, dass in seinem Blick nichts zu erkennen ist von Schmerz oder Scham. Stattdessen lese ich dort fast etwas Triumphierendes, so als habe ihn der Rückgriff auf die mystische Macht des Fluchens genau dorthin gebracht, wohin er wollte, und alles laufe genau nach Plan für ihn.

Es ist eigenartig, wie einen auch ein Übermaß an Diskretion in die Irre führen kann. Wenn seine Mutter zu uns kam, um uns Injektionen zu verpassen – Bentelan gegen meine Rückenschmerzen, Buscopan gegen Annas Menstruationsbeschwerden, Cortigen B 6 und Epargriseovit für Franceschino, zu fünftausend Lire das Stück –, dachte ich immer an diesen Jungen mit dem exzellenten Ballgefühl in den Füßen. Aber sie war immer so einsilbig, dass ich mich nie nach ihm erkundigt habe, und durch dieses lange Nichtfragen entwickelten sich in meiner Phantasie wilde Vermutungen über seine Zukunft, an die ich schließlich selbst zu glauben begann. Und diese Zukunft sprach den rauen Dialekt irgendeiner mittelitalienischen Kleinstadt – Teramo, Viterbo, Chieti –, in der der Junge nach staubigen Lehrjahren in den unteren Spielklassen schließlich hängen bleiben würde: mit einer Gattin aus dem Ort, in der Disco kennen gelernt, einem kräftigen Kleinen im Kinderwagen, der Kapitänsbinde am Oberarm und jenen holprigen Spielfeldern unter den Fußballschuhen, auf denen man unmöglich zaubern kann ... Mit anderen Worten: In meiner Phantasie blieb ihm der große Durchbruch versagt. Aber nicht weil es ihm an Talent fehlte, sondern weil es irgendwann in seiner jungen Karriere zu viele Schulterklopfer geben und seine Träume in den Himmel schießen würden. Ich stellte mir ein ruhiges Leben für ihn vor, so wie das vieler anderer auch, vielleicht auch etwas besser. Stattdessen liegt er hier vor mir, angebunden und aus dem Haus geschafft wie ein räudiger Hund, vor den Augen der gesamten Nachbarschaft. Ich hätte mich nach einer Injektion nur einmal bei Anita nach ihm erkundigen müssen, und so wie sie den Kopf geschüttelt hätte, mit der Spritze in der Hand, wäre mir klar geworden, dass sein Schicksal bereits einen ganz anderen Verlauf genommen hatte. Denn es sieht so aus, als würde sich diese Angelegenheit schon eine ganze Weile hinziehen. Und natürlich ist sie jetzt noch lange nicht ausgestanden. Das erklärt vielleicht auch diesen Ausdruck im Blick des Jungen: Er weiß, dass das Ende sehr viel schlimmer sein wird, sehr viel schäbiger und härter, verzweifelter und ohne Zeugen, so wie er es mag ...

Mit einem Mal ist es völlig still geworden. Bevor er im düsteren Bauch des Krankenwagens verschwindet, lässt er noch einmal den Blick über die Menge um ihn herum schweifen. Er könnte auch noch einen letzten Abschiedsfluch ausstoßen, einen letzten wilden Schrei, gegen diesen Pfarrer Don Furio gerichtet, wenn der ihn tatsächlich hat abholen lassen. Doch er lässt sich verschlucken, ohne noch etwas von sich zu geben, reglos schweigend. Seine Mutter verschwindet mit ihm, streckt nach einem Augenblick aber noch mal den Kopf aus dem Krankenwagen.

»Die Tasche!«, ruft sie, mit noch größerer Bestürzung im Blick als zuvor.

Die Hausmeisterin verschwindet im Hausflur und taucht gleich darauf wieder mit einer großen Plastiktüte von Q8 auf, wie man sie an der Tankstelle beim Ölwechsel geschenkt bekommt. Anita nimmt sie entgegen und dankt der Hausmeisterin mit einem Lächeln, richtig erleichtert, und ich bin zutiefst berührt von der Bedeutung, die diese Tüte plötzlich bekommt: in aller Eile, während die Krankenpfleger den Jungen schon auf der Trage festschnallen, mit all den hartnäckig gewöhnlichen Gegenständen gepackt – Schlafanzug, Hausschuhe, Socken, Zahnbürste, Rasierzeug –, wird sie plötzlich zum Sinnbild der letzten Hoffnung dieser Mutter auf ein anderes Ende, als es ihr Sohn im Sinn hat. Mit ihrem ach so neutralen, beliebigen Inhalt ist sie nicht vergessen worden neben dem Fahrstuhl, auf dem Fußboden im Hausflur, wo sie das authentischste, tragischste Detail dieses tragischen Morgens geworden wäre (welch unerträglich trauriger Anblick, ein vergessener Koffer auf dem Flughafen, der verlassen auf dem Transportband kreist, weil sein Besitzer verhaftet wurde oder einen Infarkt erlitten oder sich umgebracht hat). Stattdessen ist die Tasche dort, wo sie hingehört, in ihren Händen, in der Nähe ihres ruhig gestellten Jungen, und sie wird dafür sorgen, dass sie dort auch ständig bleiben wird, bei jedem Abteilungswechsel, jeder Behandlung, allzeit bereit, ihre gewaltige Ladung Normalität zur Explosion zu bringen, in jenem Moment, wenn die schlimmste Krise überwunden ist und er das Bedürfnis verspürt, sich frisch zu machen.

Whamm. Die Türen werden zugeschlagen. Der Krankenwagen fährt los, rollt langsam durch die Menge, die nur zögernd den Weg freigibt, und gleitet fast lautlos von dannen, vielleicht in Richtung der San-Camillo-Klinik, wo die Mutter eben ihren Dienst beendet hat oder ihn gleich antreten muss. Keine Sirene. Bloß das Blaulicht dreht sich, um alle Uneingeweihten hinter der nächsten Ecke, die den Krankenwagen im Morgenverkehr vorbeifahren sehen, darüber zu informieren, dass es nicht auf Leben und Tod geht und dass sie sich nicht bekreuzigen müssen.

Die Polizisten haben noch einen Moment damit zu tun, Notizen zu machen, dann steigen auch sie ein und fahren davon. Ich blicke auf die Uhr: zehn nach elf. Jetzt bin ich tatsächlich zu spät. Ich kann nicht mehr zu Fuß gehen, ich würde zehn Minuten brauchen, zehn plus zehn, und das wäre keine leichte Verspätung mehr. Es bleibt mir nichts anderes übrig, als die Vespa zu nehmen; da steht sie, von den Jahren gezeichnet und der Seitenflügel entledigt (ich habe nie verstehen können, warum die so häufig geklaut werden), angekettet am Einbahnstraßenschild, eingestaubt vom Sand, den es letzte Woche geregnet hat – der Wind soll ihn aus der Sahara hergetragen haben. Während sich die Menge grüppchenweise verlauft, ein jedes davon in eine kleine Wolke aus Kommentaren gehüllt, mache ich mich daran, alle lästigen, aber notwendigen Vorbereitungen zum Losfahren zu treffen. Ich muss zwei Ketten lösen, das Handschuhfach öffnen, einen Lappen rausnehmen, um mir die Hände abzuputzen (die Ketten sind furchtbar dreckig), den Sturzhelm nehmen, die Ketten ins Handschuhfach stecken, mir noch mal die Hände abputzen, den Lappen auf die Ketten legen, darauf das Buch von Carver, das Handschuhfach schließen, den Helm aufsetzen, den Benzinhahn öffnen... den Choke ziehen – ach ja, jetzt fällt mir erst ein, dass die Maschine abgesoffen war, verflucht –, deswegen habe ich sie ja auch so lange stehen lassen, sie müsste in die Werkstatt. Ich versuche trotzdem, den Motor anzulassen; ein, zwei, drei, vier Versuche mit meinem ganzen Gewicht auf dem gekrümmten Kickstarter (ich habe nie verstanden, warum diese Dinger so krumm sein müssen), bis mich beim fünften Versuch der verfluchte Rückschlag am Knöchel erwischt. Ein altbekannter, vertrauter Schmerz ereilt mich, der nach meiner Jugendzeit schmeckt: Nach Monaten im Internat, in Triest, Florenz, Neapel, war ich wieder mal zu Hause in Rom, und nach der langen Zeit wollte meine Vespa natürlich nicht anspringen und ich mich nicht damit abfinden, und so trat ich wieder und wieder wie von Sinnen auf den Kickstarter, bis pünktlich der Rückschlag kam und mich Sterne sehen ließ. Auch so ein Verhaltensmuster aus meiner Jugend, von dem ich mich bis heute noch nicht gelöst habe. Dabei ist es so sinnlos, und es tut weh.

Ich beginne zu schieben. Die Leute gucken, während ich mich mit meinem Motorroller unter einer erbarmungslos stechenden Sonne über den kleinen Platz schleppe. Ich werde schneller, springe auf und haue den zweiten Gang rein – nichts –, also rasch der verzweifelte Versuch, den letzten Schwung auszunutzen, indem ich in den ersten gehe: nichts. Ich lasse nicht locker, verbeiße mich in mein Vorhaben, wiederhole dieses sinnlose Manöver drei-, viermal, mit dem Ergebnis, dass ich wieder da stehe, wo meine Versuche ihren Ausgang genommen haben, keuchend, in Schweiß gebadet und noch später dran als vorher.

Jetzt erst merke ich, dass ich vergessen habe, vor dem Anschieben den Choke reinzudrücken. Der Vergaser ist also noch nasser als zuvor.

So bleibt mir nur eine Möglichkeit. Ich muss die Vespa bis zur nächsten Kreuzung schieben, von wo eine Straße steil bergab führt. Dort kann ich sie rollen lassen, was allerdings durch die Tatsache verkompliziert wird, dass es sich um eine Einbahnstraße handelt. Es ist gefährlich, ich sollte es lieber lassen, aber ich habe keine andere Wahl, die Zeit rast, und diese Frau wartet auf mich. Also tue ich es: Ich stehe oben am Beginn des Abhangs, lasse noch einen Lieferwagen vorbei, der sich schnaufend hinaufkämpft *(Mozzarella Francia)*, und beschließe – schlagartig wieder in einen grenzenlos optimistischen, tollkühnen Sechzehnjährigen verwandelt –, dass in den nächsten dreißig Sekunden kein Fahrzeug den Berg hinauffahren wird. Los geht's, sogleich bekomme ich Fahrt, denn es geht wirklich steil und schnurgerade hinunter; ich schalte in den dritten Gang, dann in den zweiten, bin fast schon auf halber Strecke, aber die Vespa springt nicht an und ist trotz Motorbremse schon viel zu schnell, als dass ich noch in den ersten schalten könnte, und die Kreuzung mit der Viale Marco Polo kommt immer näher, und wenn jetzt jemand auf das Steilstück einbiegt, habe ich schlechte Karten, aber es kommt niemand, zum Glück, und in einigen Sekunden werde ich ohnehin abbremsen müssen, denn die Abfahrt ist gleich zu Ende, da plötzlich, in letzter Sekunde, nach der ich, wäre sie verstrichen, mit defekter Vespa mitten auf der Schnellstraße gestanden hätte, springt der Motor an. Mit einer weißen Rauchwolke macht sich der Vergaser Luft, der Motor läuft, beschleunigt, und ich muss sofort bremsen, um mich nicht auf der vielspurigen Straße wiederzufinden, auf der die Fahrzeuge mit mindestens siebzig Stundenkilometern entlangrasen, aber gleichzeitig muss ich den Motor bei Laune halten, sonst geht er wieder aus, und so hantiere ich wie ein Verrückter mit Gas, Bremse und Kupplung herum, das Hinterrad beginnt wegzudriften, doch ich bekomme die Maschine wieder in den Griff, während der Auspuff weiterhin seine weiße Giftwolke ausspuckt, und ich bremse stärker, aber mit mehr Gefühl, um nicht wieder ins Schleudern zu kommen, und bleibe genau an der Einmundung stehen, gesund und wohlbehalten und mit laufender Vespa. Geschafft. Jetzt kann ich in den Leerlauf gehen und nach Herzenslust Gas geben, damit sich der Motor freihusten kann, und es ist schwer zu erklären, wie viel Spaß mir diese kleine Geste bereitet. Erst jetzt biegt ein Auto an der Kreuzung ab und nimmt die Steigung in Angriff: ein weißer Fiat Uno, ein Fahrschulwagen – die man hier übrigens häufig sieht, weil sich viele Fahrprüfer mit Vorliebe in dieser Straße das Anfahren am Berg demonstrieren lassen. Die Fahrschülerin, ein auffallend kleines junges Mädchen, klammert sich ans Lenkrad wie eine Schiffbrüchige an den Rettungsring. Die Aufgabe, die ihr bevorsteht, scheint sie nervös zu machen, aber wie hätte sie sich erst erschrocken, wäre sie fünfzehn Sekunden früher an dieser Stelle gewesen – ein Wahnsinniger, der gegen die Einbahnstraße den Berg hinunterschießt, ihr entgegen; aber das wird ihr erspart bleiben.

Ich biege in die Viale Marco Polo ein, und der Fahrtwind der vielleicht vierzig Stundenkilometer kühlt meine verschwitzte Haut. Dieses angenehme, volksnahe, zutiefst italienische Gefühl ist die positive Kehrseite des Kickstarterrückschlags, der mich vorhin am Knöchel erwischt hat, eine Art Wiedergutmachung für den erlittenen Schmerz. Aus dieser Perspektive betrachtet, mit dem sanften Fahrtwind im Gesicht, mit vollem Tank der Sonne entgegen und der ganzen immensen Stadt zu Füßen, war meine Jugendzeit gar nicht so schlecht. Immerhin hat sie mir zahlreiche solcher Augenblicke geschenkt. Ich hatte sie nur vergessen. Und da wir schon mal beim Vergessen sind, beschließe ich, in zehn Sekunden die ungemütliche letzte Nacht vergessen zu haben – bang – und genauso das unsanfte Erwachen, den gefesselten Jungen auf der Trage, den Schlag gegen den Knöchel. Sagen wir ganz einfach, dass mein Tag erst jetzt, in diesem Augenblick beginnt, mit dem frischen Wind im Gesicht, mit dieser plötzlichen guten Laune …

16

O guten Tag.«

Die Frau reicht mir die Hand, und ihre Schönheit verschlägt mir den Atem. So hatte ich sie nicht in Erinnerung, ja, wenn ich's mir recht überlege, hatte ich überhaupt keine Erinnerung an sie, so als sei sie nicht aus Fleisch und Blut, sondern existiere nur als Bestandteil ihrer Tragödie. Aber hier, außerhalb meines erschöpften, unzuverlässigen Gedächtnisses, um Viertel nach elf in der unverzerrten Objektivität dieses Morgens, wirkt ihre Schönheit klar und endgültig, grell, provozierend, mexikanisch. Und auf eine wirklich unglaubliche Art und Weise wird sie noch gesteigert durch eine verblüffende Ähnlichkeit mit Florinda Bolkan/Tony Musante. Ja, es stimmt, sie gleicht *beiden* Schauspielern. So als handle es sich um eine tollkühne körperliche Krasis, um ein Meisterwerk, das, nach Hunderten monströser Misserfolge, einem vom Film *Anonimo Veneziano* besessenen Doktor Frankenstein gelungen ist.

Ihr leichtes Sommerkleid schmiegt sich an einen Körper mit fabelhaft üppigen, mütterlichen, aber keineswegs ausladenden Formen, umkleidet von einer glänzend braunen Haut, die an die Innenausstattung einer Nobelkarosse denken lässt. Die Hand, die ich jetzt drücke, ist groß, weich, gepflegt und mit glitzernden Ringen geschmückt. Das Schwarz ihrer Haare schimmert wie das Fell einer Katze, der Schönheitsfleck auf ihrer Wange scheint als Ergebnis einer zwingenden mathematischen Gleichung dorthin gesetzt, und in der Mitte ihres Gesichts flammt ein Mund so groß und rot wie eine untergehende Sonne.

»Entschuldigen Sie, ich habe mich verspätet«, sage ich.

Sie riecht nach Rauch, aber auch nach Meer, in der gleichen phantastischen Weise wie die Gemischtwarenhandlungen an der

Versilia meiner Kindheit, wo meine Mutter ihre Cremes kaufte und ich die Radrennfahrerbildchen bekam. Ein Duft, den ich seitdem nirgendwo mehr in die Nase bekommen hatte, denn heute riechen diese Läden nur noch nach Plastik.

»Ach, das macht doch nichts«, ihre Zähne blitzen, »ich hatte ja gute Gesellschaft …«

Mit dem Kinn deutet sie auf ihren fast schon leeren Eisbecher, ein Cremolato, der auf dem Tischchen steht. Mit Bestellen, Warten und Essen könnte sie genau eine Viertelstunde zugebracht haben.

»Wussten Sie eigentlich, dass man hier das beste Cremolato ganz Roms bekommt?«

»Ach, tatsächlich? Ja, es ist wirklich ausgezeichnet.«

Ja, das ist es. Nur habe ich Jahre gebraucht, um das herauszufinden, obwohl ich nur ein paar Meter von der Bar entfernt wohne. Sie hingegen kommt eines Morgens nach Rom, wird in dieses Lokal bestellt und entdeckt es sofort.

»Ich bin eine furchtbare Naschkatze«, fügt sie hinzu. »Ich muss ja all die Leckereien, die Sie in Ihren Büchern beschreiben, für Matteo zubereiten und nasche dann selbst davon.«

Sie erzählt das in der Gegenwart. Das kann ich verstehen.

»Das sind ja alles Sachen, die ich schon als Kind gern gegessen habe. Ricotta mit Kakao, Brot mit Butter und Zucker, Nutella mit Birnen. Und soll ich Ihnen mal was sagen? Ich hatte sie vollkommen vergessen. Hätten Sie mich nicht wieder darauf gebracht, hätte ich sie wahrscheinlich nie mehr gegessen. Heute wollen die Kinder ja nur noch dieses abgepackte Zeug.«

Sie nimmt einen Löffel von ihrem Cremolato, den letzten, würde ich sagen, und schließt dabei genießerisch die Augen wie ein kleines Mädchen.

Der Kellner tritt an unseren Tisch, und ich bestelle einen Espresso.

»Im Grunde ist das typisch für Ihre Bücher«, fährt sie fort. »Deswegen gefallen sie mir ja auch so. Sie erzählen den Kindern von heute von der Kindheit ihrer Eltern, von Ihrer Kindheit, von meiner … Nicht wahr?«

»Ja, Sie haben Recht.«

»Sie erzählen unseren Kindern, wie wir sind, wenn wir träumen. Denn das ist es ja, was wir heutzutage nur noch tun können, wenn wir träumen. Uns erinnern.«

Sorgfältig kratzt sie die Reste des Cremolato in ihrem Glas zu einem letzten Löffelchen zusammen, steckt es sich in den Mund, anmutig, aber diesmal ohne die Augen zu schließen.

»Ja, wirklich, Sie sind ein ausgezeichneter Kinderbuchautor«, fährt sie fort, »weil Sie im Grunde gar nicht schreiben, sondern *übersetzen*. Sie picken sich die schönen Dinge heraus, aus Bereichen, mit denen unsere Kinder sonst nicht in Berührung kommen, und übersetzen sie in deren Sprache. Es sind praktisch Zitate aus unserer eigenen Kindheit, aus Filmen, Gedichten, Rockmusik und so weiter. Habe ich Recht?«

Ich bin beeindruckt. Eine wunderschöne Frau mit einem Kind im Koma macht mir Komplimente für meine Bücher und beweist mir gleichzeitig, dass sie meinen Trick durchschaut hat: ein Taschenspielertrick, der offen für jedermann dalag; den aber niemand sonst bemerkt hat. Denn es stimmt, ich habe noch nie etwas Neues erfunden, habe nur abgeschrieben, habe nur all das wieder verwertet, was mir in meinem Leben gefallen hat. Rockmusik, Shakespeare, Beckett, Hollywoodfilme, Leopardi, sogar Pasolini – alles unerschöpfliche Quellen, um Kinderbücher zu schreiben. Sie sagt zwar, ich würde sie übersetzen, aber in Wirklichkeit plündere ich sie. Meine jungen Leser können das nicht merken. Und ich war mir auch ziemlich sicher, dass es nicht mal den erwachsenen Lesern auffallen würde, den Lektoren, Verlegern, Kritikern... Ich habe Recht behalten. Leben wir nun in einer oberflächlichen Gesellschaft oder nicht? Einmal hat mir eine katholische Zeitschrift einen Preis für den besten Sinnspruch in einem Kinderbuch verliehen: *Für faule Hände findet der Teufel Arbeit.* Ich habe den Preis angenommen. Was blieb mir auch anderes übrig? Hätte ich ihnen vielleicht erklären sollen, dass der Satz vom alten Morrissey – Gott schütze ihn – stammt und dass es ein Vers aus einem Lied der Smiths ist, wörtlich zitiert in den *Abenteuern von Pizzano Pizza.*

Dann kommt diese Frau und durchschaut mich auf Anhieb.

»Ja, sicher«, gebe ich zu, »aber wenn man Sie so hört, könnte man glauben, Sie halten mich für einen Plagiator.«

»Aber nein…« Sie errötet. Sie gehört zu den Frauen, die erröten. »Das war als Kompliment gemeint, ich würde mir doch nie erlauben…«

»Na ja, bis jetzt…«, ich versuche ein nettes Lächeln aufzusetzen, keine Ahnung, ob es gelingt, »…hat es jedenfalls noch keiner bemerkt, zumindest weiß ich von keinem. Deshalb reicht es schon, wenn sie nichts darüber öffentlich…«

»Aber wieso denn nicht?«, unterbricht sie mich. »Hier, sehen Sie, ich habe sogar etwas darüber geschrieben.«

Sie öffnet die Handtasche, die auf dem Stuhl neben ihr liegt, entnimmt ihr einige zusammengeheftete Blätter und reicht sie mir.

»Hier. Nichts Weltbewegendes natürlich, es ist nur so, dass ich…«

Es ist nur so, dass ich, bevor sie die Tasche wieder zumacht, etwas darin erblicke, das wie – *da capo* – eine Pistole aussieht.

»…Grundschullehrerin bin«, erzählt sie weiter, »und an unserer Schule geben wir diese kleine Zeitung hier heraus, Schüler und Lehrer gemeinsam. Darin schreibe ich über interessante Jugendbücher, und mir lag daran…«

Was zum Teufel wird hier gespielt? Das ist eine Pistole, ich hab's genau gesehen. Das ist doch nicht normal, dass sie eine Pistole in der Handtasche hat. Oder doch? Seit wann laufen denn alle Leute bewaffnet durch die Gegend?

»…wobei ich, wie Sie bemerken werden, ihren Stil kopiert habe. Und das ist nun wirklich ein Plagiat.«

Der Kellner kommt mit meinem Espresso. Ich trinke ihn in kleinen Schlucken, während ich so tue – *so tue* –, als würde ich in der Schulzeitung lesen. In Wirklichkeit versuche ich nur eine Erklärung für diese Pistole zu finden und sie mit dieser Frau, die mich immer wieder von neuem überrascht, in Einklang zu bringen, einer Frau, die einem Schauspielerpaar ähnlich sieht, mich in der Schulzeitung auffliegen lässt und ihre Sätze mit einem Seufzer beginnt. Und dieses von sich aus schon ziemlich kuriose Ensemble – ich hätte nie gedacht, dass es solch eine Frau geben könnte – muss ich dann noch mit dem Grund unseres Treffens kombinieren, der, verflucht noch mal nicht das Geheimnis meiner literarischen Küchenrezepte ist.

Ich blicke von der Zeitung auf, während sie noch einmal die Handtasche öffnet. Die Pistole ist immer noch da, und es ist immer noch eine Pistole. Klein, silbern – das kann kein Spielzeug sein.

»Rauchen Sie?«, fragt sie mich. Zwischen ihren beringten Fingern ist ein Päckchen Marlboro Light aufgetaucht und ein goldenes Feuerzeug.

»Nein, danke«, antworte ich. »Ich habe aufgehört.«

»Ach so. Dann werde ich wohl besser nicht in Ihrer Gegenwart rauchen …«

»Das macht nichts. Ich bin daran gewöhnt.«

»Tatsächlich? Wie lange rauchen Sie denn schon nicht mehr?«

»Seit neun Monaten.«

»Oh, dann haben Sie es ja geschafft. Sind Sie sicher, dass der Rauch Sie nicht stört?«

»Ja, ganz sicher.«

Sie blickt mir tief in die Augen, so als wolle sie, bevor sie mir auch für diese Leistung ihre Bewunderung ausspricht, sich davon überzeugen, dass ich nicht vor gerade mal zehn Stunden auf der Suche nach einer Capri Superlight meinen Müll durchwühlt haben könnte. Dann zündet sie ihre Zigarette an und nimmt einen tiefen Zug mit ihren herrlichen Lippen.

»Ich habe auch mal aufgehört«, sagt sie, »vor zehn Jahren, als ich mit Matteo schwanger war. Es ist noch nicht so lange her, dass ich wieder angefangen habe. Erst nach seinem Unfall …«

Jetzt wird es hart. Wie hat sie es bloß geschafft, so urplötzlich auf dieses Thema zu kommen. Sie sieht mich immer noch an, mit einem Blick, dem schon vorher nicht leicht standzuhalten war und der mich jetzt geradezu durchbohrt. Ich schlage die Augen nieder. Warum blickt sie mich so an? Was soll ich ihr sagen? Und was ist, wenn ich so wie vorgestern Abend beim Reden wieder zu spucken anfange? Soll ich mich vielleicht feige aus der Affäre ziehen, indem ich ihr bloß das Buch von Carver überreiche? Und vor allem, soll ich es ihr überhaupt noch geben, jetzt wo sie mir auf die Schliche gekommen ist und angesichts der Tatsache, dass ich mich auch bei Carver fleißig bedient habe?

»Was haben Sie denn da eigentlich im Gesicht?«

Unwillkürlich führe ich eine Hand zur Wange, und sie schüttelt den Kopf, lächelnd, um mir zu sagen, dass ich nicht die richtige Stelle getroffen habe. Dann streckt sie, mir zuvorkommend, eine Hand zu meiner anderen Wange hin und fährt mit den Fingern sanft hinunter bis zum Unterkiefer, eine keusche, samtweiche Berührung mit den Fingerspitzen. Es muss wunderschön sein, das Gleiche auch bei ihr zu tun, von ihrem Schönheitsfleck ausgehend...

Dann zeigt sie mir ihre Finger. Sie sind voller Blut.

»Sie haben sich beim Rasieren geschnitten.«

»Das hatte ich gar nicht bemerkt«, sage ich.

»Das sieht man.«

Sie taucht eine Papierserviette in das Wasserglas neben dem Cremolato und säubert mir damit behutsam die Wange.

»Brennt es?«

»Ein bisschen.«

Also deswegen hat sie mich so angesehen. Weil ich Blut im Gesicht hatte, wie natürlich auch zuvor schon, vor unserem Haus, unter all den Nachbarn, als man Anitas Sohn fortbrachte.

»Es ist halb so schlimm«, sagt sie, so als sei sie meine Mutter. »Nur ein Kratzer.«

Sie beendet die Aktion, indem sie die nasse Serviette an meiner Backe hängen lässt, lächelt dabei, offensichtlich amüsiert über die Tatsache, dass sie kleben bleibt. Auch Anna lacht über Dinge, die irgendwo kleben bleiben.

»Danke«, sage ich und löse die Serviette von meiner Backe. Ich werfe einen Blick darauf; so verdünnt, sieht das Blut wie ein alkoholfreier Bitter aus. Sie greift wieder zu der Zigarette, die sie im Aschenbecher deponiert hatte – in dem, wie ich feststelle, schon zwei ausgedrückte Kippen liegen –, nimmt einen Zug, und mit einem Mal verfinstert sich ihre Miene, so als ziehe plötzlich eine dunkle Wolke vorüber.

»Was ich noch sagen wollte«, erklärt sie, »ich glaube, ich habe mich an jenem Abend gar nicht genug bei Ihnen bedankt. Ihre Großzügigkeit hat mich dermaßen überwältigt, dass ich gar nicht mehr im Stande war, Ihnen meine ganze …«

Einen Moment stockt ihre Stimme, und ich habe den Eindruck, als werde sie nun in haltloses Weinen ausbrechen. Aber offenbar hat sie es mittlerweile gelernt, ihre Tränen zurückzuhalten, und sie braucht nicht viel, um sich wieder vollkommen in den Griff zu bekommen. Ein weiterer Zug an der Marlboro Lights.

»Vor allem aber möchte ich Ihnen erklären, warum ich Ihr Geld angenommen habe und wie ich es verwenden will.«

»Das war nicht mein Geld«, sage ich.

»Aber natürlich war es Ihres. Und dass ich es angenommen habe, hat nur den Grund …«

Wieder hält sie inne, und so unerwartet, dass ich erschrecke, tränkt sie eine zweite Serviette und tupft sie mir auf die Wange.

»Es blutet noch«, sagt sie. »Vielleicht ist es besser, wenn Sie sie eine Weile draufhalten.«

Sie lässt die Serviette los, und auch die bleibt hängen, was sie wieder mit einem Lächeln quittiert. Trotzdem halte ich den Verband lieber mit der Hand fest – das sieht nicht ganz so lächerlich aus.

Ein weiterer Zug an der Zigarette, langsam, mit runden Lippen.

»Ich habe Ihnen doch von der Klinik in Österreich erzählt, in die ich Matteo bringen will«, hebt sie wieder an. »Das ist meine letzte Hoffnung. Vor kurzem habe ich den Professor getroffen, der sie aufgebaut hat, und er war der Erste, der mir nicht bescheinigt hat: ›Keine Heilungschancen‹. ›Wenige‹, hat er gesagt, aber er hat mir auch versichert, dass man in seinem ›Haus des Erwachens‹, so heißt die Klinik, das Wort ›Aufgeben‹ nicht kennt. Dort gibt es nicht diesen Druck, wie sie ihn hier auf einen ausüben, niemand sitzt einem im Nacken, niemand bedrängt einen, sein Kind von der Intensivstation zu holen oder der Entnahme von Organen zuzustimmen, um irgendwelche anderen Leben zu retten...«

Sie zieht ein letztes Mal an der Zigarette, so vehement, dass sie mich plötzlich an Visintin erinnert, einen Mitschüler im Internat, der ständig alle Leute fragte, ob er mal an ihrer Zigarette ziehen dürfe, und der sie dann rot glühend zurückgab, weil er so heftig daran saugte.

Dann drückt sie sie mit einer entschlossenen Bewegung im Aschenbecher aus.

»Aber ich will nicht das Leben eines anderen Menschen retten«, sagt sie, »sondern das Leben meines Sohnes. Und in dieser Klinik kann ich es versuchen, ohne dass man mir ein schlechtes Gewissen einredet.«

Mechanisch entnehmen ihre Finger der Schachtel eine weitere Zigarette, führen sie zum Mund, zünden sie an. In jenem schon erwähnten Kurs hat man uns beigebracht, wie man sich in gewissen Stresssituationen verhält, die einen dazu bringen könnten, wieder mit dem Rauchen anzufangen – Verlust des Jobs, Umzug, Trennung, Scheidung etc. –, aber an die Möglichkeit eines Kindes im Koma haben auch sie nicht einen Augenblick gedacht.

»Allerdings ist diese Klinik sehr teuer«, fährt sie fort, »und man weiß ja auch nicht, wie lange er dort wird bleiben müssen. Deswegen habe ich Ihr Geld angenommen. Es ermöglicht Matteo zehn zusätzliche Behandlungstage, zehn Tage, in denen er die Chance hat aufzuwachen. Ich werde das Geld also zur Seite legen, auf ein Sparkonto, und erst wenn alles andere aufgebraucht ist, darauf zurückgreifen. Und jeder Tag, den Matteo von diesem Zeitpunkt an weiterlebt, und alles, was von diesem Zeitpunkt an geschehen wird, wird ein Geschenk seines Freundes Pizzano Pizza sein.«

Erneut stockt ihre Stimme, und erneut hilft ein Zug an der Zigarette augenblicklich über die Krise hinweg.

»Sollten wir jedoch, vielleicht tragischerweise«, hebt sie wieder an, »das Geld nicht brauchen, werde ich es Ihnen umgehend zurückerstatten.«

Sie verstummt, und sofort umgibt uns wieder die laute römische Stille. Was soll ich darauf sagen? Mir fallen doch bloß Fragen ein: Warum erwähnt sie nie ihren Ehemann, immerhin trägt sie ja einen Ehering? Warum hat sie eine Pistole in der Handtasche? Warum hat sie sich bei der Preisverleihung so gramerfüllt an die Stadtväter gewandt, wenn sie bereits beschlossen hatte, ihr Kind in die Klinik in Österreich zu verlegen? Und wenn sie es, wie ich glaube, damals noch nicht beschlossen hat, wenn diese Angelegenheit mit der österreichischen Klinik erst *nach* ihrem Auftritt aktuell geworden ist, möglicherweise gar als Konsequenz daraus – schließlich hat sie ja auch diesen Spezialisten erst vor kurzem getroffen –, dann ist es unlogisch, dass sie mich jetzt anschwindelt hinsichtlich der Gründe, warum sie das Geld angenommen hat, mich, der absolut keine Erklärungen verlangt hat. Aber andererseits, welche Bedeutung hat Logik noch für einen Menschen, der von solch einem Schicksalsschlag getroffen wurde?

Ich betrachte mir noch mal die Serviette, die ich an meine Wange gehalten hatte. Von Blut/Bitter ist kaum noch was zu sehen. Sie bringt ihr Haar in Ordnung, raucht, schlägt die Augen nieder, öffnet dann zum dritten Mal die Handtasche – hat auch zum dritten Mal eine Pistole drin –, nimmt ihre Brieftasche heraus, öffnet auch diese, schickt sich an, Geld herauszunehmen, womit sie mir eine willkommene Gelegenheit bietet, etwas zu sagen, denn dieses Schweigen hätte ich keine Sekunde länger ertragen.

»Nein, nein, überlassen Sie mir das«, sage ich.

Ich nehme die beiden durchtränkten Kassenbons, die unter dem Wasserglas stecken, und lege gleichzeitig eine Hand ans Portemonnaie, bemüht, diese Geste natürlich erscheinen zu lassen, so als handle es sich um die unanfechtbare, resolute Geste eines galanten Herrn, der ich in Wirklichkeit nie sein werde. Sie lässt es sich gefallen, aber ich bemerke auch, dass sie *maßlos* überrascht ist. Mit offenem Mund blickt sie mich aus großen, jetzt ausdruckslosen Augen an, so als verstehe sie nicht, so als wisse sie nicht, dass auf den Bons unsere Bestellungen notiert sind, dass jemand sie bezahlen muss und der Geschäftsinhaber auf diese

Weise seinen Lebensunterhalt verdient. Plötzlich wirkt sie so, als wisse sie rein gar nichts mehr von der Welt, und in diesem toten Blick verschwindet ihre Schönheit schlagartig, fortgerissen von irgendeiner rätselhaften inneren Sturmbö, die ihre Gesichtszüge mit einem Mal erschreckend karg erscheinen lässt. Es ist nichts mehr zu sehen von Florinda Bolkan, nichts mehr von Tony Musante, nichts, gar nichts, und für einen langen, entsetzlichen Moment, der auch mich lähmt, scheint sie tatsächlich zu ihrem Sohn vorgedrungen zu sein, in die eisige Welt zwischen Leben und Tod, in der er gefangen ist.

»Die Rechnung«, nuschle ich, indem ich ihr die Kassenbons zeige.

Zugegeben, ihr Verhalten ist höchst sonderbar, mindestens so sonderbar wie die Pistole in ihrer Handtasche, aber sie ist eben eine Frau, die sich an der Grenze zum völligen Zusammenbruch bewegt, und es ist schon eine beträchtliche Leistung, dass sie noch nicht vollkommen durchgedreht ist. Ich sollte es einfach aufgeben, alles, was sie tut, verstehen zu wollen. Allerdings ist sie – auch als ich das Geld raushole und auf den Tisch neben die Gläser lege – weiterhin bemüht, natürlich zu erscheinen, Entschlossenheit vorzutäuschen etc. und immer noch weiter in ihrer Brieftasche herumzusuchen. Warum bloß?

»Ich muss Sie leider noch um einen letzten Gefallen bitten«, sagt sie und errötet erneut. Eigentlich errötet sie sehr viel stärker als zuvor. Ich glaube, ich habe noch niemals einen Menschen derart erröten sehen. Warum?

»Aber sicher, um was geht es denn?«, sage ich und bemühe mich zu lächeln, aber diesmal will es mir nicht gelingen, denn sie hat einen Scheck aus der Brieftasche geholt, schon ausgefüllt, und es ist, verflucht noch mal, kein x-beliebiger Scheck ...

»Es tut mir wirklich schrecklich Leid, Sie noch einmal bemühen zu müssen, aber ...«

... es ist *der* Scheck, aber natürlich. Er ist es wirklich, und das in einem Maß, dass ich ihn ohne jeden Zweifel erkenne, obwohl ich ihn eigentlich noch nie gesehen habe, denn als ich ihn entgegennahm, steckte er in einem Umschlag.

»Sie müssen ihn auf mich übertragen.«

O nein, *nein...*

O du Messingschild, du Gott der Verlegenheit, auf den wir im Fahrstuhl ehrfurchtsvoll den Blick richten, um kein einziges Mal den Widerling neben uns anschauen zu müssen, in unserer Hinwendung zu dir haben wir das Gebet auswendig gelernt, das dich immer begleitet *(Stigler Otis / Höchstzahl Personen: 4 / Maximale Traglast: 360 kg / Kategorie A / Gebrauch untersagt für Kinder unter 12 Jahren ohne Begleitung Erwachsener...)*, rette du mich, sende mir einen Engel aus deinen himmlischen Heerscharen, jetzt, sofort, dass sich mein Blick auf ihn hefte, damit ich diesen unerträglichen Augenblick überstehe...

Die Espressotasse, das ist es. Dieses Logo *Morganti il Caffè d'autore* muss so intensiv wie möglich angestarrt, gemustert, studiert, analysiert werden: braun mit Goldrand, graphisch schlampig und ambitiös ausgeführt und von so kurzlebigem Geschmack, dass es wohl schon vor Fertigstellung des Entwurfs aus der Mode war, mit diesem Bildchen, das anscheinend einen Haitianer darstellen soll, nehme ich an, oder eine Haitianerin, jedenfalls irgendeinen karibischen Eingeborenen mit Bananenröckchen (oder soll das ein Afrikaner sein? Was hätte das dann aber noch mit Kaffee zu tun?), in einer allerdings typisch indischen Sitzhaltung, o weh, wie die Göttin Kalì, mit dem schauerlichen Ergebnis, dass...

Aber nichts zu machen. Der Scheck wandert an den Punkt, auf den sich mein Blick geheftet hat, gefolgt von einem goldenen Parker, wahrscheinlich ein Geburtstagsgeschenk, aus Zeiten, da diese Frau Geburtstage noch feiern konnte. Und ich komme nicht umhin, ihn anzusehen, gebe mir einen Ruck, nehme den Füllfederhalter zur Hand und richte meinen Blick auf dieses unansehnliche Rechteck aus Filigranpapier *(Banca del Fucino)*, mit all seinen dünkelhaften Nullen und der überflüssigen, ja beleidigenden Sicherheitstransliteration darunter (fünfzehn Millionen#, wobei das Doppelkreuz verhindern soll, dass der Empfänger auf die Idee kommt, nachdem er einen Füllfederhalter gleicher Art und Farbe aufgetrieben, fleißig die Handschrift des Scheckausstellers geübt und geschickt alle Nullen oben in Neunen verwandelt hat, mit seiner preisgekrönten Schriftstellerhand ein schönes *neunhundertneunundneunzigtausendneunhundertneunundneunzig* hinzuzufügen). Verknittert, angeknabbert an den Ecken, erschöpft von den sechs langen Tagen in Gesellschaft dreckiger kleiner Geldscheine, abgelaufener Mitgliedsausweise und zerknitterter Quittungen, die ihn laufend anpöbelten *(»Du bist einen Scheiß wert, der Spinner hat dich doch überhaupt nicht übertragen...«)*, wirkt dieser Scheck wie einer jener Überlebenden, die man sechs Tage nach dem Erdbeben wie durch ein Wunder noch aus den Trümmern holt; doch im Gegensatz zu diesen, die verdattert sind von Fassungslosigkeit und grellem Licht, schweigt er nicht, sondern beschwert sich heftig, zornig, mit seinen allerletzten Kräften: »Du«, schimpft er, »erbärmlicher Amateur der Solidarität, schenkst, aber überträgst nicht, zwingst eine Mutter, deren Sohn im Koma liegt, zu Verabredungen, Zugreisen, Taxifahrten, Cremolato-Verzehr und zum Durchstehen peinlichster Situationen, nur um deine beschissene Vergesslichkeit auszubügeln. Ich verfluche dich!«

Trotz seines kritischen Zustands gibt es einen einfachen Weg, ihn ruhig zu stellen. Eine Unterschrift genügt, und wir sind wieder Freunde. So, erledigt. Nun hat das reumütige, unleserliche Gekritzel, »Gianni Orzan«, das ich ihm demütig auf den Buckel setze, diesen erstaunlichen Fetzen Papier wiederbelebt, der, bevor er in Ungnade fiel, einmal eine Prämie war, und dann, für wenige Sekunden, ein Strandkatamaran, eine Reise nach Disneyland und/oder eine Zwischendecke fürs Kinderzimmer, und den ich nun erneut verwandle, nun endgültig, in zehn Tage weiteres Dahinvegetieren für einen kleinen Jungen. »Nichts für ungut, mein Freund«, sagt er noch, bevor er wieder in der Brieftasche, aus der er aufgetaucht war, verschwunden ist; in der werden jetzt schwere Zeiten anbrechen für die kleinen Scheine, die ihn ausgelacht haben.

»Danke«, sagt die Stimme der Frau.

Morganti il Caffè d'autore.

Und nun? Ich muss unbedingt den Blick heben. Aber schaffe

ich das? Nun weiß ich, was in den großen dunklen Augen dieser Frau vom ersten Moment an geschrieben stand: »Schecks müssen übertragen werden, verflucht noch mal, bevor man sie anderen Leuten großzügig in die Hand drückt.« Wie soll ich ihr da noch ins Gesicht sehen? Mein Gott, warum hat mich nach meiner großherzigen Geste niemand zur Seite genommen – der scheidende Bürgermeister, der neu gewählte, die Journalistin – und mir gesagt, dass der Scheck noch übertragen werden muss? Warum hat diese Frau nicht meine Unterschrift gefälscht, anstatt die lange Bahnfahrt auf sich zu nehmen und sich solch einer peinlichen Situation auszusetzen? Leidet sie denn nicht ohnehin schon genug?

Der Kellner kommt, nimmt das Geld entgegen, und während er mir rausgibt, wandert mein Blick seine schmächtige Figur bis zum Gesicht hinauf: Hose und Hemd nicht ganz sauber, Ohrring, Bürstenhaarschnitt, Kinnbart, so um die Zwanzig, Katzenbesitzer, jedenfalls seinem zerkratzten Handrücken nach. Er zerreißt die Kassenbons, steckt das Wechselgeld wieder unter das Glas, bedankt sich und entfernt sich mit leichten, gewundenen Schritten: Er könnte schwul sein. Und ich bin furchtbar neidisch auf die einfachen Gedanken, die ihn bewegen werden – Liebe, Geld, Spaß haben …

»Ich kann Ihnen ja meine Nummer geben«, sagt die Frau, anscheinend immer noch verwirrt. »Ich würde mich sehr freuen, mal von Ihnen zu hören.«

Und endlich tue ich es. Ich fasse mir ein Herz und drehe mich zu ihr um. Zum Glück blickt sie mich nicht an: Sie hat ein Handy aus ihrer Handtasche genommen – was sie da alles drin hat, unglaublich –, und tief darüber gebeugt, den Blick starr auf die Tasten gerichtet, hat sie voll und ganz damit zu tun, darauf herumzudrücken.

»Sie müssen entschuldigen«, sagt sie, »aber ich habe es noch nicht lange und kenne meine Nummer noch nicht auswendig.«

Piep, piep, piep, sie drückt Tasten, schüttelt den Kopf.

»Endlich, jetzt hab ich's.«

Sie hebt den Blick, und die vorhin in der peinlichen Situation erloschene Schönheit ist wieder da, mitsamt der Ähnlichkeit mit den Helden aus *Anonimo Veneziano*.

»Haben Sie was zu schreiben da?«

Ich greife in die Innentasche meines Jacketts, aber mein Terminkalender ist nicht da. Ein Kuli ohne Kappe, aber wo ist mein Terminkalender? Ach ja, ich habe ihn ja vorgestern Abend rausgenommen, um noch mal die Worte des japanischen Kaisers zu lesen, die ich mir darin notiert hatte, und habe ihn dann auf meinem Schreibtisch liegen lassen.

»Einen Augenblick …«, brumme ich.

Nun, die Telefonnummer dieser Frau. Wo notiere ich sie?

Ich werde sie niemals anrufen, nicht nach dem, was mir mit dem Scheck passiert ist, und sie erwartet gewiss auch nicht, da bin ich ganz sicher, dass ich mich tatsächlich melde. Aber wenn sie mir die Nummer schon geben will, muss ich sie auch irgendwo aufschreiben. Ich könnte sie auf ihre Schulzeitung kritzeln, aber das kommt mir etwas schludrig vor. Oder in das Buch, das ich ihr schenken wollte und nun wahrscheinlich nicht mehr schenken werde, aber so ganz sicher bin ich mir da nicht, ich könnte es mir im letzten Moment noch anders überlegen. Auf meine Hand, aber das würde auch seltsam sinnlich wirken und könnte falsch verstanden werden, und Missverständnisse hatten wir wahrlich schon genug. Ich krame in meinen Jacketttaschen und stoße auf ein Stück Papier beziehungsweise wie ich jetzt, da ich es zum Vorschein bringe, erkenne, auf einen Umschlag, einen verknitterten, nicht verschlossenen Umschlag, unbeschriftet, aber mit etwas darin. Was bloß? Aber das ist jetzt nebensächlich, wichtig ist, etwas in der Hand zu haben, worauf ich die Nummer notieren kann.

»Ich bin so weit.«

»0335«, diktiert sie, »5348318. Über diese Nummer soll ich auch in Österreich erreichbar sein, hat man mir gesagt. Ab kommenden Montag werde ich ja dort wohnen.«

Folgsam schreibe ich die Nummer auf und fühle mich nun ein wenig besser.

»Wo eigentlich genau?«, schaffe ich es tatsächlich, sie zu fragen.

»In Innsbruck.«

Ja, das Schlimmste wäre überstanden. Diese Frau hasst mich nicht mehr, sie lächelt mich an, nun wieder so schön, dass es schmerzt. Wahrscheinlich hat sie mich ja auch nie gehasst – im Gegenteil, sie bewundert mich doch, hat sie ja selbst gesagt. Schließlich bin ich so etwas wie ein Engel für sie, ein Engel, der ihrem Sohn Geschichten erzählte, damit er einschlief, und nun, da er zu fest eingeschlafen ist, ihr dabei hilft, ihn wieder wach zu bekommen. Vielleicht würde sie sich auch über das Buch von Carver freuen. Ich müsste es ihr nur geben. Vielleicht würde sie es lesen, und dieser unterstrichene Absatz könnte ihr dabei helfen, bei allem, was sie durchzumachen hat, nicht den Mut zu verlieren. Ja, mal abgesehen von dem peinlichen Missgeschick mit dem nicht übertragenen Scheck – sehr »carverianisch« übrigens –, ist ihr von mir eigentlich nur Gutes widerfahren. Warum also sollte sie mich hassen?

»So, ich glaube, ich mache mich auf den Weg«, sagt sie. »Kennen Sie zufällig die Nummer, um ein Taxi zu bestellen?«

»3570.«

»Danke.«

Sie hantiert wieder mit dem Handy herum, und man sieht ihr wirklich an, dass sie sich mit dem Ding noch nicht auskennt. Schließlich hält sie es ans Ohr.

»Wo sind wir hier eigentlich?«, fragt sie mich.

»Porta San Paolo.«

Sie wartet schweigend, mit friedlicher, ein wenig verlorener Miene, die ihr ziemlich gut steht.

»Alles besetzt«, sagt sie, und ich ermuntere sie mimisch, der gelangweilten Stimme vom Band zu vertrauen, die sie zu warten bittet. Sie gehorcht und bleibt dran. Dann, mit einem Mal, versteift sie sich.

»Guten Tag, ich bräuchte ein Taxi, an der Porta San Paolo.«

Eine Taube hüpft plötzlich auf die Armlehne eines leeren Stuhls neben mir.

»Oh, einen Augenblick«, sagt die Frau.

Sie hält das Handy vom Ohr weg und deutet mit der Hand auf

den Umschlag, auf dem ich eben ihre Nummer notiert habe. Die Taube flattert davon.

»Entschuldigen Sie, aber ich kann mir die Nummer einfach nicht merken«, und sie errötet wieder.

»Sagen Sie denen, Sie rufen vom Handy aus an«, fordere ich sie auf, ganz Mann von Welt.

Sie tut, wie ihr geheißen, und nickt mir dann zu, mit dankbarer Miene, um mir mitzuteilen, dass mein Tipp genau richtig war. Nein, sie hasst mich nicht. Und ich glaube auch nicht, dass sie schlecht über mich reden würde, wenn sie an der Sprechanlage vor meinem Haus vorüberginge.

Während sie darauf wartet, dass man ihr ein Taxi zuweist, sieht sie – so schön und mit dem Handy am Ohr – aus wie aus einer Telekom-Werbung. Und als sie sich noch eine Zigarette anzündet – damit wären wir bei fünf –, nun eher wie aus einer Marlboro-Light-Werbung. Und ich kann zwar nicht behaupten, den berüchtigten *fatalen Impuls* zu verspüren, allerdings auch nicht den unerschütterlichen, mitleidigen Ekel, den ich fühlen müsste, um mich in Sicherheit zu wissen: Nun ist also der Moment, den Reiz, die Versuchung, wie gelernt, mit einer Geste zu vertreiben. Möglichst angenehm soll sie sein, zumindest aber sinnvoll und mit einer gewissen Dynamik verbunden, um so, wie Morrissey sagen würde, den Teufel von meinen faulen Händen fern zu halten.

Gefallen würde mir die Geste, die Hand dieser Frau zu ergreifen und sie noch einmal sanft auf meine Wange zu legen, so wie Christopher Lambert in *Greystoke* die Hand des toten Großvaters. Aber das geht ja nicht.

Eine andere Geste, die mir auch Spaß machen würde, wäre, die Pistole aus dieser Handtasche zu nehmen, sie in den Händen hin und her zu wiegen und sie zu fragen, ob sie geladen ist und warum sie sie dabeihat. Stattdessen besteht meine reale Geste einfach nur darin, den Umschlag, den ich in der Tasche hatte, zu öffnen und den Inhalt herauszunehmen, ein Blatt aus einem Schreibheft, zweimal gefaltet. Ich entfalte es, und es ist auf einer Seite mit Annas Handschrift beschrieben – zierlich, ordentlich, unverwechselbar: *Lieber Gianni…*

»Cuba 22«, sagt die Frau, »in vier Minuten.«

Ich blicke sie an, lächle, doch mein Blick wendet sich sogleich wieder dem Blatt zu.

Lieber Gianni, es gibt da etwas, was ich dir unbedingt sagen muss. Du weißt ja, dass ich eigentlich nicht gern Briefe schreibe. Ich habe nie welche geschrieben, abgesehen von jener Zeit, an die du dich gut erinnern wirst, als ich dir jeden Tag einen Brief geschrieben habe. Aber das, was du wissen sollst, kann ich dir nicht anders mitteilen, weil …

»Ich verabschiede mich dann«, sagt die Frau.

Ich hebe wieder den Blick. Sie ist aufgestanden, steckt jetzt die Zigaretten und das Handy in ihre Handtasche. Ich stehe ebenfalls auf und zwinge mich, sie anzublicken, doch dieses Blatt ist mittlerweile überall.

… ich es dir einfach nicht ins Gesicht sagen konnte. In jener Nacht nämlich …

»Dann noch einmal vielen, vielen Dank«, stammelt die Frau. »Ich weiß, ich werde mich niemals revanchieren können, aber …«

Und da geschieht's, ich bringe sie zum Schweigen. Ich habe ihr eine Hand auf den Mund gelegt, ja wirklich. Ich habe meine Hand hochgenommen und ihre Lippen berührt, ganz dreist, ja ich, mit meinen Fingern. Und ich weiß auch, warum ich es getan habe.

»Sei stark«, raune ich ihr zu.

Und ich weiß auch, warum ich dies zu ihr gesagt habe, sie nun duzend, so vertraut, so liebevoll, dass sie sich mir plötzlich an den Hals wirft zu einer Umarmung, die echt ist, fleischlich. Sie klammert sich an mich, drückt ihre Brust an meinen Oberkörper, während der Duft aufgegebener Gemischtwarenhandlungen unter meiner Nase aufsteigt, und lässt ihr plötzlich schluchzendes Gesicht in der Vertiefung meines Halsansatzes versinken. Ja, ich weiß genau, warum ich all dies ausgelöst habe.

In jener Nacht nämlich,

Ich habe es getan, weil ich auf diese Weise, im Schutz jener Umarmung, die Hand, in der ich hinter ihrem Rücken

als wir im Wagen saßen
das Blatt halte,
und du mich fragtest,
anheben und den Brief weiterlesen kann,
ob ich mal etwas
während ich mit der anderen Hand ihren Griff erwidere,
mit einem anderen Mann hatte,
mich in Wirklichkeit aber an ihr festhalte,
und ich dir sagte,
um nicht zusammenzubrechen,
nein, niemals,
weil mir jetzt klar ist,
da habe ich gelogen.
dass ich erledigt bin.

17

Lieber Gianni,

es gibt da etwas, was ich dir unbedingt sagen muss. Du weißt ja, dass ich eigentlich nicht gern Briefe schreibe. Ich habe nie welche geschrieben, abgesehen von jener Zeit, an die du dich gut erinnern wirst, als ich dir jeden Tag einen Brief geschrieben habe. Aber das, was du wissen sollst, kann ich dir nicht anders mitteilen, weil ich es dir einfach nicht ins Gesicht sagen konnte.

In jener Nacht nämlich, als wir im Wagen saßen und du mich fragtest, ob ich mal etwas mit einem anderen Mann hatte, und ich dir sagte, nein, niemals, da habe ich gelogen.

Ja, Gianni, ich hatte ein Verhältnis mit einem anderen Mann. Mittlerweile habe ich Schluss gemacht, weil ich dich liebe und weil ich es nicht mehr ertragen konnte, dich zu betrügen. Aber ich hatte dieses Verhältnis. Es war das Erbärmlichste, was ich je im Leben getan habe. Schon von Anfang an habe ich mich dafür geschämt, aber ich hatte dieses Verhältnis. Und nachdem ich dich in jener Nacht angelogen habe und du mir so bereitwillig geglaubt hast, hatte ich auf einmal das beängstigende Gefühl, dass die Tatsache, dass ich Schluss gemacht hatte, so lange nicht zählen würde, bis es mir gelänge, dir davon zu erzählen und dich darüber urteilen zu lassen. Mir wurde klar, dass ich erst dann, wenn ich es dir erzählte, behaupten konnte, tatsächlich aufgehört zu haben, dich zu betrügen.

Ich weiß, dies ist der unpassendste Moment, um es dir zu sagen. Und ich weiß auch, dass ich ein entsetzlich großes Risiko eingehe, denn ich kann deine Reaktion überhaupt nicht einschätzen. Aber es ist richtig, richtig, richtig, dass du es weißt.

Nun habe ich es dir gesagt, und mein Leben liegt in deiner Hand. Je nachdem wie du reagierst, werde ich entweder wieder glücklich sein können, zusammen mit dir und Francesco, oder Glück wird für mich auf ewig nicht mal mehr eine ferne Ahnung sein. Und die Schuld daran liegt allein bei mir.

Gianni, es tut mir wirklich unendlich Leid, dass ich dich so enttäuscht habe. Auch mir geht es sehr schlecht, wobei ich weiß, dass dies meine Verantwortung nicht mindert. Und egal, was nun geschieht, denk immer daran, dass ich dich liebe.

Anna

18

So stirbt also meine Ehe in den Armen einer anderen Frau, gerade so, wie ich es immer verhindern wollte, Tag für Tag, über Jahre hinweg, indem ich kämpfte, mich plagte und die schwierige Kunst des Herunterspielens erlernte, mir also die Fähigkeit aneignete, andere Frauen jeglicher Anziehungskraft zu entblättern, so als wären sie Zwiebeln, und blind das unhaltbare Dogma vertrat, dass andere Frauen einfach keine Anziehungskraft *haben können,* Schluss aus, und all das, was ihnen Glanz verleiht, reines Blendwerk ist, Schluss aus, und sofort zu vergessen ist, aus Prinzip, Schluss aus, und besser noch, erst gar nicht zu bemerken, Schluss aus, sodass es mir nun schon aus reiner Gewohnheit gelingt, Frauen völlig falsch einzuschätzen, so wie auch diese hier, die mich jetzt stützt mit ihrer Umarmung, schmachtend und weich, fordernd und glühend und geradezu obszön, denn unsere Kleider schmelzen schon dahin, und gleich wird sich unser Fleisch berühren, eine Frau, man stelle sich vor, der ich den Gegenwert eines Sechstels meines Jahreseinkommens geschenkt habe, ohne überhaupt zu bemerken, wie schön sie ist, aber wer weiß, ob es stimmt, dass ich es nicht bemerkt habe, vielleicht stellt sich eines Tages heraus, dass ich ihr, eben weil sie so schön ist, den Scheck gegeben habe, vielleicht ging es mir mit ihr ähnlich wie mit der Schachtel Zigaretten oder auch mit diesem vernichtenden Brief, den ich tagelang mit mir herumgeschleppt und hartnäckig nicht gefunden habe, obwohl die Auswirkungen um mich herum schon greifbar waren; nicht umsonst war Anna so kühl am Telefon, nicht umsonst habe ich in jenen Tagen überall das Leid anderer Menschen wahrgenommen, dabei war schon das gesamte Universum um mich her, bewaffnete Dickwänste, Skaterinnen, Flucher, Möwen, Nachbarn, Krankenschwestern,

Mütter von im Koma liegenden Kindern, damit beschäftigt, mich mitleidig darauf hinzuweisen, keine weitere Zeit zu verlieren und indem ich einfach nur die Hand in die Jacketttasche stecke, mir endlich einmal darüber klar zu werden, dass in Wirklichkeit *ich es bin, der leidet,* bis ich es endlich doch noch begriffen habe, und meine Ehe geht zu Grunde, und diese Frau hört gar nicht mehr auf zu weinen, und ich streichle weiter die warme Haut an ihrem Nacken, mechanisch, verzweifelt, und vielleicht ist dies der Grund, warum sie nicht zu weinen aufhört, vielleicht bringe ich sie zum Weinen, vielleicht weint sie auch um mich, und obwohl es, damit das klar ist, nichts anderes als das Weinen ist, das sie derart an meinem Körper kleben lässt, und ich mir bewusst bin, dass solch eine Umarmung das stärkste Betäubungsmittel ist, das sich ein verletzter Mann wie ich beschaffen kann, weiß Gott allein, warum ich plötzlich aufhöre, ihren Nacken zu streicheln, und es ist so, als würde ich den Finger von einer Taste nehmen, denn sie hört augenblicklich auf zu schluchzen, und danach kommt es sofort zu jenem verhängnisvollen Dominoeffekt, den aufzuhalten mir keine Zeit mehr bleibt, denn unsere Körper haben sich schon voneinander gelöst, und sie hat mir schon Auf Wiedersehen gesagt und hat sich schon entfernt, mit diesem ein wenig hölzernen Gang – unter uns, im Sitzen kam sie besser rüber –, und weder hat sie sich noch einmal umgedreht zu einem letzten Gruß, noch bin ich ihr hinterher, um sie aufzuhalten, und ihr Taxi ist schon eingetroffen, und sie ist schon eingestiegen, und sie fahren schon davon, alle beide, sie verschmolzen mit ihrem Taxi, alle beide verschmolzen mit dem Mittagsverkehr, und ich kenne zwar den Namen des Taxis, Cuba 22, aber den ihren kenne ich nicht, im Ernst, weder Vor- noch Nachname, sie hat ihn mir nie gesagt, hat sich immer nur als Matteos Mutter vorgestellt, und wie fühle ich mich jetzt allein ohne sie, vernichtet, mit diesem Brief in der Hand, ich beginne noch einmal zu lesen, *Lieber Gianni*, nein, ich kann nicht, und was ändert es auch, wenn ich mir das noch mal antue, und außerdem brennen mir die Augen, und der Bauch, und die Brust, und wohin jetzt, und was mache ich jetzt, *es gibt da etwas, was ich dir unbedingt sagen muss*, die Frau ist nicht noch mal zurückgekommen wie im Kino, *ich hatte ein Verhältnis,* aber die interessiert sich ja auch gar nicht für mich, was die interessiert hat, war nur, dass ich den Scheck übertrage, *mein Leben liegt in deiner Hand*, aber natürlich, warum auch nicht, jetzt soll ich auch noch das Arschloch sein, und das Blut kocht und pocht in meinen Adern, aber im Ernst, und ich habe Lust zu rauchen, zu kotzen, zu schreien, etwas kaputtzuschlagen, nicht irgendetwas, ich habe Lust etwas ganz besonders Schönes und Kostbares kaputtzuschlagen, was sich nicht ersetzen lässt, ein Kunstwerk zum Beispiel, ein Gemälde, am besten *Das letzte Abendmahl* von Jacopo Bassano in der Galleria Borghese, mein Lieblingsgemälde, weil es so *realistisch* ist, Scheiße, und die Apostel alle stockbesoffenen dargestellt sind, wie sie es wohl auch tatsächlich waren bei diesem heiligen Abendmahl, der predigende Jesus, vollkommen abstinent, im Kreis seiner weinseligen Jünger, die brav mit dem Kopf nicken, wie wahr, Meister, heilige Worte, Meister, und ein paar laute Rülpser hintendrein, und Petrus mit einem Schluckauf, hick, und Thomas lässt den Kopf auf den Tisch sinken und beginnt zu schnarchen, ja, so muss es gewesen sein, genau wie auf jenem Gemälde, schließlich waren die Apostel nur arme Fischer, einfache Leute, ungeschliffen, versoffen, und so war ihnen eigentlich auch nicht so recht über den Weg zu trauen, sie zweifelten, schworen ab, verrieten bei der erstbesten Gelegenheit, nein, denen hätte man nicht trauen sollen, es sei denn, man legte es unbedingt darauf an, ans Kreuz genagelt zu werden, und das tat Jesus, ja, er *wollte* verraten werden, ich aber nicht, verfluchte Scheiße, ich nicht, und jetzt weiß ich, wo ich hin muss, oder besser, wohin ich schon fast auf dem Weg bin, denn schon werfe ich die Vespa an, wroom, und diesmal kommt sie auf der Stelle, ich lege einen Kavaliersstart hin, erster, zweiter, dritter Gang, und ich hab vergessen, den Helm aufzusetzen, und ich hab das Buch von Carver auf dem Tischchen vergessen, aber wen kümmert's, denn es gibt einen Hund auf diesem Gemälde, der zusammengerollt unter dem Tisch liegt, neben einer leeren Schüssel, und es ist offensichtlich, dass er sie gerade geleert hat, denn er wirkt satt, und in der Schüssel war mit Sicherheit kein

Wasser, denn auf dem ganzen Gemälde gibt's keinen Tropfen Wasser, dafür aber eine Orange, wenn ich mich recht erinnere, und einen widerlichen Lammkopf auf einem Tablett und Brot und Messer und Wein, Wein, Wein, überall Wein, aber keinen Tropfen Wasser, denn Wasser war damals knapp in Palästina, im Gegensatz zum Wein, und es ist klar, dass auch der Hund besoffen ist, und der besoffene Hund ist das eigentlich Faszinierende an dem Gemälde, weil er der einzige *Unschuldige* in der ganzen Bande ist, denn die Apostel sind ganz gewiss nicht unschuldig, genauso wenig wie Jesus, der immer schon alles im Voraus weiß, und der Lammkopf auch nicht, ein ganzes Lamm hätte vielleicht unschuldig sein können, aber ein Lammkopf auf einem Tablett ist einfach nur widerlich, nein, wenn hier jemand unschuldig ist, dann der Hund, den die Apostel abgefüllt haben, einfach nur so, weil Säufer es lieben, wenn alle besoffen sind, und eben an dieser Stelle, bei dem Hund, werde ich ansetzen, wenn ich das Gemälde zerstöre, mit dem Schraubenzieher, den ich im Handschuhfach habe, und so fahre ich jetzt zur Galleria Borghese, um den Schraubenzieher anzusetzen, aber, verflucht, was mach ich denn da, ich komme ja gar nicht rein, ich habe mich nicht angemeldet, heutzutage kann man nicht mal mehr Lust haben, sich ein Gemälde im Museum anzuschauen, und einfach hinfahren und es anschauen, man muss sich mindestens eine Woche vorher anmelden, man muss im Voraus schon Bescheid wissen, so wie Jesus, vorhersehen, dass man an jenem bestimmten Tag zu jener bestimmten Uhrzeit Lust haben wird, sich ein bestimmtes Bild anzuschauen oder aufzuschlitzen, und als wir es uns damals angeschaut haben, hat Anna uns angemeldet, sie hat unter dieser Nummer angerufen und zwei Karten für uns vorbestellt, ja es war Anna, die die Sache in die Hand nahm, da ich nur redete und redete und immer wieder vergaß, die Karten für uns zu bestellen, und vielleicht hatte Anna an jenem Tag, als wir zusammen zur Galleria Borghese fuhren, schon ihr, wie hat sie geschrieben, ihr Verhältnis, nein, nicht vielleicht, mit Sicherheit, und die Vorbestellung erledigte sie zwischen den Telefonaten mit ihrem Schnuckihasi, ist dein Mann da, nein, aber er muss gleich heimkommen, also dann bis morgen am üblichen Treffpunkt, ja mein Schatz, ciao, leg du zuerst auf, nein du, nein du, nein du, nein du, ich möchte wissen, wer dieser Bastard ist, möchte ihm ins Gesicht schauen, die Fresse zertrümmern, wer könnte es sein, jemand, den ich kenne, oder jemand, den ich noch nie gesehen habe, oder, noch schlimmer, jemand, den ich flüchtig ein paar Mal gesehen habe, ohne jemals auf den Gedanken zu kommen, dass er zum Beispiel meine Frau vögelt, einer von diesen Papis, die perfekt in Schale, mit Anzug und Krawatte, ihre Kinder von der Schule abholen, um allen zu zeigen, dass sie einen guten Job haben und trotzdem ihre Kinder abholen, ja, sie arbeiten hart und finden dennoch die Zeit, die häuslichen Pflichten mit ihren Ehefrauen zu teilen, die Kinder von der Schule abzuholen und die Spülmaschine einzuräumen und zum Elternabend zu gehen, und dort nehmen sie jene Mamis genauer unter die Lupe, die man immer nur allein sieht, so wie Anna, und ziehen daraus den Schluss, dass sie unglücklich sein müssen und vom Ehemann vernachlässigt werden, und dann passen sie sie ab, im Dämmerlicht auf dem Parkplatz hinter der Schule, und unterhalten sich ganz interessiert, während die Kinder ein paar Meter entfernt noch ein wenig miteinander spielen, und die Ampel springt auf Rot, ich muss bremsen, wo bin ich hier eigentlich, Caracallathermen, und wo soll ich jetzt hin, was guckst du mich so blöd an, Alter, sieh dir lieber dein eigenes Arschgesicht im Rückspiegel deines Mazda an, Arschgeige, wie wär's, wenn ich mich an ihm schadlos halte und ihm die Fresse poliere, Blut, Blut, Blut, wenn man schon nicht mehr seine Wut an einem Unschuldigen auf einem Gemälde auslassen kann, dann sucht man sich halt ein unschuldiges Opfer an einer Verkehrsampel, aber jetzt springt sie auf Grün, und der Mazda fährt an, ja fahr nur, ist auch besser für dich, und ich fahre auch an, erster, zweiter, dritter, und ich überhole, leb wohl alter Bastard, was soll ich auch mit deinem bescheuerten Skalp anfangen, es sei denn, du wärest *er*, vielleicht ist er ja Arzt, einer dieser Spezialisten mit weichem R, zu denen Anna unseren Franceschino so häufig schleppt, ohne ersichtlichen Grund, denn Franceschino ist kerngesund, aber wofür haben wir schließlich die teure Krankenversicherung, ich möchte wirklich mal wissen, wer es ist, doch hoffentlich nicht *der Belgier*, verflucht noch mal, mit dem Anna mal was hatte, als er sich damals in Viareggio herumtrieb, mit seinem Lederstirnband wie eine Squaw und den dicken verkrusteten Brandwunden auf den Waden, Hinterlassenschaften der glühenden Auspuffrohre seines Motorrades, mit dem dieser Saftsack unterwegs war, und er hat sie sogar entjungfert, das weiß ich ganz sicher, sie hat es mir selbst gesagt, ja, ja, ja, natürlich, er ist es, jetzt fällt es mir wieder ein, dass Anna letzten Sommer sogar von ihm gesprochen hat, sie hat mir von ihm erzählt, weil sie sich nämlich wieder getroffen hatten, nach so vielen Jahren, und er soll jetzt fast schon eine Glatze haben, der Ärmste, und sich mehr schlecht als recht durchschlagen, als Fotograf für irgendwelche Skandalblätter, aber das war mir alles völlig egal, nur leider wollte mir Anna damit in Wirklichkeit etwas ganz anderes sagen, nämlich dass sie mit ihm geschlafen hatte oder dass sie drauf und dran war, es zu tun, wieso habe ich das bloß nicht verstanden, wie habe ich nur so vertrauensselig sein können, nicht eine Sekunde habe ich gezweifelt, nicht eine Sekunde, ich weiß noch ganz genau, dass ich ihr nicht misstraut habe, völlig arglos habe ich sie den ganzen August über allein am Meer gelassen, und in der Zeit ist es geschehen, ganz sicher, ich war in Rom und habe *Die neuen Abenteuer von Pizzano Pizza* geschrieben und sie in Viareggio, wo sie sich ganze Nachmittage lang Franceschino von ihrer Mutter abnehmen ließ, um zur Kosmetikerin zu fahren, zum Friseur, zum amerikanischen Markt in Livorno, nach Montignoso, nach Lucca, um Tizia zu besuchen, um Caia nach langer Zeit noch mal zu sehen, in Wirklichkeit aber einzig und allein, um mit dem Belgier zu vögeln, in einem schäbigen Loch, das er Studio nennt, wo alles nach den Chemikalien aus der Dunkelkammer stinkt und die Wände tapeziert sind mit Fotos von Tomba, Barbareschi, Max Biaggi, Pierferdinando Casini auf der Yacht mit dem Schwanz draußen, wobei sie sich *danach* sicher schämte, wenn sie zurückkam und Francesco ihr um den Hals fiel und sie mich gemeinsam in Rom anriefen, und wie geht's, ist es bei euch auch so heiß, und wann kommst du, aber offenbar nicht *während*, und hier sprechen wir von echtem Sex, nicht von Händchenhalten, sondern vom Schwanzlutschen und dergleichen, was macht dieser Idiot in dem Golf da, bieg ab oder lass es sein, ja, dich meine ich, du Fahrschüler, mach, dass du wegkommst, sonst reiß ich dir den Arsch auf, ja, fahr, fahr nur, ist gesünder für dich, schauen wir mal, wo wir sind, *Überraschung*, ich bin wieder bei der Pyramide, also fast bei der kleinen Bar, wo ich das Buch von Carver vergessen habe, eine gute Gelegenheit, es mir zu holen, schließlich gehört es mir, und außerdem ist es ein seltenes Buch, ich fahre jetzt hin und hole es mir zurück, ich weiß ja sowieso nicht, wo ich sonst hinfahren soll, und jede Wette, es ist wirklich der Belgier, sonst kommt niemand in Frage, und passiert ist es in Viareggio, also nicht vor meinen Augen, sondern als sie am Meer war und ihr blöder Ehemann in der Stadt, wie in diesen Sexkomödien mit Edvige Fenech, und danach hatten sie vielleicht den ganzen Winter über telefonisch Kontakt, ach genau, deswegen brauchte Anna unbedingt ein Handy, diese verlogene, hinterlistige, gemeine Verräterin, das kam mir doch von Anfang an seltsam vor, sie meinte, sie will jederzeit erreichbar sein, falls jemand zum Beispiel aus Francescos Schule anruft und sie nicht zu Hause ist, aber das war nun wirklich ausgemachter Schwachsinn, denn schließlich bin ich ja fast immer zu Hause, aber warum bin ich bloß nicht misstrauisch geworden, ich Vollidiot, und vielleicht haben sie sich ja sogar an jenem Wochenende letzten Dezember getroffen, als sie in Viareggio war und ich in New York, klar, da ist sie wieder zu ihm und hat mit ihm gevögelt, diesmal nur ein Quickie in seiner kalten Bude, unter dem Vorwand, zum Supermarkt zu fahren, du hast ja keine Vorstellung, Mama, wie voll es dort war, um sich dann wieder zu schämen, und jetzt weiß ich, was ich tun werde, ich mach mich auf die Suche nach diesem Hurensohn, und wenn ich ihn gefunden habe, bringe ich ihn um, ich schwör's, Scheiße, die Straßenbahn, 'tschuldigung, Straßenbahnfahrer, ich hab dich nicht gesehen, kein Grund, sich so aufzuregen, Arschloch, ich hab mich ja entschuldigt, ja, fahr, fahr nur, ist auch besser für dich, verpiss dich mit deiner beschissenen Straßenbahn, ich halte hier an, lasse den Motor laufen, sehe schon das Buch hinten auf dem Tisch, wo ich es habe liegen lassen, der schwule Kellner hat es sich also noch nicht gegriffen, ja, ich schwör's, ich stöbere ihn auf und mach ihn kalt, das ist mein Ernst, und zwar werde ich, sobald der Dickwanst mit der Pistole wieder auftaucht, und das wird er ganz sicher schon bald, zu ihm sagen, also gut, Gianni, ja, ich werde ihn duzen, also gut, Gianni, sag ich, jetzt hast du Gelegenheit, mal etwas für mich zu tun, schließlich hast du selbst gesagt, dass du mich magst, dass ich fast wie ein Sohn für dich bin und so weiter, und nun ist der Moment gekommen, es mir zu beweisen, denn ich brauche deine Hilfe, um so einen Bastard in die Schranken zu weisen, das kannst du mir nicht abschlagen, dir kann es ja egal sein, du bist ja sowieso ein Krimineller, klaust Autos, hast falsche Papiere, falsche Namen, falsche Kreditkarten, du hast nichts zu verlieren, ja, ich glaube tatsächlich, dass er es ehrlich meint, wenn er sagt, dass er mich mag, er hat mir die Decke übergelegt, als ich eingeschlafen war, und so machen wir beide uns also auf den Weg mit seinem Daihatsu Feroza, und wir kommen beim Studio des Belgiers in Viareggio an, und hoffentlich ist er nicht ausgeflogen, ding dong, und sowie er seine Scheißtür auch nur einen Spalt öffnet, beginnt der Tanz, dann mischen wir ihn auf, ich und der Dickwanst mit der Pistole, zunächst amüsieren wir uns ein wenig mit ihm, so wie in den Tarantino-Filmen, indem wir ihm ein paar Fragen stellen, so in der Art, ob er zufällig weiß, wie viele Zentimeter ein achtjähriges Kind in der Woche wächst, los sag schon, oder hast du deine Zunge verschluckt, wie viele Zentimeter wächst ein achtjähriges Kind in einer Woche, nein, das weißt du nicht, natürlich weißt du das nicht, du weißt nur einen Scheißdreck vom Leben, und der Dickwanst mit diesem blutleeren Lächeln im Gesicht ballert ihm ohne Vorankündigung ins Knie, gut, dann sag ich's dir, ich weiß es nämlich, die Amis haben eine Untersuchung darüber gemacht, und die habe ich zufällig gelesen, ein achtjähriges Kind wächst durchschnittlich 0,133 Zentimeter in der Woche, und das bedeutet, he, hörst du überhaupt zu, um das Knie brauchst du dich nicht mehr zu kümmern, das ist sowieso hin, und das bedeutet, wenn ein Vater sein achtjähriges Kind nur jedes zweite Wochenende zu sehen bekommt, weil er seine Frau rausgeschmissen hat und die in ihr Kaff zu ihren Eltern zurück ist, wo hätte sie auch sonst hin sollen, natürlich mit dem Kind, denn die Richter sprechen immer den Müttern die Kinder zu, auch wenn die Schuld bei ihnen liegt, und jetzt verpasst der Fettwanst dem Belgier eine Kugel in den Knöchel des anderen Beins, einfach so, ohne Grund, und wenn dieser Vater nun, jetzt spitz die Ohren und hör auf zu jammern, und wenn *dieser Vater* nun aus Gründen, die er nicht zu verantworten hat, sagen wir wegen einer banalen Blinddarmoperation, zwei Wochenenden überspringen muss und sein Kind erst nach insgesamt sechs Wochen wieder sieht, überanstreng dich nicht mit nachrechnen, glaub mir, wenn zwei ausfallen und er jedes zweite dran ist, sind das sechs Wochen, in denen er sein Kind keine Minute sieht, nun dann ist sein Kind 0,799 Zentimeter gewachsen, verstehst du, fast einen Zentimeter, und das ist für einen Menschen, das wirst du zugeben, von sagen wir mal einem Meter dreißig schon eine ganze Menge, aber vor allem ist es, und das ist der Punkt, mit *bloßem Auge* erkennbar, hör auf zu flennen und hör zu, ich bin noch nicht fertig, und darum stellt dieser Vater, der bis dahin gar nicht merkte, wie sein Kind wächst, weil er es ständig vor Augen hatte, plötzlich fest, dass es einen ganzen Zentimeter größer ist, und ich weiß nicht, wie du darüber denkst, aber ich finde die Vorstellung nicht so schön, nein, mir gefällt sie kein bisschen, und das Schlimme für dich ist, dass sie auch meinem Freund kein bisschen gefällt, ja, der braucht nur davon zu hören und wird gleich so nervös, dass er abdrückt, und in diesem Moment ballert der Dickwanst los, dass der Lauf glüht, die Capri Light lässig zwischen den Lippen und den Pistolenknauf parallel zum Erdboden, wie man es jetzt im Film immer häufiger sieht, der Erste war John Woo in *The Killer,* peng, peng, peng, peng, in Ellbogen und Schulter, Hüfte und Handgelenk, ins andere Knie, in den anderen Knöchel, er ist eben ein Profi und zerballert ihm alle Gelenke, ein Treffer schmerzhafter als der andere, bis zum letzten Schuss in die Schläfe, der nicht umsonst Gnadenschuss heißt, und das Blut spritzt in alle Richtungen, Blut, Blut,

Blut, aber was fällt mir nur ein, diesen ganzen Scheiß denke ich wirklich, am hellichten Tag, mit dem Buch von Carver in der Hand, vor der Cestiuspyramide, ich muss mich beruhigen, tief durchatmen, eiiiins, zweiiii, eiiiins, zweiiii, mich wieder in den Griff kriegen, damit das Leben wie gewohnt weitergeht, so tue ein jeder das, was er tun muss, und ich muss das Buch im Handschuhfach verstauen, ich muss den Helm aufsetzen, ja so, und anfahren, ganz langsam, ohne Hektik, so ist es richtig, aber was soll ich tun, wohin soll ich fahren, Freunde habe ich keine, höchstens Paolo, aber ich kann jetzt unmöglich zu ihm, jahrelang haben wir uns nur über Fußball und Politik unterhalten, und dann komm ich ihm plötzlich mit meinem persönlichen Scheiß, und außerdem schäme ich mich, was sollte ich ihm auch erzählen, ich hab einfach keinen mehr, mit dem ich reden kann, ja, das ist die traurige Wahrheit, außer Anna habe ich niemanden mehr, aber das muss man sich mal überlegen, Anna hat sie nicht mehr alle, die kann nicht mehr ganz bei Trost sein, nicht nur dass sie mich betrogen hat, was allein schon ziemlich mies ist, sondern wann *sie's mir gesagt hat*, welchen Zeitpunkt sie sich ausgesucht hat, kurz nach dem Tod meines Vaters hat sie es mir gesagt und auf dem Höhepunkt dieser unheimlichen Bedrohung, vor der wir mitten in der Nacht Hals über Kopf geflohen sind, auch wenn an der Sache schließlich gar nichts dran war, aber als sie diesen Brief geschrieben hat, wähnten wir uns in höchster Gefahr, also *waren* wir auch in höchster Gefahr, und was tut sie, während ich heldenmutig nach Rom zurückfahre, um mich dem Unbekannten zu stellen, sie steckt mir seelenruhig diese Zeitbombe in die Jacketttasche, sie hat gewartet, hat wer weiß wie viele Gelegenheiten verstreichen lassen, in denen ich eher in der Lage gewesen wäre, den Schlag wegzustecken, und in der schwierigsten Zeit meines ganzen Lebens, in der ich wirklich eine starke Hand zum Festklammern hätte brauchen können, lässt sie den Knüppel aus dem Sack und zieht mir eins über, bang, aber es gibt eben so skrupellose Frauen, Frauen, die ihren Freund gerade dann verlassen, wenn der irgendwo fern der Heimat in einer Kaserne hockt oder im Militärinternat, so wie ich damals, Ilaria

Ortoni hieß sie, Gott verfluche sie, aber zu Anna passt so was nicht, und es passt übrigens auch nicht zu ihr, dass sie mich überhaupt betrügt, aber jetzt ist Anna eben nicht mehr Anna, und *das* ist es eigentlich, was mich um den Verstand bringt, dass ich gar nicht mehr weiß, wen ich da überhaupt geheiratet habe, und jetzt ist meine Ehe tot, tot, tot, tot, Seelenpein, Anwälte, Umzugskartons, etwas anderes bleibt nicht mehr, aber mittlerweile bin ich ganz ruhig und denke gar nicht mehr daran, jemanden umzulegen, und ich bin sogar so gelassen, dass ich diesen Hundesohn nicht zur Hölle wünsche, der mich mit seinem verrosteten Panda gegen die Verkehrsinsel abdrängt und dazu auch noch wie mein bescheuerter Schwager aussieht, aber das ist mir gleich, ich rege mich nicht auf, lächle sogar, bremse ab und lasse ihn vorbei, fahr nur, der Herr sei mit dir, ich bin vollkommen ruhig, das möchte ich betonen, aber auch so ruhig, wie ich jetzt bin, habe ich mit jener Anna, die mir den Brief geschrieben hat, absolut nichts mehr gemein, ja, ich kann sie mir nicht mal mehr vorstellen, denn diese Anna kenne ich nicht, und diese Anna liebe ich nicht, ich kann keine Frau lieben, die ich nicht kenne, ich kann keine Frau lieben, die ihren alten Flammen einen bläst, aber sie hat es getan, und da sie es getan hat, kann sie es auch wieder tun, wenn ich ihr einmal verzeihe, muss ich ihr beim nächsten Mal wieder verzeihen, und wieder und wieder und wieder, jeden Tag, ich werde ihr unablässig verzeihen müssen, und so will ich nicht leben, aber was ist denn mit dem Taxi, geht der jetzt vom Gas oder nicht, er *geht nicht vom Gas*, obwohl er von links kommt, der spinnt, der wird überhaupt nicht langsamer, macht nicht die geringsten Anstalten, mir die Vorfahrt zu lassen, er hat sogar Fahrgäste im Wagen, aber so erwisch ich ihn voll, Scheiße, oder er erwischt mich voll, jedenfalls stoßen wir zusammen, Scheiße, wir stoßen zusammen, wir stoßen zusammen, obwohl ich eine Vollbremsung hinlege, das Hinterrad blockiert, und die Vespa legt sich quer, schießt aber immer noch auf die Kreuzung zu, jetzt ist nichts mehr zu machen, wir stoßen zusammen, ich erwische ihn, ja, wir stoßen zusammen, zum Glück habe ich vorhin noch den Helm aufgesetzt, wir stoßen zusammen, budubum, das war also der

Aufprall, ich hatte gerade einen Unfall, ich hab ihn voll erwischt, bin ihm in die Tür gedonnert, das Seitenfenster ist zersplittert, ich falle, liege am Boden, ich lebe noch, ich hatte Vorfahrt, ich kam von rechts, Anna hat mich betrogen, mehr weiß ich nicht.

19

Ach, sieh mal einer an, *hier* sind wir …

So in der Zeit, als Franceschino ein Jahr alt war, ging ich jeden Morgen runter zum Kiosk, um die Zeitung zu holen. Eines Morgens fiel mir auf, dass man von hier (also nicht haargenau von hier, das heißt nicht von der Mitte der Kreuzung, wo ich jetzt liege, mit Sicherheit verletzt nach diesem harten Aufprall, aber hellwach, bei Bewusstsein und ohne irgendwelche Schmerzen, sondern von der Freitreppe dort drüben, ja, ganz genau von dort, direkt bei der weißen Säule, von wo jetzt die zwei Gestalten auf mich zukommen, die mir, so nehme ich an, erste Hilfe leisten wollen), dass man von diesem Punkt aus die Terrasse unserer Wohnung sehen kann. Dabei ist sie ein gutes Stück entfernt, und dazwischen stehen die Aurelianischen Mauern und hohe Bäume mit mächtigen Kronen und verschiedene Häuserzeilen, aber sie ist zu sehen. Der Frühling war schon fast vorüber, und wir hatten kurz zuvor den Zaun angebracht, weil Franceschino gerade laufen lernte, und an ebendiesem grünen Zaun erkannte ich die Terrasse wieder, und dahinter konnte ich sogar Anna sehen, in ihrem weißen Kleid. Wieder zu Hause, hatte ich zunächst Mühe, den Blickwinkel umzukehren, doch mithilfe der weißen Säule gelang es mir schließlich, den genauen Punkt auszumachen, von wo aus ich unsere Terrasse gesehen hatte. Ich zeigte ihn Anna. Und immer wenn ich nun morgens die Zeitung holen ging, stellte sich Anna mit Francesco im Arm auf die Terrasse, und wenn ich dort bei der Säule angekommen war, hob ich die Zeitung und winkte den beiden zu. Anna sah mich und winkte zurück, und wir waren glücklich. Ich kann es gar nicht in Worte fassen, wie glücklich wir waren, oder zumindest – ja, einverstanden, machen wir halblang –, *wie glücklich ich war*. Aber ich weiß noch, dass ich nie vermutet hätte, dass man so glücklich sein kann, so durch und durch glücklich, wegen einer Nichtigkeit wie dieses Winken. Ich war dermaßen glücklich, dass ich mich noch ganz genau erinnere, wie mich an einem jener Morgen plötzlich ein Gedanke überfiel, banal, aber düster und verheerend, wie Hagel auf einem Rosenbeet: Irgendwann wird es nicht mehr so sein, dachte ich. Eines Tages wird dieses Hochgefühl unwiederbringlich vergangen sein, und ich werde voller Wehmut daran zurückdenken. Ich überlegte, aus welchen Gründen dies geschehen könnte, und mir fielen eine ganze Menge ein, die zwar unerfreulich oder betrüblich waren, aber doch zum natürlichen Lauf der Dinge gehörten: Franceschino wird erwachsen werden, wir könnten umziehen, wir werden alt, wir könnten berufliche oder finanzielle Probleme haben, unsere Liebe könnte verdorren, unsere Eltern werden sterben… Während ich mir all dies überlegte, schwor ich mir hoch und heilig, mich nicht unterkriegen zu lassen, wenn dieser Tag da ist, sondern die Erinnerung an jenen Morgen wie ein Schwert in die Hand zu nehmen und mich ohne zu klagen allen Widrigkeiten entgegenzustellen, gestärkt durch das Wissen, dass mir kein Übel der Welt auch nur einen Deut jenes Glücks würde nehmen können, das mich in jenem Moment erfüllte. Aber ich ahnte schon, dass es so nicht laufen würde – *Nur zu lieben zählt, nur zu wissen zählt / nicht, geliebt zu haben, nicht, gewusst zu haben* –, aber immerhin gelang es mir auf diese Weise, das Glück, das ich damals empfand, vor den düsteren Gedanken zu retten, die es schon lange vor dem verhängnisvollen Zeitpunkt auszulöschen drohten. Doch nun ist dieser Zeitpunkt gekommen, und das auch noch hier – was für ein Zufall –, genau an jener Stelle, wo ich sieben Jahre zuvor sein Eintreffen vorhergesehen habe.

Überblendung auf: metallische Geräusche. Benzingestank. Glas, das unter Schritten knirscht. Eine eigenartige verschobene Einstellung zeigt Baumwipfel und Dachgiebel, Häuser und Himmel, wie von einer Videokamera, die runtergefallen ist und weiterläuft. Die Umrisse sind zwar schief, aber klar und scharf, wie angestrahlt von reinstem Licht. Es ist ein wunderschöner Anblick, der aber jetzt vom Gesicht eines Mannes verdeckt wird;

ein eckiges Gesicht, dunkel, von Furunkeln buchstäblich durchsiebt. Es starrt mich an, öffnet seinen Mund, entblößt die Zähne, die hässlich sind, klein und unregelmäßig. Nein, das ist kein Lächeln.

»Können Sie mich erkennen«, haucht mir der Mann seinen Mundgeruch ins Gesicht. »Hören Sie mich? Wie viele sind das?«

Wahrscheinlich meint er die Finger, mit denen er vor meinen Augen herumfuchtelt. Eins, zwei, drei…

»Vier«, antworte ich.

»Sehr gut. Aber nicht bewegen. Bleiben Sie ruhig liegen…«

Ich liege auf der Seite, mit dem Kopf auf einem Arm, den ausgestreckten Körper der Hitze des Asphalts ausgeliefert, und denke überhaupt nicht daran, mich zu bewegen.

»Bekommen Sie Luft?«

»Ja, ja, es geht schon.«

Köpfe, die hinter dem Pickelgesicht auftauchen und verschwinden. Jeans. Und Stimmen, die lauter werden und sich überschneiden und näher kommen und sich entfernen, während alles immer hektischer wird, wirrer, schneller.

»…Notarzt rufen…«

»…ein Stück da rüberziehen…«

»…nichts berühren…«

»…könnte in die Luft gehen…«

»…ach Quatsch…«

»Zurückbleiben!«, ruft der Pickelkönig. Dann wieder an mich gewandt: »Bleiben Sie ganz ruhig. Langsam atmen. Nicht bewegen.«

Er hat ein lächerliches himmelblaues Jäckchen an. Wo will der bloß hin in dieser Aufmachung?

»Das Bein. Nicht das Bein anfassen!«

Wer hat da gesprochen? Welches Bein? Ich bewege alle beide, erst das eine, dann das andere, und sie scheinen mir okay zu sein. Mehr noch, sie *sind* okay, ich spüre nicht den geringsten Schmerz.

»Bleiben Sie liegen. Nicht bewegen…«

»Ich wollte nur sehen, was mit meinen Beinen ist«, sage ich. »Sie haben nichts abbekommen.«

»Ja, ja. Jetzt aber nicht mehr bewegen.«

»... Mensch, hier kracht's aber auch jeden Tag ...«

»... o Gott, o Gott, der arme Kerl ...«

»... hier muss unbedingt eine Ampel hin ...«

»... der hat überhaupt nicht gebremst ...«

»... oder wenigstens ein Stoppschild ...«

»... der ist voll mit dem Kopf aufgeschlagen!«

Mit dem Kopf? Ich will eine Hand zum Kopf führen, aber – aahh! Ein stechender Schmerz fährt mir in die Schulter, raubt mir den Atem, lässt mich zurücksinken.

Der Schmerz verschwindet gleich wieder. Gott sei Dank.

»Nicht bewegen«, sagt das Gesicht schon wieder.

Die Schulter. Nun gut. Ich habe mir die linke Schulter verletzt. Ist ja auch nicht verwunderlich. Immerhin bin ich in voller Fahrt gegen ein Taxi geprallt. Ich sehe sie mir mal aus den Augenwinkeln heraus an: kein Blut, noch nicht mal das Jackett ist zerrissen.

»Haltet die Autos an ...«

»Lasst die Autos vorbei ...«

»Bleibt zurück ...«

»Kommt her ...«

»Wir müssen ihn hier wegbringen ...«

»Fasst ihn ja nicht an ...«

Ich bleibe reglos liegen, denn der Schmerz in der Schulter war wirklich brutal, und einmal reicht mir. Ich schließe die Augen. Einmal haben wir die Rollen getauscht: Anna ging die Zeitung und die Pizza holen, und ich wartete mit Franceschino im Arm auf der Terrasse. Dann haben wir uns zugewinkt, sie von unten, ich von oben. Es war wunderschön.

»He, hören Sie mich? Versuchen Sie, wach zu bleiben.«

Ich schlage die Augen auf. Das Pickelgesicht ist immer noch da, nur wenige Zentimeter von meinem entfernt.

»Ich bin wach«, sage ich.

Es gelingt mir, mein Gesicht zu berühren, indem ich den Arm unter meinem Kopf bewege und dabei höllisch aufpasse, dass der andere ruhig liegen bleibt. Auch mein Gesicht scheint okay. Und mein Kopf schmerzt nicht, den Helm habe ich noch auf ...

»Nicht bewegen« – immer wieder die gleiche Leier.

»Hören Sie, es ist alles nur halb so wild«, versuche ich ihm zu erklären. »Wahrscheinlich habe ich die Schulter gebrochen. Aber meine Beine und mein Kopf sind in Ordnung.«

Er blickt mich staunend an, antwortet nicht und fummelt stattdessen irgendwo rechts, außerhalb meines Blickfelds, an irgendetwas herum. Keine Ahnung, mit was er da zu Gange ist.

»... ich habe ihn überhaupt nicht kommen sehen ...«

»... mit dem Kopf aufgeschlagen ...«

»... die Beine gebrochen ...«

»Verstehen Sie?«, sage ich. »Sagen Sie das auch den anderen. Ich habe nichts. *Bloß* die Schulter.«

»Ja, sicher, aber Sie müssen so liegen bleiben.«

Und er hockt neben mir, in seinem lächerlichen himmelblauen Jäckchen, und nebelt mich mit seinem schlechten Atem ein. Wer ist das eigentlich? Gibt mir laufend Anweisungen, und der griechische Chor im Hintergrund steht da und plappert ihm nach. Ich verdrehe so weit es geht die Augen und hebe ein wenig den Kopf, um wieder diesen Himmel zu sehen, diese Umrisse, dieses Licht, doch sein Gesicht deckt alles zu.

»Hören Sie, Sie sind doch kein Arzt, oder?«, will ich wissen.

Nichts. Er ist plötzlich verschwunden. An seiner Stelle hockt jetzt ein anderer, älterer, ganz blass im Gesicht, mit Augen wie eine Schleiereule.

»Nein, ich bin der Taxifahrer.«

Aha, *der Schuldige*. Er atmet schwer, und ich sehe, wie sich sein Bauch bläht und zusammenfällt, wenige Zentimeter von meinen Augen entfernt. Ach, er wirkt wirklich furchtbar mitgenommen, der arme Kerl, wie er mich so traurig anschaut, schämt sich wohl in Grund und Boden für das, was er da angerichtet hat. Das ganze Chaos, wird er sich denken, nur durch meine Schuld. Mir kommt ein absurder Gedanke: Was, wenn er das Taxi fährt, mit dem die Frau verschwunden ist, Cuba 22? Was, wenn sie jetzt ganz benommen da unter den Leuten steht und noch gar nicht mitbekommen hat, dass ich der Verletzte am Boden bin? Aber jetzt gerade bemerkt sie es und läuft auf mich zu, und gleich kniet sie neben mir, und ich rieche ihren meeresfrischen Duft, und sie beginnt zu weinen, legt den Arm um mich und flüstert, »ach, du Ärmster«, und bleibt dann bei mir und fährt mit ins Krankenhaus.

Nein, unmöglich. Es ist zu viel Zeit vergangen, sie ist schon lange weg. Und außerdem passieren solche Geschichten nicht, sie passieren nicht, sie passieren nicht.

Mit zerknirschter Miene und schwerem Atem wacht der Taxifahrer weiter über mich. Er hat wohl entsetzliche Angst, großen Mist gebaut zu haben.

»Nehmen Sie's nicht so schwer. Wissen Sie, manchmal ist man einfach…« Was rede ich denn da? »Ja, manchmal ist man so in Gedanken.«

Ich tröste ihn? Ich, ihn?

»Ganz ruhig, nicht bewegen.« Jetzt kommt der *auch* noch damit. »Der Krankenwagen muss gleich da sein.«

»…durch die Scheibe geflogen…«

»…rührt sich nicht…«

»…klar, rührt der sich…«

»…sieht übel aus…«

»Hören Sie gar nicht auf die«, zische ich. »So schlimm ist es gar nicht. Nur die Schulter, ist vielleicht gebrochen. Das Blut im Gesicht ist nicht schlimm, kommt vom Rasieren, ich hab mich beim Rasieren geschnitten. Ich hab doch Blut im Gesicht?«

»Nein.«

Scheint ein guter Kerl zu sein. Wirklich. Ist bestimmt der beste Freund von irgendwem. Wird sich ein Häuschen gebaut haben, in der Gegend von Nuovo Salario, mit einem Kredit, den er vielleicht 2010 abbezahlt hat. Daran wird er wohl gedacht haben, als er auf die Kreuzung schoss: an die Zukunft.

»Freundchen, Freundchen«, sagt er jetzt, »haben Sie denn wirklich nicht das Schild gesehen?«

»Was für ein Schild?«

»Na, das Vorfahrtsschild«, und er deutet nach rechts.

Was was was? Was für ein Vorfahrtsschild? Ich richte mich auf und versuche mich umzudrehen, aber es hat keinen Sinn. Der stechende Schmerz schickt mich wieder auf die Bretter.

»Bleiben Sie liegen.«

»Wieso Vorfahrt?«

»...nicht zu fassen, jeden Tag knallt's hier...«

»...kein Wunder, man sieht's einfach nicht, dieses Scheißschild...«

»...ist halt eingewachsen...«

»...die müssen den Baum endlich mal zurückschneiden, ach, wie oft haben wir schon an die Gemeinde geschrieben, wegen dieser Geschichte...«

Was sieht man nicht? Was für ein Baum? Was für eine Geschichte?

Ich richte mich ein wenig auf, zum Teufel mit den Schmerzen, und beginne mich langsam, ganz langsam, auf dem Asphalt zu winden wie eine Schlange, versuche mich umzudrehen, ohne dass meine Schulter was merkt – aber sie merkt's, und wie –, dann stütze ich mich auf den heilen Ellbogen und finde eine erträgliche Stellung, in der ich mich sogar ohne Schmerzen halten kann – bloß mit einem eigenartigen Kribbeln und einer seltsamen Hitze –, eine Stellung, die es mir endlich erlaubt, in die Richtung zu blicken, in die der Taxifahrer gezeigt hat.

»Nicht aufstehen! Sind Sie wahnsinnig?«

Ich sehe es sofort. Auf dem Gehweg, kurz vor der Kreuzung, an der Straße, aus der ich gekommen bin, oben auf seinem treuen grauen Pfahl, halb versteckt im Laubwerk einer Platane...

»Liegen bleiben.«

...das rot-weiße Dreieck, Scheiße, das Zeichen, das dazu verpflichtet, Vorfahrt zu gewähren. *Ich* kam zwar von rechts, aber ich hätte *ihm* die Vorfahrt lassen müssen. Wie absurd, seit Jahren fahre ich diese Strecke, aber das Schild habe ich noch nie gesehen. Und außerdem ist absolut kein Grund ersichtlich, warum hier plötzlich auf diese Weise die Regeln umgekehrt werden müssten; die beiden Straßen nehmen sich nichts, das heißt, eigentlich ist die Straße, aus der ich kam, viel...

»Möchten Sie ein wenig Wasser?«

Ein Arm, eine Hand, ein Pappbecher. Ein neues Gesicht, fett, gerötet, breit, Falstaffs Antlitz.

»Hier, trinken Sie.«

Mein Mund ist trocken, klar, ich habe Durst. Vorsichtig recke ich den Hals, während mir Falstaffs Hand mit dem Becher entgegenkommt.

»Halt! Nicht…«, die Stimme des Pickelkönigs.

Der Becher wird brüsk zurückgezogen.

»Er darf nichts zu sich nehmen. Lasst ihn in Ruhe.«

Der Becher ist verschwunden. Falstaff auch. Vor meinen Augen sind jetzt nur noch Schienbeine, Jeans, Handys an Gürteln, verschwitzte Bäuche.

»Er hat aber Durst. Er hat Wasser verlangt.«

Nein, feiger Fettwanst, du lügst: Ich habe überhaupt nichts verlangt, ich wollte gar nichts, ich wusste noch nicht mal, dass ich Durst habe, bevor ich den Becher sah. *Jetzt* habe ich Durst.

»Habt ihr das denn nicht im Fernsehen gesehen? Erst gestern haben sie's noch gesagt.«

»Wieso? Was denn?«

»Unter keinen Umständen einen Verletzten bewegen, haben sie gesagt, und nie irgendwas verabreichen, bevor der Notarzt da ist.«

»Aber das ist doch nur ein bisschen Wasser. Was soll daran schlimm sein?«

O Gott! Was sind denn das für Helfer! Und was ist denn das für ein Verletzter! Was für eine Schande, was für eine unglaubliche Schande, hier zu liegen, mitten auf dieser Kreuzung, in dieser pompejanischen Pose, aufs Pflaster genagelt von einem Speer, der meine Schulter durchbohrt hat, nachdem ich gegen ein Taxi geprallt bin, *durch meine Schuld.* Wie sich doch schlagartig alles ändert, wenn man nicht mehr Recht, sondern Unrecht hat. Dabei habe ich mich so wohl gefühlt in meiner Opferrolle. Ich genoss bereits die wohlige Wärme des unverdient erlittenen Schmerzes, fühlte mich entlastet durch das ungerechte Schicksal, das mich hartnäckig verfolgt, vernahm bereits die tröstende Melodie der Geschichte vom makellosen Helden, niedergeworfen von der Ungerechtigkeit der Welt, unverstanden, seelisch verraten, körperlich verletzt, eine Geschichte, die mir seit meiner

Jugend niemand mehr erzählt hat. Und jetzt bin *ich* plötzlich schuld. Damit ändert sich alles, denn wenn ich nicht das Opfer bin, bin ich bloß ein Volltrottel, der ein Schild übersieht und gegen einen Vorfahrt habenden Wagen prallt. Was für eine Schande. Also wirklich. Ich bin ein Nichts. Ich bin nicht mehr wert als diese Schleifspuren dort im Zement der Tiefgaragenzufahrt, die die Autos hinterlassen, wenn sie am Ende der Rampe zu schnell sind und hinten aufsetzen, und der entnervte Pförtner hebt den Blick von seinem *Corriere dello Sport* und grummelt: »Herrgott, schon wieder einer …«

Die Sirene. Endlich, die Verstärkung ist da. Ich habe jetzt bessere Sicht und kann die Szene aus einem normaleren Blickwinkel beobachten, nur etwas zu sehr von unten, so als sei ich ein Hündchen: überall Leute, um die Kreuzung herum staut sich in jede Richtung der Verkehr, Rufe, Hupen, eilige Schritte auf dem Pflaster, macht Platz, die Sirene, die immer lauter wird. Alle sind da: Falstaff, der Pickelkönig, der reingewaschene Taxifahrer. Ein Jugendlicher beobachtet auf seiner Vespa sitzend die Szene, mit dem Helm auf dem Kopf, ein wenig abseits, so als ginge ihn diese ganze Aufregung gar nichts an. Er ist zufällig vorbeigekommen, hat angehalten, labt sich nun an dem ganzen Chaos, und wenn er wieder zu Hause ist, erzählt er alles seiner Freundin: »Ich hab heute einen Unfall gesehen …« Ach, warum bin ich nicht er? Ich könnte es sein, würde ich nicht hier auf der Straße liegen, wäre ich ein wenig jünger, hätte ich nicht den Vespamotor laufen lassen, als ich das Buch holen ging, und so beim Anwerfen, sagen wir, zehn Sekunden verloren, aber vor allem hätte ich noch eine Frau, der ich solche Erlebnisse erzählen könnte …

Die Sirene steigert sich, bevor sie verstummt, zu einem unerträglich lauten Ton, fast einer Drohung – »Ich mache euch taub, Leute, wenn ihr nicht brav seid!« Eine Bohnenstange rollt die Krankentrage heran. Trak-trak, die Trage senkt sich, ist jetzt auf meiner Höhe und kratzt mich förmlich vom Boden ab wie einen festgetretenen Kaugummi. Während ich so umgebettet werde, bewegt sich der Speer in meiner Schulter und sendet wütende Vibrationen in mein Fleisch aus, und der Schmerz nimmt mir den Atem.

Trak-trak, die Krankentrage hebt sich wieder. So, jetzt bringen sie mich fort. Sie haben gar nichts mit mir gemacht, nur den Helm abgenommen, sonst nichts: Sie haben mich nicht festgegurtet wie Anitas Sohn – war bei mir nicht nötig –, und sie haben mir auch kein Halsband angelegt, wie man es in amerikanischen Filmen manchmal sieht; sie haben aber auch nicht wissen wollen, was mit mir los ist, oder auch nur ein Minimum an Vorsicht an den Tag gelegt: Sie haben mich einfach aufgelesen und weggetragen, und, das muss zur Schande nicht der Sanitäter, sondern des Pickelgesichts gesagt werden, mir noch nicht einmal einen Schluck zu trinken gegeben. Die Trage wird am aufgerissenen Maul des Krankenwagens angesetzt; ein paar Sekunden, um irgendwas an irgendwas auszurichten, um, ich weiß nicht was, in, ich weiß nicht was, einzupassen, dann stoßen sie mich hinein, die Beine der Trage verschwinden, und ich gleite fast ohne Reibungsverlust in den Bauch dieses Fisches, der mich zuvor noch nie verschluckt hat, denn es ist das erste Mal, dass mich ein Krankenwagen aufnimmt. Ich habe immer Glück gehabt.

Ein Knall, und die Bohnenstange hüpft neben mich, die Türen werden geschlossen, die Sirene beginnt wieder zu heulen – klingt hier drin merklich leiser –, und ab geht's in die Klinik, wer weiß, in welche sie mich bringen. Das Kribbeln in der Schulter ist stärker geworden, geradeso, als habe es nach jedem Stich beständig zugenommen, ohne auch nur ein wenig zurückzugehen, aber wenn ich mich nicht rühre, schmerzt sie nicht. Aber ein anderer Schmerz ist da, und was für einer, ich ertrinke buchstäblich in einer Flut aus Schmerz, Scham und Furcht. Denn es gibt entsetzliche Wahrheiten, die nur an Krankenwagendächern stehen und die nur jemand wahrnimmt, der direkt darunter liegt, an einem Dienstag gegen Mittag, während man ihn in die Klinik fährt, mit einer gebrochenen Schulter und einem Brief seiner Frau in der Jacketttasche, während draußen die Sonne scheint und es allen anderen besser geht als diesem Jemand…

20

Ich bin der Mann, steht da geschrieben, der seit zehn Jahren jeden Tag eine Kreuzung in der Nähe seiner Wohnung überquert und nicht sieht, dass dort ein Vorfahrtsschild steht. Ich bin der Mann, der in diesen zehn Jahren mindestens dreimal dem Zurückschneiden jener Bäume, die mit ihrem Laub das Schild verdecken, beigewohnt und dabei jedes Mal lange darüber nachgedacht hat, wie wenig doch nötig ist, um einen vertrauten Anblick fremd zu machen, und der trotzdem hartnäckig das Verkehrszeichen übersieht. Und ich bin der Vater, der regelmäßig zusammen mit seinem kleinen Sohn diese Kreuzung überquert, mit dem Auto, aber manchmal auch mit der Vespa, und der ihn dann, nachdem er ihm den nicht offiziell zugelassenen, im Warenhaus gekauften Kinderhelm aufgesetzt hat, gut mit den Beinen festhält, vollkommen überzeugt, seinen Sohn so gut zu beschützen, wie es sonst kein Mensch auf der Welt tun könnte. Dieser Mann bin ich. Aber ich bin auch der Sohn, der sich mit seinem Vater nicht verstanden hat, was natürlich am Vater lag, und der sich nie gefragt hat, was sein Vater tatsächlich für ein Mensch war. Ich bin der Ehemann, der stets bemüht war, seine Frau nicht zu betrügen, so als drohe seiner Ehe nur von dort aus Gefahr, und der nicht bemerken wollte, dass seine Frau ihn betrügt. Ich bin der Bruder, der unablässig seine Schwester kritisiert hat, ihre politischen Einstellungen, ihre Freunde, ihre Beziehungen, ihren Ehemann, in der festen Überzeugung, im Recht zu sein, und der heute ein Leben führt, das sich von dem ihren gar nicht so sehr unterscheidet. Ich bin der Onkel von drei kleinen Neffen, die in seiner Gegenwart befangen sind. Ich bin der Mann, der in geselliger Runde immer wieder dieselben Anekdoten erzählt. Ich bin der Mann, der nichts aus seiner Wohnung macht, obwohl er das Geld dazu hätte. Ich bin der Mann, der, wenn er eine Pistole sieht, sofort nach der Polizei ruft, der Mann, der Schecks verschenkt, ohne sie zu übertragen. Ich bin der Mann, der zu rauchen aufhört und dann wieder anfängt. Ich bin der Schachspieler, der Wunderdinge verspricht und dann das Schachspielen aufgibt, weil er Niederlagen nicht ertragen kann. Ich bin der Mann mit dem phänomenalen Gedächtnis, der im Begriff ist, sein Gedächtnis zu verlieren. Ich bin der Kinderbuchautor, der seine Ideen überall zusammenklaut und behauptet, keinen höheren Anspruch zu haben, aber er lügt, denn den hat er, und wie.

Ach, so ist doch alles viel klarer, viel einfacher. Wie befriedigend ist doch die Wahrheit, wie einleuchtend, wie unumstößlich, wenn man sie nicht widerwillig und stückchenweise erkennt, ständig bemüht, sie zurückzuweisen, sondern sie voll und ganz akzeptiert. Welche Erleichterung neben der Scham. Nur leider ist dieser Zeitpunkt der Erkenntnis ganz anders, als ich ihn mir vorgestellt und erhofft hatte, viel bedrückender und trostloser. Dabei hatte ich ihn mir festlich und freudig gedacht, diesen Moment, der irgendwann Ausgangspunkt eines neuen Lebens sein sollte, strahlend und glanzvoll, voller Lichter und Leute wie in der Schlussszene von Fellinis *Achteinhalb*, stattdessen …

Tja, ich bin auch der Mann, der glaubte, aus Filmen seine Lebensweisheiten beziehen zu können. Das habe ich sogar öffentlich erklärt, in einem Radiointerview, ist noch gar nicht lange her: »Das Kino hat mich zu leben gelehrt« – oder so ähnlich –, habe ich sogar gesagt. Nun denn, ich bin der Mann, der, bevor er sich für solch eine blödsinnige Bemerkung schämt, erst gegen ein Taxi rasen, sich verletzen und auf einer Trage fortschaffen lassen muss.

»Wie geht's«, meint die Bohnenstange zu mir, jene gespenstische Gestalt im Halbdunkel, die wie ein Strang drohend über mir baumelt.

»Manche Male geht's besser als andere Male«, antworte ich, der Mann, der Sprüche aus Filmen auswendig lernt und sie dann bei passender Gelegenheit von sich gibt oder in seinen Büchern wiederverwertet, oder alles beide. Nur, eines Tages vergisst er sie und weiß nicht mehr, was er schreiben soll. (Der Spruch hier war von Paul Newman in *Ein Fall für Harper* – wann werde ich ihn vergessen haben?)

»Tut Ihnen das Auge weh?«

»Welches?«

Er berührt eine Stelle unter meinem linken Auge, so behutsam, wie man es ihm, wenn man ihn so sieht, nicht zutrauen würde. (Ich bin der Mann, der nach dem bloßen Augenschein entscheidet, ob Leute zu etwas in der Lage sind oder nicht.)

»Das hier. Der Augapfel ist blutunterlaufen.«

Der Augapfel ist blutunterlaufen …

»Ich spüre nichts«, sage ich.

»Wird ein Glassplitter eingedrungen sein«, meint er.

Na sicher. Oder der berüchtigte Balken aus dem Evangelium: *»Was aber siehst du den Splitter, der in deines Bruders Auge ist, den Balken aber in deinem Auge nimmst du nicht wahr?«*

»Versuchen Sie mal, das andere zu schließen.«

Ich gehorche, muss aber die Hand zu Hilfe nehmen, sonst schaffe ich es nicht. Aber ich kann weiterhin ganz normal sehen, während er jetzt mit zwei Fingern vor meinem Gesicht herumfuchtelt.

»Wie viele sind das?«

»Zwei.«

Er öffnet seine Hand ganz, spreizt die Finger.

»Und jetzt?«

»Fünf.«

Er macht eine Faust.

»Und jetzt?«

»Keiner.«

Komm, mach weiter, mein Freund: Ich bin der Mann, der bei diesem Spiel immer gewinnt, und es gibt wenig Angenehmeres auf der Welt, als zu siegen, ohne zu kämpfen.

Aber damit wird es nichts, er gibt auf. Er steht auf, streicht sich über die Haare und blickt jetzt zum Fahrer jenseits der Trennscheibe. Das nächste Mal muss ich dran denken, absichtlich Fehler zu machen, damit das Spiel weitergeht.

Schlagartig verstummt die Sirene.

»Wir sind da«, sagt er.

Der Krankenwagen wird langsamer, biegt ab, rollt noch ein paar Meter weiter und bleibt dann stehen. Die Wagentüren werden aufgerissen, dann hintereinander weg Geräusche, Handgriffe, Rangiermanöver, während horizontale Flächen über mich hinwegziehen; das Krankenwagendach, das Krankenhausvordach, die Decke der Notaufnahme, die schmuddelige Flurdecke. Die Bohnenstange ist verschwunden und hat mich in den Händen eines stark behaarten, untersetzten Trägers zurückgelassen, der seine Hufe scharrend über den Fußboden zieht. Ich sehe Gesichter vorüberziehen, von Afrikanern, alten Männern, Polizisten, bis mich der Träger in einen kahlen Raum schiebt, in ein Bett ohne Rollen umlagert (entsetzliche Schmerzen während des Vorgangs) und mich zu warten auffordert. Durch die Wand dringen eigenartige Geräusche, Schläge, erregte Wortwechsel, ja Geschrei: »Lasst uns endlich arbeiten!« »Das ist eine Unverschämtheit!«, so in der Art, aber mir ist unklar, was da vor sich geht. Die Trage mit den Rollen vor sich herschiebend, verlässt der Träger den Raum. Ich bleibe allein.

Ich weiß nicht, wo ich bin. Ich kenne die römischen Krankenhäuser nicht, bis auf das Policlinico Gemelli, in dem mein Vater gestorben ist. Aber dies hier ist nicht das Gemelli, es ist viel heruntergekommener und dreckiger. Es erinnert an ein Kriegslazarett. Das Geschrei jenseits der Wand wird schwächer, die Hitzköpfe scheinen sich zu entfernen. Ich habe eine Position gefunden, in der ich keine Schmerzen habe, auf der heilen Seite, den Kopf auf den Arm gelegt, so wie vorhin auf dem Straßenpflaster, und seltsamerweise bin ich ganz ruhig. Egal, wie schwer die Verletzungen sein mögen, ich spüre, dass sich mein Körper schon darauf eingestellt hat: Er schwillt an, wo es anzuschwellen gilt, kribbelt, wo es was zu kribbeln gibt, schmerzt, wo er zu schmerzen hat, ohne sich gegen dieses neue Dasein aufzulehnen, und das Gleiche scheint auch mit meinem Verstand zu geschehen. Ich hatte einen Unfall und bin verletzt? Meine Vespa liegt als Schrotthaufen in einer Benzinlache auf einer Straßenkreuzung?

Man hat mich in diesen Raum abgeschoben, von dem ich noch nicht mal weiß, wo er sich befindet, und mich dann einfach vergessen? Mein Vater ist tot? Meine Frau hat mich betrogen? All diese Fragen gerinnen zu einem einzigen erlösenden Gedanken, den mir ein eiskalter subkortikaler Verstand im Takt einer hängen gebliebenen Plattenspielernadel eingibt: Ich kann nichts daran ändern, denke ich. Ich kann nichts daran ändern, nein, ich kann nichts daran ändern. Und mehr ist nicht zu sagen.

Ich weiß nicht, wie viel Zeit ich so, reglos daliegend, auf dem Abstellgleis verbringe. Mir scheint, als verginge die Zeit überhaupt nicht, oder als verginge sie nicht *für mich*, aber das macht mir nichts aus, und mehr weiß ich nicht. Nimm einen Menschen heraus aus dem Lauf der Zeit, und er leidet nicht mehr.

Schließlich geschieht doch noch etwas. Mit einem Mal wird die ganze Wand zur Seite geschoben, so als wäre ich hier im Theater. Das muss dann wohl *Endspiel* sein, und ich bin Hamm, ausgeschlossen vom Lauf der Zeit. Im Gegenlicht der blendenden Leere, die sich vor mir geöffnet hat (Überraschung: Diese Abstellkammer führt direkt nach draußen), erscheint eine Gestalt, die ich mittlerweile sehr gut kenne, die mich aber dennoch überrascht – wie sie es immer tut. Ja, sie überrascht mich, und ich freue mich, sie zu sehen, denn es handelt sich um den Menschen, der mich »abgesehen von meinen engsten Verwandten auf Erden am meisten liebt«.

»Ach, hier liegst du«, sagt er.

Er zieht die Schiebewand zu, tritt dann an mein Bett und mustert mich mit besorgter Miene – dennoch lächelnd, wie immer.

»Was machst du denn für Sachen?«

»Woher …«, stammle ich, »woher wissen Sie, dass ich …«

»Bist du verletzt?«

»Ja, an der Schulter. Sie ist wohl gebrochen.«

Er betrachtet meine Schulter, dann meinen ganzen Körper, dann wieder die Schulter, so als habe man ihn aus irgendeinem Grund um einen Vergleich gebeten.

»Und am Auge«, füge ich hinzu. »Anscheinend ist der Augapfel blutunterlaufen.«

Er beugt sich über mich und inspiziert mein Auge.

»Was ist, sieht man's?«

»Ja, man sieht's.«

Er tritt einen Schritt zurück und mustert mich wieder in voller Größe.

»An der Schulter, sagst du?«

»Ja. Aber woher wissen Sie denn …«

»Und Beine und Kopf sind in Ordnung? Bist du mit dem Kopf aufgeschlagen?«

»Nein.«

Ich hebe beide Beine, um es ihm zu beweisen, bewege sie dann noch zusätzlich, aber das war keine gute Idee, denn ein Schmerz wie ein Messerstich durchzuckt meine Schulter.

»Bist du sicher?«

»Ja. Ich bin mit der Schulter voran gegen ein Taxi geprallt. Und als ich dann zu Boden fiel, war ich praktisch schon auf Null runter, und ich hatte einen Helm auf. Aber wollen Sie mir nicht endlich sagen, woher Sie wissen …«

»Das erklär ich dir später«, fällt er mir ins Wort. »Wir haben keine Zeit zu verlieren. Wir müssen hier fort, und zwar schnell. Kannst du gehen?«

»Keine Ahnung. Warum müssen wir denn hier weg?«

»Weil das Krankenhaus unter Zwangsverwaltung gestellt wird.«

»Wie bitte?«

Er lächelt, stößt die Luft durch die Nase aus, blickt zu Boden. Er hat seinen üblichen Hammer gebracht, aber immerhin scheint er sich diesmal dessen bewusst zu sein.

»Draußen wimmelt es von Streifenwagen der Carabinieri und der Finanzpolizei. Die Zwangsverwaltung wurde vom Gesundheitsministerium angeordnet. Die genauen Gründe kenne ich auch nicht, aber die Aktion läuft schon. Wenn du hier bleibst, bist du verratzt. Wie lange liegst du schon hier?«

»Keine Ahnung. Halbe Stunde, Stunde …«

»Bist du schon untersucht worden?«

»Nein.«

»Haben Sie deine Personalien aufgenommen.«

»Nein.«

Er kichert.

»Die haben dich also nur hier reingeschoben, und das war's?«

Er schließt die Augen und schüttelt den Kopf.

»Na ja, umso besser«, meint er dann. »Los, wir machen uns aus dem Staub.«

»Aus dem Staub machen«: eine typische Redensart, die mein Vater häufig benutzte.

»Und wo wollen wir hin?«

»Mal sehen«, antwortet er. »Kannst du aufstehen?«

»Mal sehen«, antworte ich.

Ich wage mich an den mühseligen Akt des Aufstehens, und er macht Anstalten, mich mit seinen Riesenpranken zu stützen, doch ich schüttle den Kopf. Ich will's lieber allein versuchen. Ganz langsam setze ich mich auf, und sogleich erwacht der bekannte Schmerz in der Schulter sowie ein neuer im Brustkorb in der Höhe des Herzens, und mir ist schwindlig. Meine Füße baumeln im Leeren – diese Pritsche ist ganz schön hoch –, ich lasse mich vorsichtig hinunter, bis sie den Boden berühren; derweil folgen seine Hände meinen Bewegungen, jederzeit bereit einzugreifen, aber ohne mich zu berühren, wie man es bei Kleinkindern macht, die laufen lernen.

»Geht's?«, fragt er.

Ich nicke kaum merklich, um mich zu schonen, denn auch beim Sprechen habe ich Schmerzen, ja schon beim Atmen. Wie in Zeitlupe richte ich mich auf, halte mich dabei mit meinem heilen Arm an ihm fest und versuche dann den ersten Schritt, und noch einen, aber es ist, als stecke meine Schulter in einer Schraubzwinge, und die Schmerzen überwältigen mich. Ich spüre, wie meine Schläfen immer heftiger pochen, eine Hitzewallung überkommt mich, und mir wird schwarz vor Augen.

»Halten Sie mich«, murmle ich noch, und im selben Moment, da ich mich fallen lasse, werde ich mit Schwung aufgefangen und hochgehoben, so als sei ich eine mit Sägespänen gefüllte Tüte, eine Weizengarbe oder auch tatsächlich das Nichts, als das ich mich fühle. Einen Augenblick später schwebe ich mit baumelnden Beinen, den unverletzten Arm um seinen starken Nacken gelegt und das Gesicht an seine Brust gedrückt, einen Meter über dem Erdboden.

»He, was ist los? Du willst doch nicht in Ohnmacht fallen?«

Tja, gute Frage: Will ich in Ohnmacht fallen? Das lässt sich unmöglich machen. Denn im Moment fühle ich mich einfach nur aufgefangen, sicher und behütet wie in einer Fruchtblase, und alles kann passieren, aber auch wirklich alles, während ich das vollkommen vergessene Glücksgefühl genieße, auf dem Arm gehalten zu werden, und das, was ich noch an Empfindungen besitze, verschmilzt mit der rauen, gewaltigen Masse des *Engels*, der mich hält. Mit der Nase an seinem Jackett nehme ich alle Gerüche auf, mit denen es getränkt ist – jene klassische, proletarische Duftmischung aus Rauch, Schweiß und Staub, wie man sie an Hilfsarbeitern riechen kann, wenn sie in der Bar einen Espresso trinken. Mit dem Ohr an seiner Brust überlasse ich mich seinem Herzschlag, hypnotisierend, stark, regelmäßig, und tiefer drinnen noch erkenne ich dieses Pfeifen, das seine Lunge schmirgelt, wie das Geräusch eines Schlüssels, der eine Karosserie zerkratzt; sein mächtiger warmer Bauch, der sich im Auf und Ab der schweren Atemzüge bläht und wieder zusammenzieht, wiegt mich in einer wunderbar sanften pneumatischen Schwingung, und ich fühle mich sorglos und geborgen…

Dann, mit einem Mal, ist es, als kehre sich alles um, und die Zeit laufe rückwärts, so als sei plötzlich bei mir, der ich aufgehoben und geborgen in diesen starken Armen liege, jene Umkehrbarkeit der Dinge möglich, die uns die Realität sonst hartnäckig verweigert: Die Schmerzen lassen nach, die Schläfen pochen nicht mehr, die Hitze wird gekühlt, der Nebelschleier löst sich auf… Auch dieses wunderbare Gefühl wird vorübergehen, ich weiß es, ich verstehe es, und ich werde in Ohnmacht fallen oder auch nicht, und die Zeit wird wieder ihren üblichen Lauf nehmen und ich gegen ihn ankämpfen oder mich seiner unermesslichen Gewalt fügen. Doch so lange das Gefühl anhält, kann ich sehen, was geschähe, wenn dieser Moment überhaupt nicht mehr verginge, sondern weiter und weiter andauerte, auf unbestimmte Zeit, und mir die Gabe zuteil würde, umgekehrt all das erleben zu können, was mich hierher gebracht hat, auf einer mitreißenden Flucht zurück, auf der das Zuvor endlich über das Nachher triumphiert und die Wirkungen von den Ursachen zermalmt werden. Und so stehe ich nun wieder auf dem Boden, schwach auf den Beinen, setze mich aufs Bett, lege mich zurück, langsam, um die Schmerzen zu vermeiden, und jetzt öffnet sich auch schon die Wand, wird wieder geschlossen, und als sie sich geschlossen hat, ist auch dieser Mann fort, und ich bin wieder allein in der Abstellkammer, dann auf der Krankentrage, sehe die verschiedenen Decken über mir hinwegziehen, liege im Krankenwagen, in dem geschrieben steht, was ich für ein Mann bin, dann auf dem Asphalt mitten auf der Straßenkreuzung, wo mir nun klar wird, dass ich Schuld an dem Unfall bin, dann der Moment des Aufpralls, den ich machtlos und voll gepumpt mit Adrenalin auf mich zukommen sehe, und meine Schulter ist wieder in Ordnung und mein Augapfel ist nicht mehr blutunterlaufen, heil und unverletzt lenke ich die Vespa durch den Vormittagsverkehr, wenn auch zerrissen vom Schmerz des Betrugs und am Boden zerstört durch den Gedanken an das Scheitern meiner Ehe, und jetzt der Moment, da mir dieser Schmerz in die Glieder fährt, aahh, der Schlimmste von allen, während ich Annas Brief lese, mit der weinenden Frau im Arm, und plötzlich verfliegt der Schmerz, verwandelt sich noch für einen Augenblick in einen flüchtigen Verdacht und verschwindet dann ganz, und an seine Stelle tritt die Beschämung wegen des nicht übertragenen Schecks, das Gefallen an einer zärtlichen, heilenden Geste, die Überraschung angesichts der Schönheit einer Mutter, und mein Unbehagen ist jetzt nicht mehr der Rede wert, hat nur noch zu tun mit einer leichten Verspätung, einem Motorroller, der nicht anspringen will, einem Nachbarjungen, der angebunden aus dem Haus getragen wird, und mit heimlich gerauchten Zigaretten, und gescheitert ist nur die Ehe meines Nachbarn, und es ist fast peinlich, sich wegen dieser Nichtigkeiten schlecht zu fühlen, denn allen geht es schlechter als mir, doch jetzt wächst mein Unbehagen wieder, und ich bin in meinem Wohnzimmer, es ist Abend, wächst angesichts der Beharrlichkeit, mit der man mir einreden will, dass mein Vater Russe war, ein Agent in geheimer Mission, der uns sein ganzes Leben lang was vorgespielt hat, und es wächst, weil ich es zu glauben beginne und mich meine Erinnerung nicht mehr schützt, nicht ausreichend schützt, doch jetzt endlich schützt sie mich, und ich glaube schon sehr viel weniger daran, nur noch ganz wenig, und ich bin im Restaurant und trage für alle Gäste aus dem Gedächtnis ein Pasolini-Gedicht vor, und diese Geschichte mit meinem Vater beunruhigt mich, vielleicht, irritiert mich, aber ich glaube absolut nicht daran, und dann beunruhigt sie mich auch nicht mehr, sie interessiert mich höchstens, überrascht mich, amüsiert mich nur, weil sie so lächerlich ist, und verschwindet dann ganz, so, geschafft, es gibt sie nicht mehr, hat sie nie gegeben, nur ein Aufflackern von Angst, und eine Flucht, und wieder Angst, stärker jetzt, unerwarteter, unbekannter, aber dann verfliegt auch die, und ich stehe vor einem Publikum, das mir applaudiert, und ich schenke einer Frau fünfzehn Millionen Lire, die mir jetzt selbst jemand schenkt, und ich sitze im Zug, bin zu Hause, liege in Annas Armen, bin auf der Beerdigung meines Vaters, stehe an seinem Sterbelager, und mein Vater stirbt, fällt ins Koma, sein Zustand verschlechtert sich, er scheint sich zu erholen, erwacht aus der Narkose, wird operiert, wird als Notfall eingeliefert, verliert das Bewusstsein, meine Mutter unterrichtet mich weinend am Telefon, mein Vater fühlt sich nicht gut, und dann geht es ihm gut, da ist er, gesund und munter wie ein Fisch im Wasser, und meine Mutter lacht, und ich bin zum Abendessen bei ihnen, ich sitze im Auto, sitze am Schreibtisch und bekomme nichts zu Papier, unterzeichne einen Vertrag über ein weiteres Buch, das Buch verkauft sich ausgezeichnet, das Buch erscheint, ich gebe das Manuskript ab, ich habe es fertig, sitze am letzten Kapitel, sitze am Schreibtisch und schreibe, es ist Sommer, Anna ist mit Franceschino am Meer, wir telefonieren jeden Tag, und wir lieben uns, und ich sprühe vor Einfällen und beginne mit dem neuen Buch, und wir stoßen mit Sekt an, und mein erstes Buch wird veröffentlicht, ich schreibe es in einem Rutsch runter, mir kommt die Idee, es zu schreiben, und dann ist die Idee fort, und ich sitze bei Franceschino und erzähle ihm die Abenteuer von Pizzano Pizza, einfach so, wie sie mir gerade einfallen, weil er Spaß daran hat, nun da er beginnt, Wünsche zu äußern, zu verstehen, zu sprechen, zu laufen, und ich stehe auf der Straße, an jener Kreuzung neben der Säule und winke Anna zu, die mir von der Terrasse aus zurückwinkt, und ich bin glücklich, und es geht weiter, immer weiter, immer schneller, Franceschino kommt zur Welt, ich heirate, verlasse die Universität, komme mit Anna zusammen, verliebe mich in sie, lerne sie kennen, gebe das Schachspielen auf, streite und streite mit meinem Vater. Und so werde ich immer stärker und immer leichter und kann immer weiterblicken, es ist unglaublich schön, wie in einer Zeichnung von Saul Steinberg, ganze Lebensabschnitte abgetan mit einem Wort, Jugend, Kindheit, fort, bis ich ganz frei bin, jetzt ist es so weit, ich bin noch nicht geboren und bin darum überall, in jeder Zeit, an jedem Ort, es ist wunderbar, hinreißend, ich bin der erste Mensch im All, der erste Computer, die erste Nylonfaser, ich bin das Wirtschaftswunder, das Schwarzweißfernsehen, die kubanische Revolution, der Kalte Krieg, die Berliner Mauer, die Teddy Boys, ich bin Fred Astaire, der tanzt, Gandhi, der hungert, Charlie Parker, der sich die Nadel setzt, Ribot, der alle abhängt, ich bin der Ozean vor New York, während die Andrea Doria darin versinkt, der Berg Superga, als der Flieger mit der Turiner Fußballmannschaft daran zerschellt, das Nürnberg der Prozesse, das Tyrrhenische Meer beim Ausbruch des Vesuvs – ich bin die sibirische Steppe im Jahr 45, der Krieg ist gerade zu Ende gegangen, und es ist der frühe Morgen eines beliebigen Tages, fahl und bitterkalt, und ich bin überall in dieser unendlichen Weite, im Sturm, im Eis, in den kahlen Birken, und jetzt weiß ich, ob es wahr ist oder nicht, dass mein Vater meinem Vater das Gehirn wegpustet, genau in diesem Moment, aus nächster Nähe, um seinen Platz einzunehmen, als Offizier, als Italiener, als Vater.

21

Uaaaaaaaaaaauuhh …

Die Frau hebt wieder zu jaulen an. Vor zehn Minuten hat man sie gebracht, schlafend und intubiert, und kurz darauf begann sie im Schlaf zu jaulen: klagende Laute, tierisches Winseln, so als sei sie vom Teufel besessen. Dennoch hat sich niemand um sie gekümmert, weder die Krankenschwester, die kommt und geht und hin und wieder an meinem Bett stehen bleibt, um zu sehen, wie es mir geht, noch die andere, die die ganze Zeit an einem kleinen Schreibtisch im hinteren Teil des Raums sitzt und Däumchen dreht.

Aufwachraum nennt sich dieses Zimmer, das, wenn die Frau mal still ist, durchzogen wird vom hartnäckigen Summen der vielen laufenden Apparate, die gemeinhin als leise gelten, es tatsächlich aber nicht sind.

Auuuuahhhhaaahhh …

»Entschuldigen Sie«, spreche ich die Krankenschwester, die kommt und geht, an, als sie gerade wiederkommt. Die Krankenschwester bleibt stehen. Ich habe den Verdacht, dass sie schön ist; aber ich kann es nicht genau sagen, denn sie lächelt nicht.

»Ja?«

Sie ist groß und schlank, hat wenig Busen und das glatte Gesicht eines kleinen Mädchens und lächelt nie. Dabei ist sie nicht unfreundlich oder unsympathisch, ganz im Gegenteil, sie ist aufmerksam und macht ihre Sache gut. Nur lächelt sie nicht.

»Ist das normal, dass die Frau solche Töne von sich gibt?«, frage ich.

Die Krankenschwester lächelt nicht.

»Ja, das ist normal«, sagt sie.

Ihre kleinen blauen Augen wirken wenig italienisch. Vom Akzent her könnte sie aus Polen sein oder aus Jugoslawien.

»Sie meinen, das tun alle. Habe ich auch gejault?«, frage ich.

Mit zwei Schritten tritt die Krankenschwester zu mir. Ihr Gesichtsausdruck ist sanft, aber sie lächelt nicht.

»Nein, Sie waren ganz ruhig.«

Und da sie nun schon mal da ist, kritzelt sie was auf ihr Blatt, wirft einen Blick auf die Infusionsflaschen, die am Geräteständer hängen, kontrolliert die Hähne der Infusionsschläuche, schreibt wieder. Sie ist Linkshänderin.

»Und ist das auch normal, so still zu sein?«, frage ich.

Sie lächelt immer noch nicht.

»Ja«, sagt sie, »das ist auch normal.«

Ein erneutes Jaulen schallt durch den Raum.

Die Krankenschwester blickt mich an. Sie weiß ganz genau, dass jetzt ein Lächeln angebracht wäre, und sie scheint sich richtig zu zwingen, es zurückzuhalten. Vielleicht hat sie schlechte Zähne.

»Sie ist sediert«, erklärt sie mir. »Sie träumt.«

Und damit verschwindet sie.

Ich hingegen habe nicht geträumt, das weiß ich genau. Es war meine erste Vollnarkose, und ich muss sagen, es ist phantastisch. Es ist phantastisch, dass man schläft, während die entscheidenden Dinge für einen erledigt werden, aber sehr schön ist auch danach diese langsame, friedliche Rückkehr ins Leben, die in diesem Raum erfolgt ist, und daran ändert auch wenig, dass es sich um einen künstlichen, chemisch herbeigeführten Frieden handelt. Seit fast einer Stunde bin ich nun wach, und mir geht's einfach prächtig. Mein Geist könnte klarer nicht sein, und ich spüre keine Schmerzen und kein Unwohlsein, nur einen großen Hunger – aber auch dieser Hunger ist eigenartigerweise schön, ähnlich wie das Hungergefühl, das ich noch aus meiner Kindheit kenne. Vorhin habe ich die Krankenschwester gefragt, wie lange ich noch in diesem Walfischbauch bleiben müsse, und sie meinte, »keine Sorge, nicht mehr lange«. Dabei hatte ich nicht gefragt, weil mir die Zeit zu lang wurde, sondern aus reiner Neugier. Ich hab's nicht eilig, hier rauszukommen.

Uaaaahhhoooaahhh…

Ich war gleich hellwach, als ich die Augen öffnete, und was dann vor sich ging, war schon sehr beeindruckend, und ich muss unaufhörlich daran denken: Ich weiß nicht, ob die Krankenschwester dies auch als normal bezeichnen würde, aber ich habe sozusagen meiner Rückkehr in mich selbst *beigewohnt*. Ich habe richtig gespürt, wie sich mein Gedächtnis wieder zu mir gesellte, nach und nach, in klar unterscheidbaren Abschnitten, von dort zu mir zurückkam, wo es sich die Narkose über aufgehalten hatte. Das alles war vollkommen anders als das übliche Aufwachen am Morgen, wenn man die Augen öffnet und einem – whamm – das, was man ist, mit einem Schlag wieder bewusst wird. Es ging langsamer vor sich, schrittweise, wie wenn man seinen PC einschaltet und der Rechner damit beginnt, in einer bestimmten Reihenfolge all das von der Festplatte zu laden, was er für seine Arbeit brauchen wird – Programme, Informationen, Speicherplätze und so weiter. So ist es, wenn man sein Bewusstsein nicht im Ganzen, als festen, sperrigen Block, wieder erlangt, sondern als Verkettung vieler einzelner Bewusstseinszustände. Es war, als würde man die Möbelpacker dabei beobachten, wie sie in der Wohnung, in der man immer schon gelebt hat und aus der man nur für eine bestimmte Zeit ausgezogen ist, alle Gegenstände wieder an ihren alten festen Platz zurückstellen: Am Ende ist wieder alles so, wie es einmal war, aber der gesamte Vorgang verlangt etwas Zeit, und während dieser Zeit sieht man zum ersten Mal den Unterschied zwischen der kahlen Wand und dem vertrauten Anblick der Bücherregale davor.

Am Anfang stand überraschenderweise nur das Gefühl von Nacktheit: Ich habe festgestellt, dass ich unter diesem grünen Kittel nackt bin, und als erstes Bruchstück der Vergangenheit erreichte mich die Erinnerung, vorher eine Unterhose darunter getragen zu haben. Und so war meine erste Überlegung: Jemand hat mir die Unterhose ausgezogen. So begann es, noch bevor ich mich erinnerte, wie ich heiße oder wo ich hier bin, noch bevor ich die Bandagen, mit denen meine Schulter und mein Arm ruhig gestellt sind, oder den Verband über meinen linken Auge bemerkte – vor allem anderen eben. Und für einen langen, unerhörten Moment war ich bloß diese elementare Form des Lebens: das Gefühl von Nacktheit, die Erinnerung an eine getragene Unterhose, das Wissen um eine ausgezogene Unterhose.

Gleich darauf trafen dann meine aktuellen Probleme ein: Anna hat mich betrogen. Mein Vater ist tot. Ich hatte einen Verkehrsunfall. Ich war übel zugerichtet. Ich bin operiert worden. Und so weiter. Sie trafen ein, nahmen ihre Plätze in der ersten Reihe ein, hatten aber keinerlei Trübsal mitgebracht, keinerlei Schmerz – und das habe ich wohl wirklich den Medikamenten zu verdanken, dem künstlichen Schlaf. Da war nicht die Spur von Beklemmung, nichts von diesem Schock beim Aufwachen, wie ich ihn von früher kenne, wenn die Erinnerung plötzlich wiederkommt und einem die traurige Realität mit einem Mal klar vor Augen steht. So wie am Morgen nach dem verlorenen Endspiel von Juventus im Europapokal der Landesmeister gegen Ajax Amsterdam; oder als Ilaria Ortoni mich verlassen hatte; das Aufwachen nach der entsetzlichen Niederlage gegen Tavella beim Turnier in Lugano; das Aufwachen nach dem Tod meines Vaters…

Nach den aktuellen Ereignissen trafen dann die ersten Bilder von meinen Lebensumständen ein. Zunächst Anna: ihr strahlendes, braun gebranntes Gesicht; die Tatsache, dass sie meine Frau ist; die Gewissheit, dass ich sie liebe. Franceschino: das Glück, ein Kind zu haben; sein längliches, verängstigtes Gesicht, das dem meinen ähnelt. Und dann meine Mutter: ihre grünen, stets zur Rührung neigenden Augen, ihre legendäre Ähnlichkeit mit Sophia Loren, ihre grazilen Glieder in meinen Armen. Und mein Vater: seine Distanz, seine Strenge, meine Unfähigkeit, einen Weg zu ihm zu finden, noch nicht mal als Erwachsener; sein Leichnam in der Generalsuniform, auch hier distanziert, im offenen Sarg, inmitten der Blumenkränze. Die wahnwitzige Eröffnung, dass das alles nicht stimme, dass er ein Russe gewesen sei, Kommunist, ein Agent in geheimer Mission…

Dann, nach und nach, kam auch alles Übrige, bis ich wieder jener seiner selbst bewusste und hungrige Gianni Orzan war, als der ich jetzt hier liege. Eine Viertelstunde hat das Ganze vielleicht gedauert, doch schon während ich noch damit beschäftigt war, mir mein Schicksal wieder reinzuladen – um nichts anderes handelte es sich im Grunde –, begann ich bereits, es zu leben, darüber nachzudenken, so wie Pinocchio schon wegläuft, noch bevor er ganz fertig gestellt ist. Und mehr noch als der Schmerz, den Anna mir mit ihrem Brief zugefügt hat, mehr noch als meine Sorgen wegen meines Gesundheitszustands und meiner Zukunft, beschäftigt mich dabei die eigentliche Neuigkeit dieses Aufwachens, die wahre Veränderung im Vergleich zu vorher: *Mein Vater war Russe, er war Kommunist, er war ein Agent in geheimer Mission.* Kein Zweifel, kein Fragezeichen. Ich fuhr fort, Erinnerungen und Tatsachen wieder zu erlangen, die dem heftig widersprachen, aber diese Erkenntnis war plötzlich der Kernpunkt meines Lebens, unanfechtbar, so als wenn es nie anders gewesen wäre. Die Frage, die ich mir stellte, war daher nur noch folgende: Wann ist es geschehen, dass ich anfing, es zu glauben? *Wie* ist es geschehen? Und meine Gedanken wanderten zurück zu den Stunden vor dem Filmriss durch die Vollnarkose, zu jenen Stunden, die ich mit Gianni Bogliasco verbrachte und zu der tiefen Vertrautheit, die daraus erwuchs, von dem Zeitpunkt an, als er mich aus dem unter Zwangsverwaltung stehenden Krankenhaus fortschaffte, bis zu dem Augenblick, als sein Bild ausgelöscht wurde durch die sich schließende Tür des Operationssaals in dieser Klinik hier, in die er mich gebracht hat und wo *er* mich der Obhut von Ärzten übergab, die *er* kennt – und für die er übrigens Gianni Costante heißt, wie auf seiner Kreditkarte. Die Antwort lag dort, in jenen Stunden.

Denn gestern hat mich dieser Mann zum zweiten Mal in seinem Leben auf seine Arme gehoben, fast dreißig Jahre nach dem ersten Mal in Amsterdam, auch damals nach einem Verkehrsunfall, und er hat mich in seinen stinkenden, in dritter Reihe geparkten Geländewagen gesetzt und in diese Klinik hier am anderen Ende von Rom gefahren, und unterwegs hat er an der Kreuzung gehalten, wo ich den Unfall hatte, ist ausgestiegen, hat meine verlassen auf dem Bürgersteig liegende Vespa aufgehoben und sie gnädigerweise an einen Laternenpfahl gekettet, hat die Schlüssel mitgenommen, die Papiere, den Sturzhelm, ja sogar das

Buch von Carver, das noch in dem verbeulten Handschuhfach lag, und ist bei mir geblieben, als mich die Ärzte untersuchten, an der Schulter und dann am Auge und dann erneut an der Schulter, hat seine Wurstfinger auf das Röntgenbild gelegt, sich im Gegenlicht das gebrochene Schlüsselbein angesehen, die wahrscheinlich ebenfalls beschädigten Bänder und die angebrochenen Rippen, hat lange mit den Ärzten über meinen Zustand gesprochen und mir dann das Ergebnis erläutert, hat mir erzählt, dass ich am nächsten Morgen operiert werden würde, sowohl an der Schulter als auch am Auge, eine kombinierte Operation also, die zwar nicht schwierig, aber auch nicht ganz ohne sei, und darüber hinaus habe er eine Kostenvergünstigung ausgehandelt, sodass meine Krankenversicherung sie ganz übernehmen werde, obwohl sie mit der Klinik nicht vertraglich verbunden sei. Und all dies tat er, ohne mich auch nur einmal etwas zu fragen, indem er mich stets vor vollendete Tatsachen stellte, so als wisse er, wie konfus ich im Kopf war und wie sehr ich jemanden brauchte, der für mich die Entscheidungen traf. Nie zuvor hat sich jemand so intensiv, so aufopfernd um mich gekümmert. Und daher gab mir seine Anwesenheit in diesem vielleicht schwierigsten Moment meines Lebens ein Gefühl der Sicherheit, wie ich es noch nie zuvor erlebt hatte. Nun gut, dachte ich, mein Leben wird jetzt also kommissarisch geleitet, wie eine Firma, die vor dem Konkurs steht. Ich kann mich beruhigt dem Lauf meiner verrückt spielenden Zeit überlassen, und er wird derweil für mich Anna verzeihen und meine Ehe retten, wird mein Buch zu Ende schreiben und mein Einkommen sichern, wird alle bürokratischen Angelegenheiten erledigen, die mit meinem Unfall und mit dem Erbe meines Vaters zusammenhängen, und zwischendurch auch noch Zeit finden, auf einen Sprung nach Österreich zu fahren, um die Mutter mit dem im Koma liegenden Sohn an meiner Stelle zu umarmen…

Und so kam es, dass ich seine Geschichte geglaubt habe. Weil ich an *ihn* geglaubt habe. Es war dunkel geworden, das Hin und Her der Untersuchungen und Beratungen war vorüber, wir waren allein im Krankenzimmer, und ich glaubte an ihn. Ich klagte und jammerte, betäubt vom Schmerz und den Schmerzmitteln, die Umrisse der Realität gingen in jene des Traums über, die langen Stunden jener Nacht verstrichen, und ich glaubte, ich vertraute ihm. Er beruhigte mich, erzählte mir uralte Witze, sang mir das Loblied des Orthopäden, der mich anderntags operieren würde, erzählte mir dann von sich selbst, sagte mir, dass sein offizieller Beruf Privatdetektiv sei, auch wenn er ihn nie ausübe, zeigte mir dann das Buch über die Rosticcerias, das er geschrieben hat, und erklärte mir, dass er auf dem Weg zu mir war, um es mir zu bringen, als er meine Vespa zertrümmert auf der Kreuzung liegen sah, und dass er dann von einem Friseur erfuhr, was geschehen war, dass ich einen Unfall gehabt hatte und in die Polyklinik gebracht worden war, und dort angekommen habe er dann die Polizeibeamten gesehen, die schon dabei waren, die amtlichen Siegel anzubringen, und zum Glück habe er mich sogleich gefunden, und zum Glück habe ihn niemand gesehen, als er mich, schon bewusstlos, aus der Klinik getragen habe. Dann ging er raus, eine Zigarette rauchen, und als er wieder ins Zimmer kam, glaubte er, ich sei eingeschlafen, war deshalb ganz leise und setzte sich aufs Sofa, um noch einmal in seinem eigenen Buch zu lesen, auf der Nase die Brille mit dem zierlichen Gestell, wie auch mein Vater sie trug, stand dann wieder auf und stellte sich ans Fenster, den Blick starr auf irgendetwas gerichtet, mit dem kurzärmligen Hemd, dem schweren Atem und der pfeifenden Lunge. Aber ich schlief nicht, ich beobachtete ihn die ganze Zeit, und irgendwann merkte er es und fragte mich, ob er irgendwas für mich tun könne, und ich sagte, ja, da gebe es etwas, er könne mir die Wahrheit über den Abschuss der DC 9 über Ustica sagen, er wisse doch, was wirklich geschehen sei, und über die Bombenattentate auf der Piazza Fontana, auf der Piazza della Loggia und am Bahnhof von Bologna, und über die Moro-Entführung und die Ermordung Pasolinis. Und er setzte sich und begann mir *die Wahrheit* zu erzählen – das war eine französische Rakete, sagte er, das waren die Faschisten, das war der Geheimdienst, Fioravanti habe damit nichts zu tun gehabt, aber der sei im Knast gut aufgehoben, man habe ganz genau gewusst, dass Moro in der Via

Montalcini gefangen gehalten wurde, zur Ermordung Pasolinis sei nie etwas durchgesickert, aber für den habe sich auch kein Mensch interessiert. Und so erfuhr ich, dass ich die Wahrheit bereits kannte, dass jedermann sie kannte, von wegen Rätsel, von wegen »unsichtbares Italien«. Es ist, wie wenn ein Zauberkünstler sich aus einer Kiste wegzaubert: Er benutzt eine Falltür, *diese Falltür gibt es*, verdammt, es ist so einfach, das begreift jedes Kind, aber natürlich behauptet der Zauberer, es gebe keine Falltür, und so fragen sich alle, wie zum Teufel konnte er aus seiner Kiste verschwinden – *ein Rätsel!* –, und wenn jemand auf der Existenz dieser Falltür beharrt, hält man ihn für einen Spielverderber, ein Arschloch.

Dann bin ich eingeschlafen, aber die Schmerzen weckten mich bald wieder auf, und er ging die Nachtschwester holen, die mir eine Spritze gab, und danach ließen die Schmerzen etwas nach, und es war mittlerweile tiefste Nacht, und er zog sich die Schuhe aus und ließ den strengen Geruch nach Schweißfüßen durch das Zimmer wehen, streckte sich auf dem Sofa aus und war kurz darauf schon eingeschlafen, fast schlagartig, einen Augenblick vorher hatte er noch von seinem Beckenbruch in früheren Jahren erzählt, und mit einem Mal schnarchte er wie ein Wildschwein, schlief unruhig, röchelnd, seine massive Gestalt auf das Sofa zwängend, und als es dämmerte, rappelte er sich mühsam hoch und verrichtete seine Morgengymnastik, vier Rumpfbeugen, vier knirschende Kniebeugen, Übungen aus der grauen Vorzeit der Fitnessbewegung, die Arme vorgereckt wie der Duce. Und die ganze Zeit über glaubte ich ihm, vertraute ich ihm immer mehr.

Und als ich dann heute Morgen schon auf dem Operationstisch lag und mich das Anästhetikum bereits in die Narkose fortzureißen begann, in die ich das Bild seines breiten, von den Stoppeln eines kümmerlichen grauen Bartes alles andere als verschönten Gesichts mitnahm, habe ich, wie ich mich gut erinnern kann, noch etwas gedacht, was ich niemals zu denken erwartet hätte: Wäre es meinem Vater vergönnt gewesen, so dachte ich, noch einmal in diese Welt zurückzukehren, um mir das zu sagen, was er mir mein ganzes Leben lang verschwiegen hat, und hätte er sich dazu einen anderen Menschen aussuchen müssen, als der er wieder zurückkommt – einen Menschen, der vollkommen anders ist als der, der er zu sein vorgab, *einen anderen* Menschen, ein Wesen, meilenweit von ihm entfernt, um zu demonstrieren, wie weit auch er selbst von sich entfernt war, ihm gleichzeitig aber ähnlich, ähnlich schwierig, nicht leicht im Umgang, aber auch gütig und rätselhaft und stark und romantisch und einsam und mit einer reichen Vergangenheit, so wie jeder Vater in den Augen seines Sohnes zu sein wünscht –, dann wäre seine Wahl, so dachte ich, auf *ihn* gefallen.

Hat man so etwas einmal gedacht und ist mit diesem Gedanken eingeschlafen, gibt es kein Zurück mehr. Und so kam es.

Aaaahhhhhuuuuuuuuhh…

Die Krankenschwester, die nicht lächeln will, schenkt der jaulenden Frau weiterhin keine Beachtung und kommt zu mir.

»Und, alles normal?«, frage ich.

Sie lächelt nicht. Vielleicht war sie es, die mir die Unterhose ausgezogen hat.

»So, Signor Orzan«, sagt sie, »wir bringen Sie jetzt auf Ihr Zimmer zurück.«

Die andere Krankenschwester tritt zu ihr. Sie ist weniger jung, dafür kräftiger, gleicht Gabriella Ferri. Sie heftet eine Karte an mein Bett und macht sich daran, die Infusionsschläuche zu entwirren. Schwester Ich-lächle-Nicht blickt auf ihre Swatch und schreibt etwas auf ihr Blatt.

Ach ja, *die Zeit*.

»Wie spät ist es denn?«, frage ich.

»Zwei Uhr.«

Tja, es ist spät geworden. Hätte man mich, anstatt mich zu operieren, in ein Flugzeug gesetzt, wäre ich jetzt mindestens schon in Moskau.

»Haben Sie Schmerzen?«, beginnt wieder die alte Leier.

»Nein«, antworte ich.

»Gar keine?«

»Nein.«

»Und das Auge? Ein unangenehmes Gefühl? Kribbeln?«

»Nichts.«

Sie überträgt alles auf ihr Blatt.

»Ist das normal?«, frage ich.

Diesmal habe ich den Eindruck, als könne sie sich kaum noch beherrschen, aber sie lächelt nicht. Sie hat den Blick starr auf das Blatt gerichtet und schreibt weiter.

»Das ist gut«, sagt sie, während sie schreibt, »das ist sehr gut...«

Die schlafende Frau jault jetzt nicht mehr, sondern hat zu stöhnen begonnen. Gabriella Ferri löst die Bremse, und mein Bett macht einen Satz nach vorn. Schwester Ich-lächle-Nicht bedeutet ihr zu warten und blickt mir dann direkt in die Augen.

»Wir wollen es nicht hoffen«, sagt sie, »aber wenn Sie später starke Schmerzen bekommen, drücken Sie diesen Knopf hier.«

Sie zeigt auf einen kleinen Apparat, der am Kopfende des Bettes befestigt ist, dann auf die Infusionsflaschen, die am Ständer baumeln. »Der Apparat setzt dann automatisch Morphium frei.«

»Wow, phantastisch.«

»Natürlich«, fügt sie hinzu, »gibt der Apparat nur eine bestimmte Dosis ab, dann wird der Zufluss gestoppt. Aber missbrauchen Sie ihn nicht, und drücken Sie nicht zu oft. Alles klar?«

»Alles klar, Boss.«

Nichts zu machen, sie bleibt standhaft und lächelt nicht. Das Bett setzt sich in Bewegung. Sie geht vorne und tut so, als ob sie ziehen würde, aber es ist offensichtlich, dass die andere hinten die Hauptlast zu schieben hat.

»Meinen Sie, ich darf etwas essen?«, frage ich, während wir an der stöhnenden Frau vorbeiziehen.

»Ja, sicher«, antwortet sie, wobei sie immer noch so tut, als würde sie mithelfen. »Haben Sie großen Hunger?«

»Sehr großen sogar.«

»Das ist auch ein gutes Zeichen«, meint sie und lässt das Bett los, um die Tür zu öffnen. Wir halten an, und als die Tür ganz auf ist, geht die Fahrt weiter, sie bleibt jedoch auf der Schwelle stehen.

»Also dann, guten Appetit«, sagt sie zu mir, während ich neben sie gleite, und plötzlich geschieht es: Sie lächelt, ihre Zähne sind makellos, und sie hat dabei sogar Grübchen in den Wangen. Eine Frau, wie zum Lächeln geboren. Ich nehme an, dass die Klinikleitung sie gebeten hat, nicht zu lächeln, um kein Chaos unter den Patienten anzurichten. Das wird es wohl gegeben haben, früher, als sie noch lächelte (anonyme Anrufe, peinlich hohe Trinkgelder, Blumensträuße), und so was schadet dem Ruf der Klinik, ganz zu schweigen von der Eifersucht der Kolleginnen, den Avancen der Ärzte. Sie hat sich gefügt, ist Ausländerin, nicht aus der EU, kann sich Ärger bei der Arbeit nicht erlauben, musste also gehorchen, und so hat sie es geübt und gelernt, die Patienten ohne Lächeln zu beruhigen, und das ist ihr mittlerweile in Fleisch und Blut übergegangen. Aber irgendjemand müsste ihr sagen, was sie anrichtet, wenn sie dann doch gegen die Auflagen verstößt, wenn sie ihn anlächelt, den Patienten, der gerade weggeschoben wird, und dies das Letzte ist, was er von ihr sieht, ein Patient, der ohnehin schon genug Kummer hat, weil da draußen seine Probleme auf ihn warten, die niemand für ihn lösen wird. Dann ist alles umsonst, ja, es verschlimmert die Situation noch, denn dieser Patient wird sich natürlich zu ihr umdrehen oder, genauer, er wird versuchen, sich umzudrehen, um sie noch eine Sekunde länger ansehen zu können, aber weil er gerade operiert wurde, schafft er es nicht, und Gabriella Ferri fordert ihn auf, brav liegen zu bleiben, und er lässt sich wieder zurückfallen, plötzlich ganz nervös und verletzlich, so wie er es immer gewesen ist, und damit haben auch die Narkose, die Operation und dieses selige Erwachen gar nichts genützt, nein, dadurch hat sich sein Leben nicht verändert, er hat noch nicht einmal wieder angefangen, es zu leben, und schon fehlt ihm etwas.

22

M*eine Mutter.*

Sowie ich ins Zimmer komme, steht meine Mutter vom Sofa auf. Sie wirkt blass, erschöpft, macht sich noch nicht mal die Mühe, ihre Besorgnis zu verbergen. Sie wartet, bis Gabriella Ferri das Bett geparkt und mit den Tasten den Neigungswinkel richtig eingestellt hat, und tritt dann zu mir, auf die Seite meines heilen Arms.

»Hallo, Mutter«, sage ich.

Unmerklich grüßend verlässt Gabriella Ferri den Raum.

»Wie geht's dir?«

»Gut. Und dir?«

Sie beugt sich vor, gibt mir einen Kuss, und ich schnuppere ihr Parfüm. Chanel No. 19, ich kenne es, habe es ihr viele Male zu Weihnachten geschenkt. Sie richtet sich auf, streichelt mir über die Wange und blickt mich an, ein langer Blick, voller Sorge und Mitleid, auf meinen bandagierten Oberkörper, mein von der Infusionsnadel durchbohrtes Handgelenk, auf die Binde über meinem Auge. Als kleiner Junge hätte ich wer weiß was dafür gegeben, einen Unfall zu haben und, ohne dass sie davon erfährt, operiert zu werden, damit sie mich am Tag darauf auf diese Weise ansieht, den armen kranken Sohn, den sie nicht beschützen konnte. Aber mir ist nie etwas passiert. Jetzt, da es mir passiert ist, habe ich einfach nur ein schlechtes Gewissen, weil ich sie nicht benachrichtigt habe, gestern, als Bogliasco mich immer wieder dazu aufforderte, zwischen all den Entscheidungen, die er für mich traf.

»Wirklich, Mama«, sage ich. »Mir geht's gut.«

Ich ziehe mich ein wenig hoch – nur ein paar Zentimeter –, und sie streichelt mich erneut. Dann ergreift sie meine Hand, und ich lächle wieder, überlasse mich dem Blick ihrer alten grünen Augen, in denen noch die Trauer um meinen Vater steht, neben der Sorge, neben der Angst um mich.

Dennoch will ich jetzt nicht anfangen, sie zu trösten und zu beruhigen, wie es ja natürlich wäre, indem ich den Stau von Fragen auflöse, der sich in ihrem Kopf gebildet haben muss (Was ist passiert? Was hast du genau? Warum hast du mich nicht sofort benachrichtigt? Wie kommst du denn in diese Klinik hier? Warum hast du dich nicht zu Di Stefano bringen lassen?). Ja, das wäre nur natürlich, und das wäre auch schön, aber es gibt eben Dinge, die sich dem Natürlichen entziehen. Wir haben etwas zu klären, ganz dringend, bevor es sich auf dem Grund absetzen kann, wo sogleich die Algen der Gewohnheit darüber wachsen würden, jene Gewohnheit, die in so vielen Familien im Namen der Harmonie alles überwuchert und erstickt, was eigentlich dringend geklärt werden müsste. Ich war nicht darauf gefasst, die Sache jetzt schon angehen zu müssen, aber vielleicht ist es besser so; ich bin bereit, ich bin hellwach, und wenn es einen Weg gibt, sie zu besiegen, werde ich ihn finden. Ich muss nur die Initiative ergreifen und sie aus diesem Zimmer fortlocken, listig und zäh, Willenskraft gegen Natürlichkeit, hin zu der grundlegenden Veränderung, die wir für unser aller Leben akzeptieren müssen.

»Wie hast du davon erfahren?«, frage ich.

»Dein Freund hat mich heute Morgen angerufen.«

Mein Freund. Großartig.

»Wie bist du gekommen? Mit dem Zug?«

»Nein, Graziella hat mich gefahren.«

»Graziella? Sie ist also auch da?«

»Nein, nein. Sie wollte bleiben, aber ich habe sie gebeten zurückzufahren. Sie muss ja ihr Kind stillen, sonst…«

»Ach ja. Was ist eigentlich mit ihrer Brustdrüsenentzündung? Geht es ihr besser?«

»Ja, viel besser. Aber wenn sie nicht stillt, kann es wieder von vorn losgehen.«

»Und wie geht's der Kleinen? Ich wette, sie wird von Tag zu Tag schöner.«

»Ja, ihr geht's gut. Sie isst und schläft.«

»Und die beiden kleinen Gauner? Sind sie eifersüchtig?«

»Nein, bisher noch nicht.«

»Und was treiben sie so? Gehen sie zum Strand? Schwimmen sie?«

Sie blickt mich erstaunt an: Noch nie habe ich ihr so viele Fragen zur Familie meiner Schwester gestellt.

»Sie machen einen Segelkurs«, sagt sie.

»Jetzt schon? Sind sie nicht noch zu jung?«

»Offenbar nicht.«

»Ist das nicht gefährlich?«

»Sie haben doch ihre Übungsleiter«, antwortet sie, immer überraschter und skeptischer, aber jetzt nicht mehr nur wegen meiner Fragen, denn mir scheint, dass sie mit diesem Segelkurs auch nicht so ganz einverstanden ist. (Nebenbei bemerkt, es ist wirklich rührend zu beobachten, wie rasch sie sich auf das Gespräch über ihre Enkel einlässt. Dabei würde sie gern über andere Dinge reden, schließlich ist erst vor kurzem ihr Mann gestorben, und ihr Sohn liegt im Krankenhaus, aber sie schafft es nicht – zu groß ist ihr Respekt vor diesen kleinen Familienangelegenheiten, die ich als Ablenkungsmanöver einsetze.)

»Sicher, du hast Recht«, sage ich. »Und außerdem sind die beiden ja auch nicht leichtsinnig. Wie hat der Kleine im Schwimmbad noch gesagt, als der Schwimmlehrer ihn fragte, warum er nicht vom Rand ins Wasser springen will?«

Unwillkürlich hellt sich ihre Miene auf.

»Weil Sie vielleicht nicht richtig aufpassen, und dann ertrinke ich.«

Ich muss lachen; es ist ein aufrichtiges, echtes Lachen, in das sie bald, ohne dass sie es eigentlich will, mit einstimmt. Der sorgenvolle Blick beginnt zu strahlen, ihr Kopf wird frei, sie hat *gesehen*, dass es mir gut geht, und vergessen sind alle Ängste, die sie eben noch gequält haben, denn jetzt ist sie bei mir und kann mit mir zusammen lachen.

»Stell dir mal vor: *Er* zu seinem Schwimmlehrer ...«

Das ist Bogliascos Taktik und die der Jugoslawen, gegen die

ich immer verloren habe: Initiative, Ablenkung, dann zwei tödliche Angriffe – niemals einer allein, *zwei* –, direkt hintereinander.

Es klopft an der Tür; das passt jetzt gar nicht. Eine Krankenschwester streckt den Kopf herein, sie hat einen Servierwagen dabei. Ich kenne sie nicht, und sie ist eher hässlich, kann daher ohne Scheu lächeln.

»Sie wollten etwas essen?«, fragt sie.

»Nein, wieso?«, antworte ich.

Die Schwester schaut verblüfft drein, insistiert aber nicht, verschwindet wieder und schließt die Tür hinter sich. Mit einem Lächeln wende ich mich wieder meiner Mutter zu.

»Bis heute Abend kann ich nichts essen«, erkläre ich ihr.

Es stimmt tatsächlich, ich kann nicht. Es ist jetzt nicht die Zeit, um ans Essen zu denken. Es ist Zeit, etwas zu klären.

»Hast du meinen Freund getroffen?«, frage ich.

»Nein, wo denn?«

»Na hier, als du angekommen bist. Habt ihr euch gesehen?«

»Nein.«

»Weißt du, wer das ist?«

»Wer?«

»Na, mein Freund. Hast du seine Stimme nicht erkannt?«

»Nein, wer soll das sein?«

Erzähl ihr, dass du mich getroffen hast.

»Das war Gianni Bogliasco, Mama.«

»Wer?«

Blick ihr fest in die Augen, und mit dem erfahrenen Blick des Sohnes wirst du erkennen, dass sie lügt.

»Gianni Bogliasco.«

Ihre Augen sagen mir nichts.

»Gianni Costante.«

Nichts.

»Gianni Fusco.«

Nichts, ihre Augen verraten nichts, bis auf eine Verblüffung, ähnlich der eines Zeugen in einem parlamentarischen Untersuchungsausschuss, und die wirkt echt. Und doch muss es da sein, so wie es immer da war, nur kann ich es nicht sehen, so wie ich es nie habe sehen können. Bogliasco hat Unrecht: Nichts auf der Welt ist weniger erfahren als der Blick eines Sohnes.

»Du weißt schon, Mama. Der Mann, der das Buch dort geschrieben hat.«

Ich deute auf das Buch auf dem Nachtschränkchen neben dem Telefon. Sie steht auf, nimmt es in die Hand und betrachtet es so erstaunt, als habe sie einen Außerirdischen vor sich (Gianni Bogliasco, *Under 10*, Tam-Tam-Verlag, mit dem Foto einer Reiskrokette auf dem Einband). Rein theoretisch könnte es sogar sein, dass sie es zum ersten Mal sieht, weswegen ein wenig von ihrer Verwunderung vielleicht auch nicht gespielt ist. Aber ich weiß, dass sie es kennt, und zu Hause hat sie es stehen, und zwar im Schrank in der Speisekammer, wo sie ihre Kochbücher aufbewahrt.

»Er war es, der dich angerufen hat, Mama. Papas Freund. Der von dem Verkehrsunfall in Amsterdam.«

Bravo, Mama. Vor diesem Blick würde jeder parlamentarische Untersuchungsausschuss das Handtuch werfen.

»Gianni, was redest du da bloß?«

Aber ich bin kein gewöhnlicher Abgeordneter, Mama, und ich weiß, warum du so handelst. Du kannst nicht anders. Du hast all die Jahre geschwiegen, warum solltest du jetzt plötzlich den Mund aufmachen? Du hast geschworen, mir nichts zu sagen, und willst deinen Schwur nicht brechen. Du kannst nicht. Du kannst nichts anderes tun, als diese verwunderte Miene aufzusetzen, und ich muss es hinnehmen, denn von nun an wird es immer so sein. Ich muss lernen, ohne Beweise zu glauben, mehr nicht, genauso wie ich siebenunddreißig Jahre lang eure Version vom gutbürgerlichen Leben geglaubt habe, ohne auch nur im Traum daran zu denken, Beweise zu verlangen.

»Setz dich, Mama«, sage ich.

Nur einen Unterschied gibt es jetzt, und der ist riesengroß: Du weißt jetzt, dass ich es weiß. Natürlich wirst du dich weiterhin an dein Versprechen halten, und wenn du nach Hause kommst, wird deine erste Handlung darin bestehen, das Buch über die Rosticcerias wegzuwerfen, das dich verraten könnte. Aber andererseits hat es endlich auch ein Ende mit dem absurdesten aller Opfer, zu denen dich dieses Leben an Vaters Seite verdammt hat: Du musst nun nicht mehr, wie schon so viele Jahre, tatenlos mit ansehen, wie sich dein Sohn mit den falschen Problemen herumschlägt. Das muss dir sehr schwer gefallen sein, schwerer noch als ihm. Denn du warst keine Russin, keine Kommunistin, keine Agentin im geheimen Auftrag. Du warst ein einfaches Mädchen aus einfachen Verhältnissen, schön, unkompliziert, bodenständig – was eine Heerschar von Geschwistern, Cousins und Cousinen, Neffen und Nichten sowie einige uralte Onkel und Tanten, so sie noch leben, ohne den Hauch eines Zweifels bezeugen können. Andererseits mag es aber auch leichter für dich gewesen sein, denn was du zu tun hattest, war zu lieben, nichts weiter, wenn auch *zweimal zu lieben*: den Mann, der den Abzug betätigt hat, und den Mann, der im Schnee liegen blieb; den Bräutigam, den du vor der Festgesellschaft küssen konntest, und jenen, den du nur heimlich küssen konntest; das Leben zu lieben, das du mit ihm führtest, und jenes, das du nicht führen konntest; die Tochter zu lieben, die dir nie Kummer machte, und den Sohn, der dir immer wieder Sorgen bereitete. Das war deine große Begabung, zu lieben, und das hast du getan. Du hast geliebt, und aus dieser Liebe heraus dein Leben geführt, ohne dir Gedanken darüber zu machen, was nun echt und was gespielt war. Für dich war im Grunde alles echt, denn um in diesem komplizierten Lebensgefüge keinen Fehler zu machen, hast du alles geliebt. Es stimmt, man hat dir einen doppelten Preis dafür abverlangt, aber das kümmert dich nicht mehr, denn du hast ihn bezahlt. Und wenn sich nun plötzlich der Preis halbiert, umso besser: Dann hat sich die Mühe doppelt gelohnt.

Wenn ich schon an etwas glauben muss, Mama, warum nicht daran?

»Komm, setz dich hierher«, sage ich zu ihr. »Ich will dir ein Geheimnis anvertrauen.«

Meine Mutter setzt sich zu mir ans Bett, und ihr Gesicht strahlt nun so hell wie eine ganze Festgesellschaft. Natürlich sehe ich das nicht. Was ich sehe, ist weiterhin nur dieses treuherzige Erstaunen in ihrer Miene, in das sich jetzt auch wieder Sorge mischt, wegen ihres Sohnes, der offenbar nicht mehr ganz bei Trost ist: Und doch *sehe ich es*. Mit wunderbarer Klarheit. Sei unbesorgt, Mama, ich weiß, was ich tue. Ich werde dir nicht wehtun. Es ist bloß, weil es zwei Angriffe sein müssen, einer allein reicht nicht …

»Weißt du noch«, beginne ich, »als ich vor zehn Jahren unsere Wohnung gemietet habe, dass damals ein Fenster im Wohnzimmer mit einem falschen Kamin verstellt war?«

»Ja.«

»Dann weißt du auch noch, wie hässlich der war, mit der eingelassenen Hausbar, den flaschengrünen Kacheln und dem roten Licht, das wie Feuer aussehen sollte?«

»Ja, ein scheußliches Ding.«

»Und habe ich dir auch erzählt, dass sich der Wohnungsbesitzer zunächst bereit erklärte, das ganze Ding rauszureißen und das Fenster dahinter wieder zu öffnen, dann aber plötzlich seine Meinung änderte und nichts mehr davon wissen wollte? Er bringe es nicht übers Herz, sagte er, er hänge zu sehr daran. Als Kind habe er jedes Fest vor diesem Kamin verbracht, Weihnachten habe dort die Krippe gestanden, und zu Nikolaus hätten sie dort ihre Schuhe aufgestellt … Kurzum, er weigerte sich, das Ungetüm rauszuschmeißen; denn dieses Ungetüm war ein Teil seiner Vergangenheit, von dem er sich nicht trennen wollte. Und dafür war er sogar bereit, mir gegenüber sein Wort zu brechen. Habe ich dir das schon mal erzählt?«

»Nein.«

»Du hast Recht. Ich schämte mich nämlich, weil es mir nicht gelungen war, mich durchzusetzen. Dabei habe ich versucht, hart zu bleiben, aber du kennst mich ja, Mama, ich kann einfach nicht verhandeln: Die Wohnung gefiel mir, und ich hatte Angst, die Geduld zu verlieren und mit einem Wutanfall alles zunichte zu machen. Und so ließ ich mich darauf ein, dieses Monstrum selbst zu demontieren, das heißt, es Stück für Stück auf meine Kosten abzubauen, und verpflichtete mich schriftlich, wenn ich einmal ausziehen würde, es auf dieselbe Weise wieder hinzusetzen. Eine erniedrigende Verpflichtung, Mama, denn jeder sieht, dass der

Raum ohne diesen Kamin sehr viel schöner ist. Und ich bin sogar überzeugt, dass der Wohnungsbesitzer, falls er noch mal dorthin zieht, ihn selbst nicht mehr haben will. Aber er hat damals diesen sorgfältigen Abbau verlangt, und ich habe mich drauf eingelassen. Eine absurde, kostspielige Arbeit, nur um dieses Stück aus seiner Scheißvergangenheit …«

»Gianni, bitte mäßige dich.«

»Entschuldige, Mama. Na, jedenfalls haben wir den Kamin fotografiert, vollständig vermessen und dann zerlegt, zu zweit, ich mit dem Handwerker, der auch die ganze Wohnung gestrichen hat. Ihr hattet ihn mir besorgt, und einige Zeit später ist er plötzlich gestorben … Wie hieß er noch?«

»Du meinst Frate?«

»Frate, genau. Zwei volle Tage haben wir gebraucht. Und jetzt kommt das Geheimnis, Mama: Wir haben nämlich was gefunden, als wir so Stück für Stück all diese Steine und Kacheln herausgekratzt haben, mit dem Meißel, tick, tick, ganz behutsam, so als handle es sich um die Domus Aurea, Neros Palast. Und weißt du, was wir gefunden haben, in einem Hohlraum zwischen dem Kamin und der Wand? Weißt du, was da drinsteckte?«

Mama blickt mich an, zwischen Sorge und Neugier schwankend. Und mit diesem Gesichtsausdruck gewinnt sie das Rennen, denn er könnte sowohl der einer Mutter sein, die einem irre redenden Sohn zuhört, als auch der einer Mutter, die einem klar denkenden Sohn zuhört und die einfach wissen will, was in dem Kamin war.

»Scheiße war drin«, flüstere ich. »Ich schwör's dir, ein menschlicher Scheißhaufen. Mumifiziert und gefriergetrocknet, eingewickelt in Zeitungspapier, in eine Seite aus dem *Messagero* von 1953.«

Mama verzieht das Gesicht, angeekelt, aber auch überrascht und leicht amüsiert.

»Das habe ich noch nie jemandem erzählt, nicht mal Anna«, fahre ich fort, »weil ich Angst hatte, dass … ach, ich weiß auch nicht so genau, warum, aber jedenfalls habe ich es noch nie jemandem erzählt. Und dabei habe ich diese Szene ganz lebhaft vor

Augen, so als geschehe sie jetzt hier in diesem Zimmer: Der Maurer, der gerade den Kamin fertig gestellt hat, 1953, als mein Vermieter ein vierjähriger Junge ist und glaubt, dass durch diesen Kamin der Weihnachtsmann und der Nikolaus kommen und ihm Geschenke bringen, *scheißt auf die Seite einer Zeitung, faltet sie zusammen, steigt damit die Leiter hinauf, wirft das Papier mit Inhalt in den Zwischenraum, setzt die letzten Steine und geht dann seelenruhig seinen Lohn einstreichen.*«

Der Ekel in ihrem Gesicht löscht alles andere aus.

»Verstehst du, Mama? Mein Vermieter hat die schönsten Momente seiner Kindheit vor einem Scheißhaufen verbracht.«

Und nun bin ich es, der sie anschaut; unsere Blicke kreuzen sich weiterhin, aber nun bin ich es, der sie mustert.

»Was würdest du an meiner Stelle tun? Würdest du es meinem Vermieter sagen? Frate ist tot und wahrscheinlich auch der Maurer, der den Kamin vor mehr als vierzig Jahren hochgezogen hat. Ich bin der Einzige auf der Welt, der Bescheid weiß, außer dir jetzt. Bedenke, dass mein Vermieter kein sonderlich sympathischer Mensch ist. Er ist ein schrecklicher Geizhals, der meinen Mietvertrag nur jeweils um ein Jahr verlängert, um mich jederzeit auf die Straße setzen zu können, und ich kann mich noch nicht mal richtig anmelden, das weißt du ja, denn schließlich habe ich meinen ersten Wohnsitz immer noch in der Via Tartaglia. Mal angenommen, er würde mich rausschmeißen: Würdest du es ihm an meiner Stelle sagen?«

Es klopft an der Tür.

»Einen Moment noch!«, rufe ich, in einem Ton, der keinen Widerspruch duldet.

»Würdest du es ihm sagen?«

»Was soll denn das, Gianni?«

»Nichts, es ist bloß eine Frage. Würdest du es ihm sagen oder nicht?«

Es liegt nun etwas Flehendes in ihren Augen. »Hör auf damit, Gianni«, sagen sie zu mir, »ich bitte dich, ich flehe dich an, hör auf damit, verrenn dich nicht schon wieder, dein Vater ist tot, ich bin nicht so stark wie er, was war, lässt sich nicht mehr ändern, ich liebe dich, lass es sein, wo soll das denn hinführen…« Und in meinen Augen müsste sie lesen, wenn ich meine Miene richtig hinbekommen habe: »Sei unbesorgt, Mama, vertrau mir. Beantworte mir nur diese Frage, dann höre ich auf, und die ganze Geschichte wird nicht mehr gewesen sein als ein irres Geplapper als Folge meiner Vollnarkose. Manche Menschen jaulen, wenn sie wieder aufwachen, und das scheint ganz normal zu sein: Ich habe eben fünf Minuten Unsinn geredet.«

»Nein«, antwortet sie.

Wie phantastisch, »Wahrheit« zu spielen mit der eigenen Mutter: Man sagt sich auch das, was man sich nicht sagt.

»Herein!«, rufe ich.

Die Tür geht auf. Es ist Anna. Klar, auch sie wird mein Freund benachrichtigt haben.

23

Das flackernde Licht des laufenden Fernsehers in Confalones Wohnung, das seine tödliche Einsamkeit in tiefster Nacht durchs geöffnete Fenster auf die Straße wirft.

Die gewaltsamen Scheinlösungen des Victor Balanda, seine vollkommene Unfähigkeit, Niederlagen hinzunehmen.

Die Verse Panellas in dem Lied von Lucio Battisti. »Ach, was sind wir lebendig / ach, was so alles geschieht / aber aus ganz anderen Gründen …

Erinnerungen. Sie machen nicht immer stärker, aber man kann das Gefühl haben, dass es so sei, und darauf kommt es an. So wie jetzt zum Beispiel, da Anna schweigend auf mich zukommt, nachdem sie auf der Schwelle flüsternd einige Worte mit meiner Mutter gewechselt hat und meine Mutter hinausgegangen ist, uns allein gelassen hat. Wir stehen am Scheideweg, und unsere Leben werden sich ändern oder auch nicht, je nachdem, wie ich mich in den nächsten Sekunden verhalten werde. Was mich so ruhig bleiben lässt, ist nicht Abgebrühtheit oder bloßer Fatalismus, sondern eine ganze Heerschar lebendiger Erinnerungen, die mir das sanfte Aufwachen aus der Narkose wieder geschenkt hat und die sich jetzt um mich scharen wie Freiwillige am Tag der Schlacht. Durch sie fühle ich mich stark.

Jener Abend vor einigen Jahren, als wir zusammen ins Kino gingen, um Snake Eyes *zu sehen. Der Film gefiel uns beiden nicht, und sie haderte besonders mit der »unglaubwürdigen und grausamen« Szene – so bezeichnete sie sie –, als Harvey Keitel nach New York fliegt zu seiner Frau, deren Vater gestorben ist, und während er dort mit ihr am offenen Sarg steht, erzählt er ihr, dass er eine Geliebte hat. Keine Ahnung, ob sie sich noch daran erinnert, jetzt in diesem Moment, während sie mich gerührt anblickt und nicht weiß, was sie sagen soll, und wartet, dass ich etwas sage, aber ich lächle nur und schweige; wer weiß, ob sie sich noch daran erinnert, in welchem Maß sie sich wegen dieser schließlich nur nebensächlichen Szene empören konnte. Und wer weiß, ob sie sich daran erinnert, was ich, dem von dem ganzen Film praktisch nur diese eine Szene gefallen hatte und der sie entsprechend verteidigte, geantwortet habe: »Wenn jemand so etwas tut«, habe ich zu ihr gesagt, »heißt das, dass er nicht anders kann.«*

Doch trotz aller Stärke, die mir diese Erinnerungen verleihen – falls es sich überhaupt um Stärke handelt –, bin ich noch immer überaus empfindlich. Angesichts von Annas ergreifender Schönheit (ergreifend, weil diese Schönheit unversehrt ist, und das nicht nur, weil ihr das Älterwerden auf so wunderbare Weise nichts anhaben kann, sondern vor allem, weil sie in meinem Kopf bis in alle Ewigkeit unverändert immer *das phantastische Mädchen bleiben wird, das neben mir im Auto sitzt und die Füße aus dem Seitenfenster streckt, während der Wind in ihren Haaren spielt, und das mich dann auf der Autobahnraststätte Versilia-Ovest plötzlich küsst, und* Satisfaction *von Devo ist gerade bei dem babe babe babe babe babe babe babe babe babe, und mir fällt die Zigarette runter und brennt Löcher in den Teppichboden)* spüre ich, dass ich nur einen Versuch habe, um unsere Ehe zu retten, nur einen einzigen. Ich muss mit meinen Kräften haushalten. Denn egal, wie es sich entwickelt, ich muss stark sein: Bleiben wir zusammen, brauche ich jeden Tag Kraft, wenn ich sie küsse, streichle oder mit ihr schlafe, um den Gedanken zu ertragen, dass auch ein anderer diese Nähe mit ihr erlebt hat und sich daran erinnert. Scheitert der Versuch aber, muss ich stark sein, um jeden einzelnen Tag durchzustehen, ohne sie, ohne Franceschino, wenn Glück, so wie sie es in ihrem Brief schreibt, nicht einmal mehr eine ferne Ahnung für mich ist.

Jenes vollkommene Glück, wenn wir uns zuwinkten, sie auf der Terrasse mit Franceschino auf dem Arm, ich unten an der Säule mit der Zeitung in der Hand.

Da ist sie, Anna, jetzt schon ganz nahe bei mir. Wenn sie sich in den letzten Tagen mit furchtbaren Gewissensbissen herumgequält hat, wenn sie die Nachricht von meinem Unfall umgehauen hat, wenn sie wie eine Verrückte von Viareggio bis hierher gerast ist, umso schnell wie möglich bei mir zu sein, so sieht man ihr das alles nicht an. Sie sieht gut aus, erholt, mit ihrem gebräunten Gesicht, dem geschmeidigen und trotz des züchtigen blauen Kleides begehrenswerten Körper, dem abgeklärten, beherrschten Gesichtsausdruck der legendären Provinzrebellin, die zum richtigen Zeitpunkt ruhiger geworden ist und sich zur Frau gewandelt hat, in jeder Hinsicht sehr viel sanfter und tiefgründiger und feinfühliger und klüger und liebenswerter und attraktiver als in jüngeren Jahren – aber offensichtlich noch nicht vollkommen abgeklärt und beherrscht. Sie blickt mich an, und wie immer fühle ich mich verloren im tiefen Brunnen ihrer Augen: Ich weiß, dass ich ihr sehr viel mehr bedeute, als mir mein daniederliegender Stolz jetzt einflüstert, aber auch sehr viel weniger, als ich naiverweise bis gestern geglaubt habe. Sie ist immer noch ein geheimnisvolles Geschöpf, undurchschaubar, unberechenbar, trotz der fünfzehn Jahre, die wir zusammengelebt haben. Sie hat geheime Wünsche, noch nicht erloschene Leidenschaften, mir vollkommen unbekannte Schwächen, und auch hier hat es keinen Sinn, alles aufdecken zu wollen, nachzuforschen, nachzubohren, man kann es nur nehmen, wie es ist, oder man muss es sein lassen. Es annehmen, oder es sein lassen. Aber allein diese Wahl zu haben, ist schon ein Glück.

Das Ende ihres Briefes. »Und egal, was nun geschieht, denk immer daran, dass ich dich liebe.« Das Ende des dritten Akts von Manzonis Adelgis. *»Leiden und groß sein: Dies ist dein Schicksal.« Die Briefe, die sie mir über einen Monat lang täglich geschrieben hat, vor vielen Jahren, lange vor unserer Hochzeit, als ich sie verlassen wollte, weil sie mir Angst machte, besonders jenen, in dem sie mir schrieb, sie wolle ihren Kopf auf der Armlehne des Sofas niederlegen und sich all ihr Blut von mir aussaugen lassen. Und wieder der Kaiser von Japan, seine weisen Worte, die immer passen: »Ein jeder tue das, was er tun muss. Damit das Leben wie gewohnt weitergeht.«*

»Pass mal auf, Anna«, sage ich, »lass es uns so machen: Wir sagen einfach, dass ich letzte Woche einen schweren Verkehrsunfall hatte und ins Koma gefallen bin. Eine Woche war ich vollkommen weg, aber die Ärzte haben sich sagenhaft ins Zeug gelegt, mit neuen Behandlungsmethoden, die noch nicht mal in Österreich bekannt sind, und heute Morgen bin ich aus dem Koma erwacht. Ich habe keine bleibenden Schäden, bin nur noch ziemlich benommen, und in ein paar Tagen kann ich schon nach Hause und mein gewohntes Leben an dem Punkt wieder aufnehmen, an dem ich vor einer Woche herausgerissen wurde. Ein Wunder, Anna, sagen wir, es war eine Art Wunder. Einverstanden?«

Das eigenartige, höchst eigenartige Einverständnis, das schon immer zwischen ihr und meinem Vater herrschte…

»Wollen wir es so machen?«, frage ich noch einmal.

Sie beugt sich zu mir herunter, ihr feines Haar streift mein gesundes Auge, und ihre Lippen küssen mein Gesicht.

»Ja«, flüstert sie.

Erledigt. Keine Diskussionen, keine Erklärungen, keine unnötige Verschwendung von Energie. Es gab ein Problem, und wir haben es gelöst, wir lieben uns, wir sind edelmütig, wenn wir fallen, helfen wir uns auf, wenn wir uns verletzen, können wir uns verzeihen, und wir werden zusammenbleiben bis zum Ende unserer Tage, ohne uns mit dem, was war, dem Warum und Wieso zu quälen, im Gegenteil wird das, was war, uns eine Stärke geben, die nichts und niemand überwinden kann. Das ist doch wunderschön, oder? Ich bin doch glücklich, oder?

Die berühmt gewordene Schlagzeile einer algerischen Zeitung am Wahltag nach einem durch ein Massaker von Fundamentalisten blutbesudelten Wahlkampf: »Wählst du, so stirbst du. Wählst du nicht, so stirbst du. Also wähl und stirb.«

Anna fährt fort, mich mit Küssen zu bedecken, zärtlich, sanft. Ich hebe meine freie Hand, halte sie einen Moment hoch, unschlüssig, wohin ich sie legen soll, in einer Art Segnung des Nichts, führe sie dann zurück zum Kopfende des Bettes, wo der kleine Apparat angebracht wurde, und lasse das Morphium fließen.

Epilog

(Zeichnung des Grabes von Olxxzw'kvsfqz/Pizzano Pizza)

So, Kinder, das war die wahre Geschichte von Pizzano Pizza.

Wenn euch das Ende ein wenig traurig vorkommt, kann ich euch nicht widersprechen. Wenn ihr glaubt, ich habe mich nicht genug ins Zeug gelegt, um die Geschichte gut ausgehen zu lassen, kann ich euch nicht widersprechen. Vielleicht denkt ihr auch, ich hätte mich mehr anstrengen müssen, um wirklich hinter die ganze Wahrheit zu kommen. Dann könnte ich euch vielleicht Beweise liefern, und ihr wäret nicht gezwungen, mir einfach nur zu glauben. Vielleicht seid ihr auch der Ansicht, ich hätte euch ruhig weiter anlügen sollen, weil ich mir dann noch mehr Geschichten mit einem glücklichen Ende für euch hätte ausdenken können. Das kann ich verstehen. Aber nun ist es so, wie es ist, und wenn ihr deswegen enttäuscht seid, weiß ich wirklich nicht, wie ich mich rechtfertigen soll. Denn es ist mir nicht einfach so herausgerutscht, nein, ich habe es mit Absicht getan: Ich musste mich entscheiden, und ich habe mich entschieden, es so zu machen.

Aber ich kann euch noch eine letzte Geschichte erzählen, bevor wir auseinander gehen, und ich bin sicher, dass euch diese Geschichte nicht enttäuschen wird. Vielleicht müsst ihr sogar darüber lachen. Es handelt sich um eine sehr alte Geschichte, die schon sehr oft erzählt wurde, auf verschiedenste Art und Weise, auch wenn es unter dem Strich immer dieselbe alte Geschichte war. Aber ihr seid noch jung und kennt sie wahrscheinlich noch nicht. Also, los geht's. Es war einmal ein Mann, der war sehr unglücklich, denn er hatte eine goldene Schraube im Bauchnabel und wusste nicht, wie er sie loswerden sollte. Er war schon über-

all gewesen, bei Ärzten, Mechanikern, Klempnern, Chirurgen, Goldschmieden, Eisenwarenhändlern und Zauberern auf der ganzen Welt, aber ohne Erfolg. Niemandem war es gelungen, die Schraube herauszuholen. Sie ließ sich einfach nicht bewegen, noch nicht einmal einen Millimeter. Aber der Mann gab nicht auf und bereiste weiterhin die ganze Welt, auf der Suche nach einem Menschen, der ihm diese goldene Schraube aus dem Bauchnabel entfernen könnte. So kam er eines Tages zum Kaiser von Japan, der, wie es in diesem weisen Land häufig der Fall ist, ein Kind war. Der Mann zeigte ihm die Schraube und erklärte ihm mit Handzeichen, denn er sprach natürlich kein Wort Japanisch, was sein Problem war. Das kaiserliche Kind betrachtete sich die Schraube, lächelte, drehte sich dann langsam um und begann in einer großen Kiste aus Elfenbein zu kramen, die es hinter seinem Thron versteckt hatte, und holte schließlich einen winzigen goldenen Schraubenzieher hervor, der so klein war, dass er wie eine Stecknadel aussah. Den zeigte es dem Mann und sprach dann, immer noch lächelnd, einen unverständlichen Satz in seiner Sprache, der aber wunderschön klang, wie wenn silberne Glöckchen auf ein Daunenkissen fallen. Obwohl der Mann kein Wort verstanden hatte, nickte er, und so nahm der Kaiser aus seiner Kiste ein violettes Seidentuch und breitete es gewissenhaft auf dem Fußboden aus. Als er auch das letzte Fältchen glatt gestrichen hatte, forderte er den Mann auf, darauf niederzuknien, kniete sich dann neben ihn und machte sich an die Arbeit.

Niemand hätte es für möglich gehalten, dass ein solch winziger Schraubenzieher eine so schwere Schraube bewegen könnte, doch sie ließ sich mühelos drehen und trat bald immer weiter aus dem Bauchnabel hervor; noch eine letzte Drehung, dann noch eine, und dann war die Schraube draußen. Das kaiserliche Kind nahm sie in die Hand und zeigte sie dem Mann. Der blickte auf seinen Bauch und konnte es kaum fassen: Zum ersten Mal war er ganz normal, glatt und ohne Schraube, wie alle anderen Menschen auch. Er war frei: Seine Zähigkeit hatte sich ausgezahlt, der Fluch, der ihn sein ganzes Leben begleitet hatte, war besiegt. Überglücklich sprang er auf, und da fiel sein Hintern herunter.